劉以鬯與香港摩登

文學·電影·紀錄片

黃勁輝 著

中華書局

自序

出版這本書，算是一種緣份。

認識劉以鬯老師，是一種緣份，不經不覺已經超過二十年了。

自大學時期開始，我接觸到劉以鬯的作品，可以用「驚心動魄」形容。閱讀劉以鬯作品，有一種震撼人心的爆炸力。往後人生的不同階段，我一直不斷反覆閱讀、思考劉以鬯作品，探尋這種魅力何在。其後，劉以鬯成為了我博士論文的研究對象。然後，我又有機會成為劉以鬯紀錄片的導演，跟着他的生活足跡，不覺又拍攝了六年。這本書，可說是我多年來對於劉以鬯作品的一點思考與研究，同時是我六年紀錄片拍攝的一點經驗分享。

猶記得當年，我還是個少不更事的大學生，斗膽投稿《香港文學》。在那個陰晴不定的日子裏，電話那頭傳來劉老師親切的語氣，他的聲音很有力，說話很簡潔。「你的故事構思很獨特，很有創意。我們會刊用，日後你有好的文章，可以投給我們。」說完就

掛上電話。刊登出來，就是我第一篇踏入文學之門的小說〈重複的城市〉了。那時候，幾乎不敢置信，因為我當時不過是一個寂寂無名的學生，《香港文學》一向刊登成名作家的作品，例如梁秉鈞、余光中等。文章不單能見用，更想不到的是，劉以鬯這位文壇一代宗師親自打電話來，果然是江湖傳聞中「認稿不認人」的大編輯。此後我都一直投稿給《香港文學》，劉老師幾乎每次都會打電話來，給予意見。他會告訴你哪部分寫得好，有時他會給予一些建議，讓我思考修訂的可能性。大抵，我們都是從文字開始認識的。

記得有一次，我拜訪劉老師在灣仔《香港文學》辦公室。那裏有一座一座小山，盡是雜誌或稿紙，充滿繁忙工作的氣氛，卻沒有凌亂感，獨有一種簡樸雅致的寧靜清幽。與其說是一個辦公室，倒似是一室宗教修行的處所。劉老師介紹助手譚帝笙讓我認識，他是一個詩人，露出一個純樸的笑容，感覺到他為《香港文學》雜誌工作充滿自豪，直覺這是個充滿人情味的工作空間。想不到一本以嚴謹知名、讀者遍佈東南亞的華人月刊，就只有這麼兩個人工作，可以想像他們平日工作也頗繁忙。我們喝着茶，談天說地。那天，陽光很燦爛，從窗外射進來，但見劉老師的銀髮光亮，腰特挺直，一點肚腩也沒有，清癯健康。深棕色的眼鏡框中，是一對炯炯有神的雙目，充滿智慧和自信。身穿素色的襯衫，西褲黑鞋，文質儒雅。皮膚很白，談吐西化，舉手投足之間，依稀找到摩登時期的海派風範。那是我第一次見到劉以鬯老師，當時我們談了一個下午，談什麼已想不起來了。印象中劉老師談吐很客氣，常常鼓勵年青人，亦包容我的胡言亂語，讓我直抒幼嫩的想法。那是一個很美好的九〇年代⋯⋯

紀錄片緣起

執筆之時，正是 2016 年冬天。劉以鬯是 12 月生日，今年剛好九十八歲了，確是「香港之寶」。劉以鬯喜歡冒險，直率爽快，富創造力，追求理想，是典型的人馬座。我還記得劉老師在生日會上，自編生日歌詞唱頌：「Happy Birthday to me, Happy Birthday to Horse…」十分幽默。原來他與馬特別有緣，星座是馬，生肖都是馬。馬，奔放熱情，愛好自由，大抵可以作為閱讀劉以鬯的參照。

拍攝紀錄片，緣起於 2009 年「劉以鬯與香港現代主義」學術會議的一場公開講座。這段時期我在一間大學教書，與梁秉鈞教授聊起，要為當時九十高齡的劉老師做點事情。大家才驚覺學術界從來沒有為這位香港文壇的一代宗師，辦過一次以劉以鬯作品為主的學術研討會。在梁教授與我的主催之下，遂促成了這次學術會議。

學術會議期間有一場公開講座，劉老師與在場觀眾的精彩對答，令我印象深刻。「劉老師，你喝酒嗎？」「不，我不喝酒的！」「你不喝酒，怎麼可能寫《酒徒》？」「哼！難道作家要殺過人，才懂寫殺人的情節嗎？作家有想像力的！」當時劉老師已經九十高齡，反應之快，腦筋之靈活，大大超出預期，全場熱烈鼓掌。我見他談笑風生的表情，猜想如果用攝錄機記錄下來，應該是一件很有意思的事情。當然，始料不及的是，會議中段休息時，也斯告訴我，他患了肺癌的消息。我當時覺得事不宜遲了！一位已經年近百歲，一位罹患絕症，我立即自費買了一台攝影機，就馬上開始同時拍攝兩部文學家紀錄片了。這就是後來的《劉以鬯：1918》及《也斯：東西》。

這兩部紀錄片製作異常艱辛，不堪回首，一直苦苦困於資金匱乏，在香港總無法籌到足夠資金，以完成滿意的作品。說來慚愧，

也斯離世後,我仍未找到資金。劉以鬯影片在香港一些文化機構微薄資助下,勉強完成。但是我覺得未做到心裏所想的,除非找到資金大量重拍,否則不放映了。看着也斯生前片段,又未有資金為這位老朋友(忘年之交的前輩)完成,壓力日大。最感徬徨之時,在台灣遇到陳傳興老師。原來大家分隔兩岸,卻差不多在同一時間,各自想到以電影記錄作家與文學。但是他們已經製作完成「他們在島嶼寫作」系列一,準備做第二系列了;我仍找不到資金。多得目宿媒體的廖美麗一口應允,把兩部片子都拼入第二系列之中。香港的兩齣文學家紀錄片,就在台灣伸出友誼之手,才得以完成了。2015 年 12 月台灣公映,2016 年 3 月在香港放映,成為了台港一次歷史性的合作。

劉以鬯與香港摩登

二十世紀中國現代主義文學源於 1920 年代末的上海,1940 年代末以後興盛於香港地區與台灣地區,1980 年代隨着先鋒派作家出現,匯流大陸。套用黃萬華的說法,這種現象可稱為戰後同源分流。華文現代主義川流不息,從未間斷。劉以鬯(1918 —)是傳承上海現代主義與五四精神到香港最重要的人物。

劉以鬯在 1930 — 1940 年代摩登上海的氛圍之下成長,受到穆時英、施蟄存等新感覺派影響甚深。其後他兩度來到香港:1948 年初來香港,未能適應香港的資本主義都市;1957 年自新馬回來,並與羅佩雲結婚。面對當時中國內地政治動盪的環境,自感重返上海無望,遂以香港為家,希望在香港發展他的文學事業。劉以鬯文學帶着濃厚的上海新感覺派色彩,更可以說,他將上海現代主義帶到香港繼續發展。有趣的地方是,上海曾經是 1930 —

1940 年代中國最摩登的城市，更是遠東最繁榮的都會。面對 1960 年代以後，香港都市的崛興，慢慢取代了上海的位置，後來更發展成國際金融中心。劉以鬯見證了兩座城市最摩登的時期，現代主義亦在他身上看到從上海到香港的傳承，這是本書探討的主題。

另一方面，現代主義傳入中國之時，實際上跟當時電影這種新興媒體有密切關係。魯迅（1881 − 1936）、張愛玲（1920 − 1995）、劉吶鷗（1905 − 1940）、穆時英（1912 − 1940）、茅盾（1896 − 1981）等的現代文學，明顯受到電影啟發。劉以鬯的現代文學，自然少不了電影的痕跡，後期又受到法國新小說派主將羅伯格里耶（Alain Robbe-Grillet, 1922 − 2008）（法國新浪潮著名電影編劇）所啟發。雖然劉以鬯沒有正式參與過電影工作，但是他的文學啟發了香港重要的電影導演王家衛，製作了蜚聲國際的電影《花樣年華》，實是文學與電影的一大盛事。其後我又花了六年時間思考如何用影像表現文學家與文學作品，完成了劉以鬯紀錄片《1918》。本書另一特色是，思考文學、電影與紀錄片等幾種媒體的關係。

全書分為四個章節。第一章主要是分享我編導劉以鬯文學家紀錄片《1918》的經驗，紀錄了我處理從文字到影像所思考的幾個問題：其一，文學家紀錄片的概念與其他電影類型有何不同？其二，紀錄片實地勘察劉以鬯過去在上海、新馬、香港的不同足跡，如何重建歷史文化與當下實景的關係？其三，《1918》採用紀錄—劇情的方法，探尋如何融合劇情片與紀錄片的好處於一身？怎樣才能用影像真實而準確地表現文學家與其作品？

第二章探討劉以鬯的心理小說，分為兩部分。前部分嘗試尋

求一種科學而客觀的方法，剖析《酒徒》（1962）與上海新感覺派及西方意識流小說的關係。通過文本內語言模式的歸納與比較，發現《酒徒》運用了六種語言敘事模式，其中有來自喬伊斯《尤利西斯》（Ulysses, 1922）及穆時英的啟發。劉以鬯《酒徒》的貢獻是有意建立一套嶄新的華文語言系統，描寫意識流不同程度的心理層次，同時《酒徒》內省精神可以追溯到魯迅《狂人日記》（1918），可見《酒徒》在文化上和美學上有縱向與橫向的傳承與轉化關係。通過同時代港台意識流小說的比較分析，揭示《酒徒》在華文意識流小說中的重要價值。後部分討論《酒徒》以後，劉以鬯發展了兩種心理描寫手法，一種是混合深層與表層心理的書寫手法，另一種是純粹表層心理的書寫手法。

電影視覺文化與城市生活文化的出現，構成二十世紀中國文學的重要特色，劉以鬯作品同樣兼具這兩種特色。第三章嘗試以「城市圖像」的概念闡釋劉以鬯文本內各種城市時空演繹法與跨媒體經驗（來自電影視覺、聽覺經驗與蒙太奇節奏）。劉以鬯對城市圖像的探索，是在上海新感覺派等視覺描寫基礎上發展。後來受法國新小說派的啟發，從電影吸取嶄新手法捕捉香港的城市經驗，當中以《對倒》（1972）成就最高。另一方面，本章運用米蘭·昆德拉（Milan Kundera, 1929 −　）與李維斯陀（Lévi-Strauss, Claude, 1908 − 2009）所啟悟的「音樂結構」（composition）概念，分析《對倒》與王家衛電影《花樣年華》（2000）的跨媒體影響。本章透過「音樂結構」剖析意義的方法，整理出劉以鬯如何從電影媒體吸取描寫城市的手法，文學手法又如何啟發電影，表現二十世紀華文現代主義文學的文化多元與跨媒體互涉複雜現象。

劉以鬯有一系列故事重編小說向來備受評論關注，以往研究

方法多遵循「故事新編」概念，着重文本內版本比較，很容易忽略文本外因素，尤其是香港這種多元文化的商業城市因素。第四章會以「現代復修」代替「故事新編」的說法。「現代復修」概念，來自歷史古蹟遺址復修的現代建築方法與可持續發展的環境保育觀念。「現代復修」有利於將文本內的關係（新舊符號的和諧與張力）與文本外的關係（經濟、文化、社區環境）作整體分析，對劉以鬯在財經或商業報刊連載的故事重編小說，尤其是中篇小說《寺內》（1964）那種雅俗共賞、新舊文字符號並存的作品，得到更精準有效的分析。「現代復修」作為一種歷史意義與文化價值的觀念，亦有助評估劉以鬯個人的上海記憶在香港城市現代化的特色。

本書主要以我的博士論文《劉以鬯與現代主義：從上海到香港》為基礎，收入本書的第二章至第四章；第一章則是《1918》紀錄片公映後，其間接受過不同訪問及為報章撰寫短文，最後將經驗整理而成的文章。博士論文全長達二十萬字，未能在本書盡錄。篇幅所限，只能選取跟香港有關的內容。可惜的是有關劉以鬯與上海以及新馬的研究，未能盡錄。本人過去編寫有關劉以鬯研究的資料，包括《劉以鬯與香港現代主義》（合編）及《劉以鬯作品評論集》（合編），可以輔助本書並讀，對於深入了解劉以鬯文學當有裨益。

本書出版，全賴中華書局（香港）有限公司黎耀強先生的支持與包容。感謝賴菊英小姐的協助。寫作論文期間，感謝山東大學副教授馬兵博士，以及學友戴廷傑、魯毅、錢果長等的協助與照料，克服不少文化差異的問題。感謝《1918》製作團隊的黃淑嫻博士（聯合監製、文學顧問）、賴恩慈小姐（執行導演）、蕭欣浩博士（副導演）、關本良先生（攝影）和阮智謙先生（攝影）的多年合

作與支持，艱苦完成了這部紀錄片。感謝目宿媒體資助《1918》電影，並授權本書劇照之使用版權。銘感梁秉鈞教授（也斯）生前給予我很多寶貴的寫作意見與鼓舞。特別感謝山東大學黃萬華教授的論文指導，以及劉以鬯老師與劉太（羅佩雲女士）提供珍貴的資料與支持。

目錄

三

城市圖像：
電影與文學的互動

142

四

188

劉以鬯與現代復修：
一種歷史意義
與文化價值的追尋

劉以鬯的作品特色就是「與眾不同」；

電影如何能夠做到，

確實不容易。

我面對最大的困難是，

如何製作一部「與眾不同」的紀錄片呢？

文學與影像的跨越：
《1918》
劉以鬯紀錄片製作實驗

△ 枯萎殘黃的亂葉之間，一張 1960 年代的稿紙，
　　上面有劉以鬯的親筆字跡。
　　一個煙頭掉下，怒火逐漸成形。
　　一瞬間，一切化為灰燼。

（稿紙文字）這是一個苦悶的時代，每一個有良知的知識
份子都會產生窒息的感覺。[1]

第一個鏡頭，我構思《1918》紀錄片的第一個鏡頭，堅持要
用電子音樂撞擊，樹立劉以鬯（1918－　）的形象。（打破一般
觀眾的慣性想像。他們很容易以為劉以鬯是一位年紀大的作家，
而相信一種緩慢懷舊的感覺；然而事實上劉以鬯的文學是前
衛的。）

如果用電影形式表現一個作家，我必須為他度身訂造一種屬於這位作家的電影語言。電影導演最大的責任是如何準確而具創意地，通過具體的電影影像表達抽象的意念。正如坊間所說，電影被稱為第八藝術，本身已包含了繪畫、雕塑、建築、音樂、文學、舞蹈、戲劇等七種藝術形式於一身。因此一個影像，遂呈現了光影、構圖、顏色、節奏、音樂、文字、美術、表意等多重層次與功能。

電影鏡頭的魅力，有別於文字，是它的現場震撼力。一個鏡頭如果具足夠力量，可以帶來多重的信息。劉以鬯的本人及其作品，帶給我的感覺，非三言兩語能夠說清楚，而是由眾多概念組合而成的。我推想，這個鏡頭應該可以涵蓋以下一連串抽象的概念：

形式主義／現代主義／抗命精神／批判社會／與眾不同／前衛／風格冷峻／言簡意賅／雅俗共賞／憤世嫉俗／作者親身經歷／香港情懷／城市感／戲劇性

「文學家紀錄片」，在香港是一個非常新穎的電影類型。[2] 我花了六年時間探索、思考和拍攝，其間不斷嘗試和研究。嚴格來說，《1918》前後拍攝了兩遍。第一次拍攝完畢，限於資金的種種條件限制，我覺得未能滿足原來構想的效果，剪接後擱在一隅，沒有放映。直至後來找到另一筆資金，我們可以從頭拍攝。而劉以鬯先生亦一口答應，堅持幾乎每一個訪問重做。經過團隊的努力，克服各種困難，終於完成這部文學家紀錄長片。

這是一個不短的製作過程，我嘗試整理點滴的經驗，一切由這些關鍵詞展開……

一、追求一部「與眾不同」的紀錄片

　　劉以鬯的作品特色就是「與眾不同」；電影如何能夠做到，確實不容易。劉以鬯喜歡破格，挑戰語言，所以不可以遵循傳統的方法，或用一些陳舊的電影語言演繹。我面對最大的困難是，如何製作一部「與眾不同」的紀錄片呢？

　　構思的過程，要由文學家紀錄片的意念開始談起。最初由我和已故作家梁秉鈞（1949－2013）的言談之間，想起一個問題，文學家紀錄片應該怎樣拍攝呢？由大家最初互相討論，到後來落實進行，概念上大抵可以歸納為以下三點：

1. 跨越文化的挑戰

　　文學是一種不容易傳播的媒體，尤其是跨文化語境，我們必須通過翻譯。例如我不懂意大利文，讀卡爾維諾（Italo Calvino）的小說，我只能讀翻譯的文字才看懂。但是即使再好的翻譯家，翻譯的過程必有所失。而我讀懂一個翻譯小說，再看原文，依然沒有任何感覺。換句話說，我無法與原作者的文字直接溝通，只能借翻譯者的文字傳意，想像原作者的文筆和感覺。

　　電影卻是一種擁有跨媒體的神奇力量。我看意大利導演安東尼奧尼（Michelangelo Antonioni）的電影，只要在字幕上加上翻譯，便可以直接與導演溝通。因為導演運用的是電影語言（film language）。電影語言是一種導演思考的表達工具，不是只停留於對白，而是決定鏡頭（景框、距離、移動、速度、分鏡技巧等）、場面調度、美術（燈光的光暗色彩，服飾、佈景、道具等的設

定）、聲音與音效（有聲／無聲、對白、畫外音、音樂、環境聲等）等諸多元素的組合。換句話說，觀眾可以直接接觸電影導演的語言，輕易越過文化的界限。

因此，拍攝文學家紀錄片，我認為最大的挑戰之一，就是如何界定這種跨媒體實驗的成功與否？一部成功的香港文學家紀錄片的定義，是不僅可以為熟悉香港文學的讀者看得明白，連沒有看過該作品或不認識該作家的華人都能看得入神。最後，連完全不懂華文的人，甚至從未來過香港，不知香港文化的外國人，通過紀錄影片，可以認識香港文學，認識香港文化。

因為我表達的方法，不是集中於單純的傳統方法，只關心紀錄受訪者的言談，而是通過精密計算的電影語言，準確而富有美感的方法，將文學家的性格與文學特色，通過電影語言那種直接感官刺激的方法，讓觀眾超越於文化的隔閡，卻能走進文字風格與文字美感之中。所以「跨文化」是我構思文學家紀錄片的第一個挑戰點。

2.「文學家」紀錄片與文學家「紀錄片」

紀錄片的類別有很漫長的歷史，但是有沒有一個電影類型叫文學家紀錄片？命名恐怕可能跟台灣導演陳傳興（1952－　）構思「他們在島嶼寫作」系列有關。不過，我對於這個類型的名稱很敏感。我構思的是「文學家」紀錄片，而非文學家「紀錄片」。

我認為拍攝文學家跟其他形式的紀錄片應該有些不同的。文學家紀錄片的處理手法，如果重點在「紀錄片」，導演會集中紀錄作家的歷史或生活方式，又或者採訪不同學者的評論等，這種做法其實跟一般人物傳記的紀錄片分別不大。文學家之特色，是因

為他們有兩種生命形態。如果只紀錄文學家的生活是不夠的，因為他們在現實生命形態以外，另外有一個想像的生命形態 —— 通過文字構築的虛構世界。「文學家」紀錄片要處理的，正是要兼顧兩面。若只集中於前者，只會是一個寫作人的生活模式；若只集中後者，會偏向作品改編。我關心的是，兩個生命形式之間的關係。一個作家過怎樣的生活，有什麼時代歷史背景，如何發展自己的生活方式，最終塑造成他的個人風格。而這種文學的個人風格，這種看似抽象的東西，如何越過文字的界限，通過電影語言能夠準確地傳達給觀眾呢？這是我所思考的第二個挑戰點。

3. 雅俗共賞

紀錄片的難度是所有素材均建基於現實，而且往往有明顯的信息。過分控制會偏離寫實，過於說教；放任不控制會缺乏美感和失去表達意義的能力，變成受訪者對着鏡頭自說自話的無聊沉悶素材（無論鏡頭如何搖晃亦無補於事）。紀錄片如果賦予太多的功能性，會忽略了藝術性和趣味。要尋找一個平衡點並不容易，特別是文學家紀錄片，其間涉及專業的文學知識，若拍攝得太嚴肅，會失去向大眾觀眾推廣的意義，只有小眾會喜歡；若拍攝得太注重娛樂而忽略文學性，會誤導觀眾對作家與文學作品的認知。拿捏不準的話，不但引不起讀者的認同，甚至招惹憤怒。

我心目中理想的文學家紀錄片，它有可能可以推廣文學，但並不單單是文學的宣傳品。文學與電影是平衡獨立的兩種媒體，它們的合作就好像兩位音樂師的樂器互相合奏，既獨立又互相刷出火花，不應存在一方壓倒另一方的局面，或一方純粹為另一方服務的責任。

文學家紀錄片有可能達致文學教育的功能，卻不等同教育電視式的灌輸知識，例如把一些舊資料當作教學的講義形式（Powerpoint）定鏡處理，這是留給教學課堂做的事情，不是電影導演的工作。電影導演思考的是電影語言，找一種與文學家風格、與文學作品相對應的語言，與之對話、互動或撞擊火花。

所以文學家紀錄片是一齣電影，是一個作品，一種可以獨立存在的藝術品，一種既能賦予不同功能，滿足大眾的各種訴求；同時亦有其創新語言，創新手法，建立突破於語言文字模式的閱讀策略，又能產生新的觀賞美感和實驗性。這就是我所說的第三種挑戰：雅俗共賞了。

形式的考慮必須與內容緊扣，紀錄片最終的電影風格應該是跟作家風格吻合的，尤其我同一時期要處理兩齣文學家紀錄片。因此，我希望劉以鬯的《1918》會「很劉以鬯」，也斯的《東西》會「很也斯」。慶幸的是，最終我執導的兩齣文學家紀錄片，確是明顯的風格不一。我拍攝《1918》，比較集中在上海、香港、新加坡三地，這些跟劉以鬯本人複雜的文學身份與經歷有關。

‖‖‖‖‖‖‖‖‖‖‖‖‖‖‖‖‖‖‖‖‖‖ 二、香港作家劉以鬯 的身份與情懷

劉以鬯，毫無疑問，是香港作家，更可以說是香港現代主義基石。但是他並非生於香港。他是 1918 年生於上海，整個文學的風格，可以說是在 1930－1940 年代上海摩登氛圍下孕育出來，那個時代有《現代》雜誌（1932－1935），有新感覺派的靈

魂人物劉吶鷗（1905－1940）、穆時英（1912－1940）、施蟄存（1905－2003）等。劉以鬯有良好的英語訓練，父親是黃埔軍官學校的翻譯老師。劉以鬯畢業於上海聖約翰大學，那是一所由西方教會所辦的學府，授課全用英語。劉以鬯自小接觸大量西方現代文學，其作品一直充滿了摩登城市風與現代主義色彩，思想開放，風格前衛，大有別於鄉土文學，而是追求中西融合的現代主義精神。

觀乎劉以鬯人生有三個最重要的城市，第一個是出生地上海（1918－1948），適逢摩登都會文化，吸取剛進入中國的現代主義，尤其新感覺派，成為他發展文學的源頭；第二個地方是新馬（即今新加坡、馬來西亞）（1952－1957），這是他人生最頹唐之時，卻在這個時刻，認識了現任太太羅佩雲；第三個地方，亦是最重要的地方是香港。劉以鬯前後來香港兩次，分別是1948－1952年及1957年至今，最終與羅佩雲定婚，以香港為家。劉以鬯最重要的文學作品《酒徒》（1962）、《對倒》（1972）等都是在香港寫作，以香港為題材。因此，劉以鬯雖然出生於上海，實際上是香港作家。觀乎劉以鬯人生的經歷，最重要的城市始終繫於香港。這些資料啓發了我在紀錄片中，運用了兩條時間線雙線並行，構成了《1918》紀錄片的結構。下文亦會講解通過紀錄片，如何呈現三個重要城市與劉以鬯人生的關係。

1. 交叉的時間線

比較鮮有人談及的趣事是，劉以鬯與張愛玲（1920－1995）同樣在上海文壇出現，兩者年齡相差不過兩年左右。早在中學時期，劉以鬯已開始在上海發表小說創作。如果說，張愛玲是成名

趁早，劉以鬯就是大器晚成了。直至1962年劉以鬯寫作《酒徒》，才受到學界肯定其文學成就，《酒徒》被譽為首部華文意識流長篇小說，他當時已經年過四十了。因此，劉以鬯的創作高峰期是由婚後定居香港才開始，即是1960年代以後所寫的小說。從地緣政治角度觀之，劉以鬯的文學亦因此跟香港這個小島連繫了千絲萬縷的關係。

劉以鬯一向重視結構，思考他的個人紀錄片，不可能沿用舊有的敘事法。劉以鬯的文學色彩，基本上就是孕育自上海的摩登文化。他記憶中的上海是破碎的、斷片式的，往往在故事人物的意識流世界或回憶片段中跑出來，上海記憶的時空與1957年後在香港寫作的時空互為交錯。紀錄片亦保留這種破碎的感覺，採用偏向形式主義的兩條時間線交叉互動，為觀眾帶來更大的新意和趣味。

一條時間線是由劉以鬯在上海成長，經過新馬，最後回到香港。另一條線由劉以鬯1957年來港定居開始，寫作其代表作《酒徒》，一直至今他仍在構思中的小說創作。換句話說，前者是劉以鬯的成長路線，如何由出生地上海，一直到定居香港的歷程；後者是劉以鬯創作成熟期的路線，在定居香港後，自1960年代初完成其代表作《酒徒》開始，一直至今他構思中的小說。

雙線時間線主要有幾個好處：其一，時間線雖然有兩條，都是以順序排列，有利觀眾深入淺出地認識作家的生平與重要作品。成長路線會用時代與城市區別，凸顯這位作家經歷接近一個世紀的文學生涯。作品則以年齡顯示，例如寫作《酒徒》已經四十四歲，凸顯作家大器晚成的特色，他的個人成就得來不易，是多年堅持下的成果；其二，為了加強作家本人與作品關係，插

入《酒徒》中的引文，虛構作品中的文字與作家真實經歷之間，產生有趣的互動效果，讓觀眾可以更立體感受文字與影像的雙重感受，貫通作家的兩種生命形態（現實生活與虛構想像）；其三，劉以鬯與香港的關係，無形中更清晰地表現出來。一邊是劉以鬯從出生地如何走到香港，另一邊是他的重要文學作品與香港的關係。經過交叉剪接，讓觀眾注意到劉以鬯與香港這個主題。

2. 劉以鬯與上海

1930–1940 年代的上海，是個歷史上和經濟上特殊的摩登都會。在抗戰的背景下，十里洋場上的外灘建築、舞廳、跑馬場、電影院、百貨公司、咖啡廳等象徵西方物質文明的消閒場所與購物商店林立，蓬勃發展，孕育了摩登的消費文化[3] 與半殖民文化，[4] 以及代表現代主義的新感覺派、頹廢派等文學流派。劉以鬯在這種都會文化背景下成長，完成其大學學業，其間除了在 1942–1945 年到了重慶避難，他一直在上海生活，[5] 上海自然成為後來形成其寫作風格的重要來源地。

我帶着攝錄機重返上海，嘗試將現在的上海實景情況與劉以鬯記憶中的上海尋找連接點，讓觀眾在虛與實，過去與現在重塑摩登上海的印象。尚幸舊上海的建築保留不少，我在努力翻查資料和實地勘察下，尚算一一尋找到劉以鬯所描述的上海建築。

2.1 上海摩登文化的成長

劉以鬯中學時期已經開始創作，第一個發表的作品是在 1935 年，題為〈流亡的安娜‧芙洛斯基〉。靈感來自途經霞飛路的國泰

電影院，常常看到俄國妓女拉客，推想她是俄國貴族而創作出來
的。上海由於租界文化的歷史背景，遂有英、法、德、俄、日等
多國文化薈萃的色彩。劉以鬯自小已經在一個充滿西方摩登色彩
的城市生活，他喜歡穿西裝，打扮入時，出入戲院和西式餐廳。
劉以鬯年青時做編輯，喜歡到上海國際飯店飲茶，跟不同的作家
名人見面。上海國際飯店現時仍在營業，儘管有些破落，門口的
圓形旋轉門依然，建築物的洋味仍在，大抵跟二十世紀初來自歐
洲一帶新興的裝飾藝術所傳入有關，見證了上海是當時遠東最繁
榮的城市。

聖約翰大學

　　劉以鬯年輕時常常去的消遣場所，有上海跑馬場和逸園跑狗場。可惜，跑馬場已在建國後改為人民公園，現在名為「人民廣場」。跑狗場的地點，我去勘察時很難確定實際地點，那裏都是由很多塊木板圍起來的地盤位置，聽說現在興建成大型商場。他的生活都是在繁榮大都會之中，文學自然充滿都市文化色彩，幾乎很難找到鄉村味道。

　　劉以鬯年輕時亦喜歡逛西書店舖，他在西方教會辦的上海聖約翰大學畢業，那是當時上海全英語教學的一等學府。外貌現在保留得不錯，可惜已易名為上海政法大學，學術位置有很大分別了。我仍可以依稀找到一些舊建築物，追尋到一點點劉以鬯當年唸書的感覺，在電影中讓大家追憶。有趣的地方是，劉以鬯畢業時因為戰亂，他的畢業禮竟然在上海大光明戲院進行。

　　上海大光明戲院現址仍在運作，仍有電影放映，現在播放的是最新的荷里活電影。那是兩層高的建築物，規模依然。儘管天花地板都是新的，那些樑柱和暗黃色的玻璃外牆，仍能尋找到舊日的風味。難得的是，大光明戲院的地下有一個歷史博物館，收藏不少珍貴的大光明戲院歷史，那些 1930 年代的電影廣告、舊戲票、大型放映機等，仍可找到。

　　劉以鬯與上海大光明戲院亦有個故事。據山東大學黃萬華教授指出，劉以鬯當年寫《失去的愛情》，原來曾經改編為電影。可惜，劉以鬯 1948 年離開了上海，無緣看見。這個電影成為了新中國建立後，當時上海最大的電影院大光明電影院播放的第一齣電影。劉以鬯後來機緣巧合，反而在 1950 年代的新馬發現一本圖文影畫冊，正是《失去的愛情》。原來當年受歡迎的電影上畫後，電影公司都會將電影的畫面配以文字為對白，製作成一種仿

漫畫的影畫冊。紀錄片中，劉以鬯展示了這本珍貴的影畫冊，可以憑圖想像這齣電影當時的情況。

2.2 早期創作與現代派作家的關係：
〈流亡的安娜‧芙洛斯基〉、〈露薏莎〉

在劉以鬯的訪問中得知，他的爸爸曾經在上海蓋了一座由兩個大宅相連的樓宇，供給劉以鬯與哥哥居住，各人擁有一座大宅。抗戰勝利後，父親離世，劉以鬯用遺產辦「懷正文化社」。他在大宅另闢一層，作為辦公室。當時很多現代派名家都在那裏出版作品，包括新感覺派的代表人物施蟄存，還有徐訏（1908－1980）、姚雪垠（1910－1999）等（我在上海尋找到這座建築物，一如短篇小說〈回家〉〔2002年〕所描述，舊日的家已被接管，變成學校了）。劉以鬯年青時喜歡接觸的作家，都是現代派的。在當時流行的新感覺派現代作家中，對劉以鬯這段成長時期影響最大的，莫過於具有雙重人格的穆時英[6]和東北作家端木蕻良（1912－1996）。

劉以鬯筆下很多女性都與「摩登女」（moga, modan gaaru 的簡稱）形象十分相近，明顯受到穆時英的影響而來。所謂「摩登女」，泛指受二十世紀日本都市文化、美國電影文化、穆杭（Paul Morand, 1888－1976）的法國文學作品等影響的女性形象。[7]〈露薏莎〉與〈流亡的安娜‧芙洛斯基〉的兩位女主人公都是帝俄後裔，前者是上海霞飛路著名的夜總會伊甸的混血舞小姐，後者是淪落街頭的老妓，他們跟穆時英的〈G No.VIII〉（1936）同是淪落為上海妓女的白俄貴族後裔。所不同的是，劉以鬯為女性形象加入了民族性。劉以鬯喜歡穆時英，同時喜歡另一位作家端木

蕻良，兩位作家風格迥異，在劉以鬯眼中卻沒有很大衝突：「穆時英與端木蕻良都是極有才華的小說家，表現縱有小同，思想卻大異。穆時英重視作品的藝術性；端木則認為『一個作家，必須要服從政治的發展，順從政治的號召來體認真實，那麼這歷史的新頁才能在他的筆底展開。』」[8] 大抵劉以鬯能融合二者優點於一身，從他的兩個早期作品〈流亡的安娜．芙洛斯基〉、〈露薏莎〉中可見端倪。

〈流亡的安娜．芙洛斯基〉這篇小說是在朱血花編的《人生畫報》上刊登的，時為 1936 年 5 月，當時劉以鬯只有十七歲，在上海大同大學附屬中學讀高中二年級。[9] 故事講述白俄公主安娜．芙洛斯基在俄國十月革命後流亡中國，先後在齊齊哈爾、天津、威海衛等地做女侍應、模特兒與舞女，青春與美麗在流亡中失去了，變成一個連一塊黑面包也沒有的老乞丐。她帶着貴族的記憶在艱難的現實中掙扎求存，只渴望遇到一個男朋友，可以在上海享樂。她遇到一個舊傭人，得知兩個以前認識的貴族朋友：一個男爵和一個騎兵。她買鮮花特意拜訪，發現騎兵病得奄奄一息，男爵堅稱不認識她。劉以鬯對女主人公表示深切同情，故事源起於小時候他在租界馬路上，經常看到白俄妓女在馬路上拉客。可以想像在城市長大的劉以鬯不懂寫鄉村小說，所以就以白俄妓女加入自己的想像，完成首個小說。儘管這篇小說頗幼嫩，但是已經見出劉以鬯將當時中國國家的想像寄寓於白俄女子身上，對她表示同情，在異國情調的書寫中不忘中國文化。對於白俄妓女寄寓同情的概念，在《露薏莎》中發展得更趨成熟。

《露薏莎》發表於 1945 年 9 月在重慶《文藝先鋒》第 7 卷第 8 期，原題為《地下戀》，抗戰勝利後，《幸福》雜誌重刊時改題

為《露薏莎》。[10] 1952 年在新加坡桐葉書屋出版單行本，當時題
為《雪晴》，兩者內容並無分別。[11] 故事內容主要由兩條線交織而
成：其一為愛情線，故事主人公「我」在寒夜的霞飛路上踏雪獨
行，懷着漂泊者的心情，想尋找熱鬧刺激，遂走入了著名的夜總
會伊甸，無意間結識了性感的西洋舞女露薏莎，她是白俄和哈爾
濱的混血兒。二人結伴同遊上海的娛樂場所，渡過愉快的時光，
互生情愫；另一為驚險抗日線，揭露了男主人公「我」的另一個身
份，「我」原來是在鴻發煤棧的堆貨房裏工作。那個堆貨房裏秘密
設置了短波收音機，「我」負責將重慶、舊金山、倫敦等盟方廣播
的消息記錄下來，譯成中文，編輯成報。故事花了不少篇幅詳細
記述地下組織如何借助油印的小張印刷，散發到各街頭小販，街
頭小販又透過油印報紙包裹貨物，抗日信息便傳播出去。男主人
公後來輾轉捲入革命事件，九死一生逃出，卻被日本憲兵通緝，
革命同志安排他逃亡到重慶大後方。這兩條線互相矛盾，前者似
是劉吶鷗等的新感覺派小說，後者卻似是個抗日小說或自晚清傳
入中國的西方偵探小說。劉以鬯本人曾在一個訪談中討論過這個
故事：

> 《地下戀》是我在重慶時用拍紙簿寫成的東西，以
> 孤島時的上海為背景，情節是虛構的，牽強附會之處甚
> 多，卻由王藍拿給《文藝先鋒》發表了，後來我把小說的
> 題目改為《露薏莎》，露薏莎是女主角的名字，因當時受
> 穆時英的影響，喜歡寫大城市人的生活。孤島時期，我
> 家境還好，課餘常到越界築路去玩。那裏的夜生活多彩
> 多姿，我常去玩 Bingo（氹波拿），小說就以這特殊地區

的夜生活為背景。[12]

所謂越界築路，其實是滬西區的風月場所，這是太平洋戰事尚未爆發時一個三不管的地帶，租界上沒有軍隊駐防，日軍也不可以擅闖。那個地方有幾家情調別緻的夜總會，賭錢、吸大煙，甚至女人赤裸胴體的公開舞蹈表演都不受限制；這裏是真正標誌絕對自由，上海摩登的心臟地帶。[13]

《露薏莎》中男女主人公在越界築路享盡西方消費文化的生活，佔去了小說的一半篇幅。他們吃喝玩樂，在帕薇岑花園玩「Bingo」；流連於黑貓酒吧、帕蘿蘿酒吧；到俄羅斯的菜館歐羅巴餐廳吃鮑許（即羅宋湯）、烤小豬、紅酒燴雞、喝伏特加；在文藝復興餐館吃午飯；到兆豐花園賞雪，參觀花園裏的梵王渡聖約翰大學教堂；去沙利文吃晚飯；到阿里巴巴的舞池感受中亞細亞的風味，在樂師伴奏下跳拉康茄，欣賞非洲土風舞的原始音樂，聽肥胖亞美利加黑婦人唱《瓜蔓依迦情歌》，觀看羽扇舞和潘家班絕技表演；到有桃紅色霓虹燈的高加索俄國餐館用餐……劉以鬯年輕時家境富裕，在上海摩登文化最熾熱的 1930–1940 年代，得以享受當時西方文化帶來的新體驗，接觸上海新感覺的現代派文學。

> 我醉了。
>
> 行走在充滿西歐情調的霞飛路，神志恍惚。雪已停，天仍寒，積雪成冰。街燈發出青中帶黃的光，把法國梧桐的影子投在結冰的人行道上。長街極靜，行人稀少。「薔薇花舖」裏的猶太老闆在打盹。國泰戲院的 5:30

那一場還沒有散。這一天放映的是《譚尼爾‧威勃斯脫與
魔鬼》，廣告紙上，美利堅的市儈藝術家，用一枝庸俗的
畫筆，畫了巴黎女郎西蒙西蒙的那隻奶油一般的嘴。
一個白俄妓女挽着意大利水兵的手臂，從對街走來，
發出格格的笑聲後，嚷：「一切都能用錢買得。」……
我醉了。[14]

　　這些片段固然是劉以鬯年青時期在上海租界的生活情景與時
代的氛圍，其文字與新感覺派具有很多相似之處，現代化上海
都市街景下，憂鬱的男主人公對這一切繁華盛況，充滿批判和憤
怒。試接上穆時英短篇小說〈上海的狐步舞〉文字：

　　上海。造在地獄上面的天堂！
　　滬西，大月亮爬在天邊，照着大原野。淺灰的原
野，鋪上銀灰的月光，再嵌着深灰的樹影和村莊的一大
堆一大堆的影子。原野上，鐵軌畫着弧線，沿着天空直
伸到那邊兒的水平線下去。
　　林肯路。（在這兒，道德給踐在腳下，罪惡給高高地
捧在腦袋上面。）
　　拎着飯籃。獨自個兒在那兒走着，一隻手放在褲袋
裏，看着自家兒嘴裏出來的熱氣慢慢兒的飄到蔚藍的夜
色裏去。[15]

　　主人公同樣對於紙醉金迷的上海夜生活充滿詛咒，卻又不得
不沉迷其中。作者重視現代都市的視覺描寫，在燦爛繁榮背後，

卻又帶着輕蔑的態度，呈現內在矛盾的張力。兩段文字相連合讀，幾乎誤以為是同一個文章。劉以鬯自述上海新感覺派所受的影響，特別提及穆時英，自有其道理。

相對於同時代的新感覺派作家劉吶鷗或施蟄存，穆時英所不同之處是具有雙重人格。對於西方的現代都會文化，他的態度是充滿矛盾性。1932 年 1 月，由湖南書局（封面署「春光書店」）出版的小說合集《南北極》與同年 6 月由現代書局出版的另一小說合集《公墓》，[16] 充分反映其分裂的人格，前者對資本主義的嚴厲批判，與後者描述都會文化生活的消沉，截然是兩個不同風格與精神取向的人。小說〈南北極〉（1930）描繪了一位雄渾剛勁的低下階層年輕人小獅子，他是一個倔強、具有反資本主義的反抗精神、不怕扎一刀冒紫血的勇敢小伙子，從小在鄉間練武，到上海後見識到大都會貧富懸殊的兩極世界，最終以男性的粗獷姿態大鬧劉公館，帶出誰的胳膊粗，拳頭大，誰是主子的新觀念。劉以鬯認為穆時英在構思〈南北極〉時，大有可能坐在燈紅酒綠的舞廳，[17] 卻塑造了一個「無產者」形象。收錄於《公墓》中的〈被當作消遣品的男子〉（1931），描寫的卻是一個憂鬱青年大學生 Alexy，為了充滿西洋味的危險尤物蓉子而朝思暮想，最終才得知她早在美洲訂婚，自己不過是她其中一個消遣品而已。道德與純真，在當時上海上層社會的摩登文化下，形同追不上潮流速度的老套笑話。穆時英小說有趣的地方正在於，當他描寫上海都會文化的繁盛時，卻幾乎感受不到其謳歌的姿態與歡欣的感受。男主人公往往無力抵抗來自西方優越的上層社會都會文化的誘惑，卻又不能完全追隨着女性形象所代表的速度節奏，對於上海的都會文明又愛又恨。我翻看穆時英的經歷，發現他十六歲經歷過家道

中落的人生劇變。[18] 可以想像他看到現實社會南北兩極的世界，了解到上海都市不同階層的衝突懸殊，很可能構成了其矛盾複雜的風格與分裂的人格。

1972 年劉以鬯在香港應梁秉鈞邀請為《四季》雜誌第一期撰稿，以穆時英為新文學專輯第一期介紹的作家，題為〈雙重人格：矛盾的來源〉。劉以鬯指出穆時英不願在《南北極》和《公墓》之間選擇一條路線，又不願站在太陽社與左翼文學等的圈子內，卻不知道應該站在哪兒。[19] 傍徨無主及其矛盾情緒，引領他迷惘地走向了不幸。劉以鬯對其民族性的背叛行為並不認同：「在國家為生存而奮戰的時候投向敵人，當然是一種不可寬恕的錯誤。如果穆時英確曾投敵的話，他已付出錯誤的代價。但是，也有人為他呼冤，說『他不是漢奸』。」[20] 不過，劉以鬯對穆時英的藝術成就是肯定的：「撇開政治不談，站在純文學的觀點，穆時英作品的歷史意義以及他對中國現代文學的貢獻，是應該予以承認的。」[21]

劉以鬯對於現代都會文化並不抗拒，這是他在上海生活的一部分。然而民族性的堅持，跟穆時英完全相反。劉以鬯曾經談起他在中學的時候，固然受到穆時英影響，而由於「九一八」事件，他亦很喜歡看東北作家如蕭紅、蕭軍、端木蕻良等的作品，喜歡他們具有強烈的抗日意識。[22] 在劉以鬯眼中，端木蕻良與穆時英在文學的技巧上並沒有太大的矛盾性。他曾經在一篇評論端木蕻良的〈大地的海〉的文章中談到二人的相似性：

> 在「大地的海」中，端木將「大地」喻作「人」（頁八十六）。這種技巧的運用，與穆時英在 CRAVEN「A」中將「人」喻作「大地」，竟是相同的。端木走的文學道

路與穆時英走的文學道路有極大的距離，這種表現手法
的相似，如果是偶合的話，祇能視作大異中的小同。可
是，收集在「風陵陵」中的「三月夜曲」，無論作風與技
巧都與穆時英十分相似，將它收在「公墓」或「白金的女
體塑像」中，絕不會令人感到突兀。穆時英與端木蕻良都
是極有才華的小說家，表現縱有小同，思想卻大異。穆
時英重視作品的藝術性；端木則認為「一個作家，必須要
服從政治的發展，順從政治的號召來體認真實，那麼這
歷史的新頁才能在他的筆底展開。」在這個基礎上，端木
寫「大地的海」。[23]

端木蕻良與穆時英在劉以鬯的閱讀經驗中發生了聯繫，他將
東北作家的抗日精神與新感覺派的寫作技巧融合一起，成就了《露
薏莎》這個作品。

劉以鬯在《露薏莎》故事中，強調了露薏莎的背景是帝俄後
裔，逃到西伯利亞，又輾轉逃到中國東北。她的家人都遭逢日軍
的殺害，與「我」這個漢人結下了共同的抗日意識。故事結尾將愛
情與抗日兩條故事線扭在一起，男主人公「我」因為抗日名單被
發現，要逃離上海；臨別上海，男主人公要到伊甸看露薏莎的表
演。在表演的環節中，露薏莎要把手中的手腕珠拋給一位客人，
這正跟他們初相識的情景一樣；不過這次卻有日本人躲在暗處，
他們逼迫露薏莎拋給男主人公，以便處決這抗日人士。露薏莎最
後以身軀抵擋子彈，救了男主人公一命，臨死拋下一句：「去吧，
到大後方去，幫助你的祖國趕走暴虐的侵略者。」[24] 姑勿論這位

白俄妓女是否太過理想主義地跟中國人走在同一條抗日路線上，臨死猶吐露抗日的志向；這個故事卻有意思地突破了傳統抗日英雄的形象，男主人公一面高度享受西方物質文明，到舞廳、夜總會跟妓女談情，另一面卻繼續抗日。令人難以忘懷的露薏莎則更有趣，一個白俄妓女，有情有義，甚至犧牲性命，為了愛情，亦是為了革命。新感覺派所追求的刺激現代生活與東北作家的抗日意識，在劉以鬯的編織下融合一起。

《露薏莎》這個故事是劉以鬯在重慶時寫的，而劉以鬯初到重慶《掃蕩報》工作，就是負責收聽世界各地電台的英語新聞，把重要新聞扼要抄錄、譯成中文。[25] 因此，故事中抗日工作的描繪來自劉以鬯重慶的現實生活取材，而故事中的上海背景則是憑藉其印象、記憶所描繪出來，那些租界文化、摩登都會、西方宗教背景的大學生活、西方模式的遊樂場所、少年閱讀的西方現代文學、新感覺派小說……種種過去在上海現實生活的片段，對於處於青春成長時期的劉以鬯，無不是刺激的、困惑的、浪漫的。劉以鬯對其成長期的上海生活念念不忘，這種憑藉回憶上海時期生活的寫作方法，成為他往後不少小說重要的資產和靈感泉源。

3. 劉以鬯與新馬

1952–1957 年間，劉以鬯孤身一人赴新馬。這段時間他一方面做編輯的工作，同時沒有間斷地寫作。人在異地，言語不通。劉以鬯的上海話在當地無法溝通，普通話與廣東話都是外語，當地很多工作人員都是福建來的。劉以鬯感到人生最落泊的時候，卻遇到他的另一半 —— 羅佩雲。

3.1 新馬的愛情故事

> 偶爾有朋友來自香港，說是香港的朋友們盛傳我在
> 新加坡已潦倒不堪，有的甚至說我快死了。我聽後，只
> 是一笑置之。……我開始憐憫自己，甚至喪失了自我感
> 覺，因為我是最被曲解的一個。[26]

我帶着攝製隊來到新加坡，放眼處處綠油油，空氣都是熱
的。幸運的是，很多舊建築都保留下來，我們隨着新加坡作家謝
克的帶領，遊歷劉以鬯住過的南洋客屬總會（柏城街）與中峇魯社
區。我彷彿跟着劉以鬯過去的足跡，重新追尋他當時的心情，讀
半自傳色彩濃厚的小說《過去的日子》所描述的頹廢感覺，好似找
到某一種的對應。

我想像，劉以鬯當時好像遠離整個文化圈，感到深切的孤
獨；他初來香港，其實有一群從上海南來的朋友，他們都是上海
聖約翰大學舊同學，有易文、陶秦、周綠雲等。前兩位是當時國
泰電懋電影公司（張愛玲亦是該公司編劇）的導演，周是抽象畫派
大師呂壽琨（即後來《酒徒》封面字體設計者）的弟子。劉以鬯到
了新馬，才是真切的孤身闖異地。翻查資料，劉以鬯到新馬一帶
工作，他曾經是新加坡《益世報》主筆兼副刊編輯，並編有《中興
日報》、《生活報》、《鋼報》、《鐵報》、《獅報》、《新力報》，其
後在吉隆坡擔任《聯邦日報》總編輯。[27] 他在短短五年，工作過
的報館竟超過十間。當時這些小報不斷倒閉，等於做幾個月，又
要找工作。他當時經常出入麻將館與歌台，表面繁華背後，可以
看到一種懷才不遇的深切孤獨。

羅佩雲當時年紀輕輕，已經在舞蹈團隊擔演過主角。她與他，正好住在金陵大旅店（位於惹蘭勿剎），那是流浪藝人喜歡落腳的公寓式酒店。旅店除了外牆翻新過，內裏房間的間隔幾乎不變，我仍能找到當日劉以鬯住的單邊大房。大堂內牆身有點剝落，他們有點保育觀念，保留了當年牆身的自然顏色。那種歲月留痕的綠色，彷如時光倒流。那條狹窄的走廊，我彷彿看到年輕的劉以鬯與羅佩雲經常擦身而過的身影。劉以鬯當時抽煙抽得很嚴重，甚至吐血，因而觸動了住在對面的羅佩雲生了憐憫之情。他們倆的愛情故事，就這樣展開了。

金陵大旅店

我亦到過他們當年拍拖常去的地方，萊佛士坊的咖啡廳，那種充滿中產的西方風味；夜風習習，椰樹之下，熱帶海邊宵夜的氣氛；海岸邊的草地上，追尋當年「沙爹」的燒烤氣味。劉以鬯夫婦口中說的幾個大型娛樂場所，如今已面目全非。劉太太工作的

「快樂世界」今已變成地盤了；「新世界」亦已成為商場了。那些1950年代的花樣年華，只能依賴劉以鬯夫婦的敘述想像了……

3.2 新馬的文學創作

雖然劉以鬯逗留在新馬時間並不長，他的觀察力卻異常敏銳，對於當地文化生活，尤其新馬那些過番華人的生活，他有不少體會。劉以鬯有一部分作品，嘗試結合華文現代主義與新馬文化的創作。儘管這段時期的創作，劉以鬯仍在摸索階段，跟1960－1970年代成熟期作品有一段距離，這些創作卻產生具南洋風味的華文小說，文化混雜，非常獨特。劉以鬯作品與新馬文化有關，大概集中在1957－1959年間，以長篇小說《星嘉坡故事》（1957）及短篇小說結集《熱帶風雨》（2010）較具代表性。《熱帶風雨》收錄了1958－1959年間為新加坡《南洋商報》所寫的短篇小說。另外亦有兩個短篇故事記述新馬，分別是〈甘榜〉（1957）及〈土橋頭──烏九與蝦姑的故事〉（1958），這兩篇小說皆輯入《甘榜》（2010）書中。這些小說主要是劉以鬯返回香港後憑藉新馬時期記憶寫成，分別在新加坡的報刊或香港報刊發表。1952年，劉以鬯在新加坡桐城書局出版過兩個單行本《龍女》及《雪晴》，前者為電影導演嚴俊的邀請下，改編中國民間故事；後者為上海時期小說《露薏莎》的單行本。[28] 兩者都無涉新馬當地風土民情。

劉以鬯與新馬文化有趣的地方，可以從三個角度討論：其一，現代都會文化的激情與憂鬱。劉以鬯繼承了上海時期的都市激情與憂鬱，結合新馬的都市現實環境，產生獨特的風格，以長篇《星嘉坡故事》為代表。其二，神話與新馬想像。劉以鬯善於捕

捉當地風土民情的神話與想像，寫出別具風味的作品，尤以寫於
1959 年的短篇小說〈熱帶風雨〉最具代表性；其三，南洋華工生
活的現代與紀實。劉以鬯一方面注意現代手法的探新，另一方面
亦不忘反映新馬現實。他特別關注華工在當地有血有淚的故事。
劉以鬯關心新馬現實環境，結合其自上海的現代主義手法，此類
創作不單豐富了新馬的華文文學，對於整個世界的華文文學現代
主義的發展亦有貢獻。在探討劉以鬯作品中新馬文化與現代主義
的關係前，有需要先認識新馬華文文學的發展背景。

　　黃萬華的《新馬百年華文小說史》（1999），對於新馬的華
文文學有詳細嚴謹的研究與整理。所謂新馬關係，十九世紀同為
英屬殖民地，大批華人移民至南洋群島，在當時英屬海峽殖民地
馬來聯邦和英屬婆羅洲逐步形成華人小區。1950 年代，新馬先後
獨立，曾共同組成馬來亞聯合邦。1965 年，新加坡離開聯邦組
織，成立新加坡共和國，西西馬、沙巴、砂勞等組成馬來西亞。
此前新馬華文文學一般統稱為「馬華文學」。[29] 現時所稱的新加
坡，在 1950－1960 年代香港一般稱為星嘉坡、星加坡、星國或
獅城。至於新馬華文文學的開端，要上溯到 1920－1940 年代。
二十世紀初，當時華僑社會政治意識的萌芽，幾乎不離中國因素
的影響。1900 年 2 月和 7 月，康有為和孫中山分別到新加坡，
前者創立保皇黨分部，後者陸續籌建同盟會分會，遂成當地保守
和革命兩派勢力。戰前五年（1937－1941）是馬華文學史的第
一個高潮，當時郁達夫（1896－1945）等中國著名作家抵達新
馬出版報刊，使馬華文學與中國抗戰文學互為呼應。戰後二十年
（1945－1965），馬來亞成為新興民族國；可惜華人社區當時錯
失良機，喪失了在馬來亞聯邦跟馬來人取得完全平等的權利，華

文語言、教育與文化政策上處於弱勢。當時現實主義傳統主導；但是新馬作家所處的社會與中國政治的聯繫開始分離，轉而關注馬來亞自身的處身環境。當時有三個主要途徑吸取華文藝術養分，分別為港台等華文主流社會的文學交流、南來作家的創作示範及宗親文化團體的推動。西方現代主義的引入，卻要依靠1950年代末港人所辦的《蕉風》所首倡，堅實地推動現代文學。而劉以鬯等著名香港作家在馬來亞的悉心指導，推介西方現代主義作家與文學知識，對馬來亞的後來者有很大幫助。當時香港與馬華作家關係密切，馬華作家的新創作集亦在這段期間得以在香港出版。當時香港出版社有赤道出版社、學文書店、三人出版社、世界出版社、上海書局、藝美圖書公司、激流書店、維華出版社、萬里出版社等十家出版馬華作品數十種。直至1965－1970年間，馬華文學重鎮新加坡從馬來亞分離，大量人才流失到美加、台港。台灣現代主義文學在這段時期取代了香港的影響力，對新馬的現代主義影響加深。[30]

劉以鬯融合現代主義與新馬文化的創作，集中在1957－1959年，可算是相當前衛的。據黃萬華所分析，當時為新馬的現代主義探索時期（1959－1964），早期作家探索方向廣泛，雖有的游移不定，但出手不凡，跟南洋土地的融合已見端倪。[31] 因此，劉以鬯的新馬文化創作，比新馬華文文學走向現代主義的探索時期更早，並且有意識地運用現代手法寫作新馬的現實環境，在藝術手法上和思想上都是極具前瞻性的實驗。此外，劉以鬯在南洋寫作了最重要的一批短篇小說，是化名其最愛的荷里活影星葛里哥（Gregory Peck），在1958年6月至1959年7月發表於新加坡《南洋商報》。當時他每個月發表三至五篇，最多的時候

曾在一個月內刊了十篇。[32]《南洋商報》在 1950－1960 年代與《星州日報》同為新加坡文壇最具影響力的左翼刊物。[33] 因此，劉以鬯在當時《南洋商報》副刊所發表的短篇小說，其實正是在新馬華文文學現代主義的母巢上播種，對當地的年輕作家具有一定影響力。[34]

4. 劉以鬯與香港

現代華文文學發展過程中，香港一直扮演着重要的地位。現代主義同源於北京、上海，1940 年代末國內緊張的政治氛圍下，分流到香港與台灣，可以說是「同源分流」。[35] 從某一角度看，上海與香港雙城的現代主義文學與文化傳承一脈，劉以鬯扮演了幾乎最重要的角色；從另一個角度看，香港身處的獨特時空，大有別於上海，劉以鬯面對的是一個全新的文化環境。香港的獨特性，有趣地成為了劉以鬯發展文學的動力，同時亦是阻力。

英國殖民政府只強調經濟發展，輕視中文與藝術。中文商業文學隨着影視文化蓬勃，報刊連載小說流行，往往印成單行本賣到新馬等地。純文藝變得很難尋找市場。英國歷來有豐富的殖民地管治經驗和手腕，重商業輕文化的政策有利去本地化，實際上是一種軟性的愚民政策，讓香港人不關心本地文化，更容易達致長治久安。連香港本地市民亦輕視香港文學，是邊緣化上的再邊緣化，亦是香港文學一直難以生存，陷入孤島狀態的政治與文化現實。

4.1 島的智慧　尋找光明

島，近於水，靈性，靈活，海納百川，川流不息，游刃自如，自由靈巧。

　　香港之所以獨特，正具備島的特性。在地理上，香港遠離北京、上海為核心的文化圈，是邊陲的小島。小島具有別於大片陸地的封閉文化，更傾向海洋式的包容文化；香港屬英國管治的地方，變成中西角力的重要場所。尤其後來 1960－1970 年代，中國愈趨走向封閉，香港成為美國以及各方勢力情報收集的重要場所。

　　文化上，左右勢力同時伸入香港，形成左右對壘的文化交戰局面。一方面有趙滋蕃（1924－1964）《半下流社會》（1953）、林適存（1915－1954）《紅朝魔影》（1955）等帶有濃烈政治色彩的「難民文學」。[36] 另一方面，虹霓出版社出版的《小說報》則強調小說必須有反共意識。當時亦有由「美新處」辦的今日世界出版社，美元資金支持的所謂「綠背文化」，目的是政治多於文藝。劉以鬯編《香港短篇小說選：五十年代》序言中指出，實際上，香港有趣之處在於有不少作家是「腳踩兩家船」，有些文藝工作者吃兩家茶禮，或向政治靠攏，或向商業靠攏，卻沒有忘記追求藝術性。種種表面看似壁壘分明的對立面，在香港這種混雜文化與包容文化下，文藝工作者往往左右逢迎，化矛盾於無形，[37] 通通都是島的靈活與智慧。

　　劉以鬯命運最大的改變是從上海到了香港，由中心走向邊緣。他亦慢慢適應這種邊緣性的位置，並且領悟到，在商業為主的城市生活，推動現代主義，是逆水行舟。他作為編輯獨具慧眼，向來「認稿不認人」、「不分左中右」，[38] 開放的態度讓他發掘到當時年輕的也斯、西西，更竭力為他們開闢專欄。多年來，劉以鬯一邊寫作現代文學，一邊在多間報館主編副刊，大量推介現代主義文學與理論，包括《香港時報》「淺水灣」、《香港快報》

「快活谷」、《快報》的「快活林」與「快趣」、《星島晚報》「大會堂」。[39] 六十五歲時，劉以鬯創辦《香港文學》（1985－　）雜誌，提攜了六十後與七十後作家，包括潘國靈、梁科慶、黃勁輝等，可說一手促成了香港幾代本土作家的成長。

　　同時，劉以鬯深諳藝術家需要一套生存策略。他把自己的作品分為商業文學與嚴肅文學，前者主要是言情的娛樂性作品，賴以謀生，是娛人作品；後者是追求高度藝術性的作品，是娛己作品。不過後來也斯發現並非如此，劉以鬯的藝術作品往往先在報紙刊登，經過嚴格刪改後刊印出版，成為藝術作品。[40] 因此他的作品雅俗共賞，保留了香港連載小說的色彩。島的包容性與混雜性，不經不覺成為了劉以鬯尋找文學接駁地氣的生存法門，在黑暗中尋找中光明。

4.2 二次凝視：劉以鬯眼中的香港

　　劉以鬯來香港，嚴格來說是兩個不同的年代，第一次是1948年，第二次是1957年。他對香港的凝視，前後不一。第一次來港，他本來希望以香港為基地，發展一個連接海外華文的文學出版社，延續他在上海所辦的懷正文化社。但是當時香港的商業化情況，令他感到無所適從。從〈天堂與地獄〉的故事所見，當時劉以鬯眼中的香港是偏向負面的。蒼蠅從臭氣熏天的垃圾桶飛出來，表面華麗潔淨的餐廳，實際上是香港的縮影。蒼蠅看着金錢在不同人物手中流轉，發現人類在金錢面前倫常混亂、道德敗壞，感到他們的內心比垃圾更骯髒。虛構故事其實與他本人的經歷有關，劉以鬯當時編《香港時報》副刊，堅持只刊登現代文學作品，即使是社長好朋友的舊體詩，他也絕不賣賬。社長最後怪罪

他，劉以鬯一氣離開香港，1952 年孤身到了新馬（即今新加坡、馬來西亞，當時並未分裂）編華文報紙。

1957 年劉以鬯回來香港，主要是因為他要與羅佩雲結婚，羅佩雲認為在新馬華文水平太低，無法發展文學，鼓勵他重返香港。他再次回來香港，第二次凝視香港，好像一次重新的發現。學者陳智德有類近的分析，他認為劉以鬯發現國內政治局勢愈來愈緊張，重返上海無望，只好重新認識香港。[41]

我們讀劉以鬯的作品會發現，愈後期的作品，劉以鬯的香港情感愈濃烈。中篇小說《過去的日子》以半自傳形式記錄了一位作家從上海、新馬到香港輾轉奔波的前半生個人經歷，思考大時代變遷與文學家個人掙扎的關係，末處刻劃了劉以鬯面對定居香港的抉擇，躊躇滿志，患得患失。微型小說〈動亂〉（1968）以死物角度記述香港 1960 年代暴動，作家以新穎手法，回應時事變化，發人深省。中篇小說《鏡子裏的鏡子》（1969）運用多重意象互相重疊的手法，描寫一位在中環工作的小企業老闆內心世界。劉以鬯敏銳的目光，關心這些香港商業社會繁榮背後，人際關係的疏離與個人的孤獨。長篇小說《島與半島》（1973－1975）受到美國作家杜斯‧帕索斯（John Dos Passos）《美國》三部曲的啓發，運用即興回應報紙時事的新聞體方式寫作。這本作品混合使用寫實與虛構手法處理新聞材料，勾勒香港的歷史面貌，是一部較少人注意的野心之作。用今日眼光重看劉以鬯小說，可以看到不少香港舊有的社會情懷，這些都是劉以鬯留給讀者的豐富而寶貴的香港資產。

三、「紀錄－劇情」：形式主義的影像實驗

劉以鬯的成名作是半自傳式的長篇小說《酒徒》，我選了這個小說的文字，成為了對應劉以鬯真實人生的文字。所謂半自傳式，其妙處在於半真實半虛構。故事主人翁「我」，跟劉以鬯本人真實的背景有很多相近。例如他們都是從上海南來香港，同樣擁有高度的文學鑒賞力，同樣在香港高度資本主義下寫商業小說謀生。但是虛構角色畢竟跟作者本人不同，劉以鬯不寫純黃色小說與武俠小說，只寫言情小說。劉以鬯不喝酒。劉以鬯沒有放棄文學，而是用精神分裂的方式為理想抗命，日間寫「商業小說」，晚間用空閒時間寫「嚴肅小說」。這種半自傳，遊走於現實與虛構世界的特質，正是劉以鬯小說的精髓所在。我選擇《酒徒》的文字，跟他真實人生互相對應，有互相補足的好處，同時增加觀眾的想像空間。因此，我運用一個讓虛構與現實互相交錯的手法：紀錄－劇情。

紀錄－劇情，顧名思義，就是紀錄片加上劇情片，這只是表面的意思。因為文學家紀錄片截然劃分為紀錄（作者或嘉賓訪談）與劇情（故事改編）兩個部分，這是很容易理解的。

但是我更有興趣思考的是電影語言上的紀錄劇情。回到上述劉以鬯所做的虛構與現實交錯的半自傳形式，他的形式可不可以挪用到電影上呢？我拍攝紀錄部分時，可不可以混入一種劇情片的運鏡模式、場面調度、空間處理呢？我拍攝劇情時，可不可以混入一些真實人物的個人元素、後設主義，甚至讓作者在故事中出現呢？這樣就可以更進一步，將劉以鬯的「半自傳」實驗加以發

揮，並且做到突破固有紀錄片模式的可能性，讓紀錄與劇情的好處得能夠互相融合。

為表現劉以鬯接近一個世紀的文學與生活，跨越的時空很廣。在有限資金下，我將拍攝場地定了在上海、香港和新加坡。而表現的方法，亦出現三個層次：劉以鬯本人的真實時空，劉以鬯年輕的過去時空（由演員飾演），虛構世界中的時空（劇情）。

1. 劇情部分的作者痕跡

形式上盡量讓虛構或劇情部分（劉以鬯的文字，劉以鬯的文學）與紀錄部分（劉以鬯的真實人生）互相交錯，形成一種形式主義的美感。調光方面，劇情部分是故意用一種膠片沖印出來的雪花效果（部分用黑白片），而紀錄部分盡量還原為自然的調光處理。所以細心的讀者，只能細細品味到這種穿梭紀實與虛構的樂趣。

我還記得拍攝時，劉以鬯說笑：「我在拍戲，做電影主角呀！」當時我請劉以鬯對着鏡中做托眼鏡的動作，拍攝了很多遍猶未成功。攝影師不斷尋找人、鏡子與鏡中影像構圖的美感，構圖又要跟演員飾演的年青劉以鬯互相對應。劉以鬯見狀，說了個笑話，舒緩了氣氛。他們身穿的那件褸是來自劉以鬯本人的，那是一件可以底面兩穿的，所以劉以鬯穿一面，飾演年青劉以鬯的演員穿的是另一面。劉以鬯可謂一語中的，看穿了我的設計。一方面是表現劉以鬯作品中「半自傳」特色（劉以鬯往往借用自身經驗塑造角色人物，主角往往充滿作者思想，卻又保留虛構成分），同時要表現一種「紀錄－劇情」特色。劇情部分，我分享三個例子，分別是《他有一把鋒利的小刀》、《鏡子裏的鏡子》及新加坡的金陵大旅店。前兩個為劉以鬯作品的「再演繹」實驗（我不想混淆用「改

編」的觀念，下文詳解），而金陵大旅店是劉以鬯與太太邂逅的實地想像。

首先，《他有一把鋒利的小刀》的開始，是先由年青劉以鬯（演員飾演）玩模型開始。因為拍攝紀錄片時，發現劉以鬯的模型有很多香港招牌，都是由他自己設計的。玩模型，好似劉以鬯寫作狀態一樣，將西方的材料、工具，通過劉以鬯的手，塑造成一個一個充滿香港本土特色內容的世界，這不就是劉以鬯一直以來所寫的現代香港小說嗎？形式和技巧是借鑒西方現代主義，內容卻是有關香港社會。所以影片中的年青劉以鬯一邊玩模型，一邊讓思想走進《他有一把鋒利的小刀》的故事之中，電影大概就是這樣構思出來的。重點是文本「再演繹」之時，不是將虛構（劇情改編）與現實（作家生活）截然二分，而是在文本「再演繹」之中，見到作家構思的過程，由現實走入虛構世界。

《他有一把鋒利的小刀》是一個內心獨白的故事，劉以鬯是故意用括號表示內心獨白，而括號外文字則表達角色行動。我安排行動是用劇情方法處理；內心獨白，是在全黑畫面放上作者原文，可以看到字幕一邊出來，一邊聽到寫字聲。觀眾有一種介乎讀小說和看電影的感官嘗試。故事末段，亞洪（故事主角）因為懷疑自己殺了人，不知森林內聽到的腳步聲，是否鬼的腳步聲。他跑得愈快，鬼的腳步追得愈快。我要求音效直接把寫字聲放入畫面之中，空間轉換之時，年青劉以鬯在書房深夜，一片寧靜。作家進入寫作狀態之中，夜闌人靜，只有寫字的孤獨聲音，快速揮動。（劉以鬯這段時間的真實人生，是一天寫十多個專欄。可以想像他經常寫得很晚，而且寫得很快。）那些虛構故事之中，亞洪聽到急迫的鬼腳步聲，是現實中作者獨自寫作的筆劃聲。虛構故事

人物，與現實作家的心靈之間似是一種互通。年輕的劉以鬯雖然是演員，那個書房卻是劉以鬯本人真實的書房，演員的眼鏡都是劉以鬯年輕時用的那副眼鏡。虛構的文學與現實的生活，無形中打破了。

《鏡子裏的鏡子》

類似的實驗有《鏡子裏的鏡子》，這個中篇小說是強調運用意象表現心理的手法，主角腦海中充滿哲學的思想。影片中，年青劉以鬯在洋服店做西裝，看到鏡子反映中有很多個自己的影像，反思存在主義的問題。然後他一個人走入中環城市之中，看到到處身穿黑色西裝的路人，他們一式一樣，沒有個性。赫然看到一個與眾不同的中年男人，眼中充滿憂鬱，彼此對望一眼，惺惺相惜，對方似是一個有思想的人。年青劉以鬯看着這個獨特的男人，開始構思故事，為他加了一個虛構的名字：林澄。這個路人逐步在作者的構思之中，一層一層的加上角色的面貌與精神狀態，慢慢成為了《鏡子裏的鏡子》中的主角林澄。我要求飾林澄的

演員，用一種逐步進入角色的手法，每加一些角色背景，他要逐步加添到身上，這是對演員很大的考驗。最後，他完全成為了林澄這個角色，並且會說話會行動，慢慢帶觀眾由一個紀錄片進入劇情片之中。

《鏡子裏的鏡子》這個處理方法，其實有點像「後設小說」手法，讓觀眾彷彿看到作家劉以鬯如何構思小說，如何塑造人物。那些做西裝的情節，既是小說中林澄的生活，亦與劉以鬯本人生活經驗暗暗連上。早在上海年青時期，劉以鬯已經到洋服店做西裝。所以我嘗試將作家的現實生活，與故事中的虛構情節暗暗連結起來，從中可以看到劉以鬯作品的「半自傳」特色。因為故事人物林澄的經歷或想法，明顯是借了不少劉以鬯本人的真實生活背景和感受。因此，這種「再演繹」的手法與觀影感受，與一般劇情改編的處理手法有所不同。

至於新加坡金陵大旅店的拍攝，最初攝製隊赴劉以鬯夫婦相識地很興奮，我們為了方便拍攝，整個攝製隊在那裏住了一個星期。對於那個建築物的空間感，房間日夜的燈光變化，我和攝影師都有一定了解。我想一個空間在紀錄片中怎樣呈現才是最有意思呢？最後，我想到用類近 MTV 的方法，將那個 1950 年代的氣氛與節奏表現出來，設想劉以鬯夫婦如何在那條狹窄的通道、梯間碰面。羅佩雲是表演藝人，黃昏過後才準備上班。劉以鬯編報紙亦是入夜回來，通常梳洗一番，再去宵夜。所以二人往往會在晚間碰見。熱帶地方的夜晚較清涼，那種情調是浪漫的。我們事前帶了年青劉以鬯的服飾，放在劉以鬯以前住過的房間，並加以佈置成當年的風味。又請一對男女演員以肢體表演的方法演繹，故意避免他們的相貌入鏡，保留一個想像空間給觀眾。仿劇情片

的做法，可以給觀眾更多直接感受的空間，勝於用紀錄的方式講述，或用新聞拍攝方法呈現那個實在的歷史空間。但是那個空間又確是真實的歷史建築。劇情與紀錄互動下，產生出來一種新鮮的效果。

如果不說，一般觀眾可能沒有留意到《1918》重要符碼 —— 領呔。細心的觀眾可能會發現，電影中不論劉以鬯本人，抑或年輕的劉以鬯，甚至文學世界中的林澄，他們身上的領呔似曾相識，連金陵大旅店房間之內的領呔亦有點重複出現。領呔其實來自劉以鬯本人，所有安排都是故意為之的。

劉以鬯作品往往玩弄半自傳的形式，他筆下的虛構人物，往往充滿個人的經歷。《酒徒》中的「我」，《對倒》中的淳于白，甚至《鏡子裏的鏡子》中的林澄等，無不充滿上海南來的背景，或多或少夾雜劉以鬯本人的生活；但是這些虛構人物又明顯與劉以鬯本人不同。「酒徒」寫黃色小說，寫武俠小說，但是劉以鬯都不寫的，他所寫的商業文學只是言情小說，他本人更是滴酒不沾的；淳于白是個退休老人，卻不一定有文人的背景；林澄喜歡哲學，卻是中環商行小老闆。這種模糊性，我想是劉以鬯與他的作品其中一個很有趣的地方。電影中刻意保留的這個特性，裏面亦有不少玩弄虛實之間的模糊性，留待觀眾慢慢玩味了。

2. 紀錄部分的劇情處境

紀錄部分，亦有劇情的設計。首先我要求攝影師盡量不可干擾劉以鬯，攝影機要配合他的動作；或者讓劉以鬯在舒服的狀態下拍攝，鏡頭的移動要與他自然互動。例如影片中要拍攝劉以鬯講說《對倒》。原著故事是以雙線並行的模式寫作，開始就有充滿

劉以鬯影子的老人家淳于白（又是一個半自傳形式），坐在當時最
新出現的雙層巴士，從一個代表時代尖端的嶄新視點（上層巴士位
置），看到巴士外的街景產生新鮮感。同時回想起自己在 1950 年
代初剛來香港的情景，今昔在現實與記憶之中快速來回往返，同
時對應現實的劉以鬯第二次來到香港的心情。

　　我安排了兩輛巴士，一輛是 1950 年代的單層巴士，一輛是
1970 年代的第一款雙層巴士。拍攝之前，劉以鬯並不知情，他
與太太來到，看見過往的巴士十分雀躍。然後兩輛巴士以對倒的
構圖方式排列，我安排鳥瞰角度拍攝，讓劉以鬯在兩輛巴士中穿
梭而過。當淳于白（一位透過作者半自傳形式塑造的故事角色）
以 1970 年代目光回看 1950 年代的香港，真實的劉以鬯用現代
二十一世紀的目光重看寫作的年代。他好像時光倒流一樣，走進
了虛構故事中的 1950 年代單層巴士與 1970 年代雙層巴士的《對
倒》世界之中。讓虛構的描述、過去的巴士，還原為可以與真實作
家以今日的眼光回看，用身體走進去遊戲的實物。即使現實的訪
問與重述，亦帶來了超越單純刻板紀錄的表面，混進了劇情的元
素在其中，帶給觀眾更多解讀和想像的空間。

　　紀錄片中運用了不少這種劇情設計的紀錄方法，例如劉以鬯
談編輯的經驗時，在紀錄片中說：「我們辦《益世報》的時候，排
字房就是這個樣子！」我們找了 1950－1960 年代的印刷儀器與
「執字粒」機，作為空間的佈景陳設。這些真實的古董可以讓受訪
者有一種時光倒流的感覺，視覺上亦可以增加觀眾對歷史的投入
與認識。

　　另一個例子是劉以鬯談到第一本在上海出版的小說 ——《失
去的愛情》，我安排了他在一堆混雜香港舊古董（八〇年代初維他

奶箱，懷舊音響設備，紅木書枱等）的空間，悄悄讓劉以鬯的私
人照片陳設其中，讓他在充滿懷舊的氛圍中追憶香港舊事舊情。
幾乎每一個訪問的設計，都是盡量運用劇情片手法製造場景與氣
氛，表現講者的內容；感情卻是真實的。例如劉以鬯發現舊日巴
士，真情流露。他興奮得馬上要爬上巴士，而我們與劉太太做好
約定，事前故意不告訴他，帶給他驚喜呢！

劉以鬯在「執字粒」背景談編輯工作

3. 糾纏難分的文字影像歷史：劉以鬯與王家衛

片名佔滿銀幕的粗大字體又是《花樣年華》片名字
樣的翻版，《酒徒》裏強而有力的文字解構與隱喻，在
《1918》裏循王家衛「花樣」裏的字圖風格。王家衛用電
影向劉以鬯致敬，《1918》又用王家衛氏的影像風格抒寫
劉以鬯，造成劉以鬯、黃勁輝、王家衛三者之間在「島嶼
寫作」這個時空裏密不可分的親密連結。[42]

　　以上是台灣資深影評人麥若愚看《1918》後的感想，他直接的反應是想起王家衛。當然劉以鬯與王家衛，都是帶給我創作上很多靈感的前輩。劉以鬯的文字轉成電影語言，之前已經有王家衛導演的珠玉在前。王家衛電影語言很大程度受到劉以鬯文字啓發，這是文學大師影響電影大師的重要歷史。我在拍攝劉以鬯的紀錄片時，似乎沒有辦法繞過這段歷史，尤其紀錄片本身是整理歷史的一種形式，又要處理文字與影像關係的載體。所以我乾脆向王導借用《花樣年華》片段進入劉以鬯的紀錄片中，既解構又重構，尋找一種跟劉以鬯、王家衛兩位一代宗師對話的嶄新的電影語言，進行一種更有趣亦更具挑戰性的實驗。

　　那些電影片名的字體，主要是參考自劉以鬯本人出版的美感。劉以鬯是編輯，對於字體很敏感。他喜歡粗體字，而且放得很大。另一方面，我發現王家衛導演受法國新浪潮導演高達影響很深，他同樣喜歡用佔據整個銀幕的字體在電影片名或主創人員名字上，顏色喜歡紅、白、藍的三原色。我想，高達是 1950 年代末至 1960 年代初法國新浪潮的代表，跟《酒徒》寫作的時代接近。因此，我在字體與用色方面，亦結合了劉以鬯、王家衛與高達的美感，作為本片美術的方向。

　　王家衛電影美學，是不容易模仿的。不過我更傾向用一種學習與對話的方法，多於重複他所做過的方法。例如王家衛導演的《東邪西毒》（1994），大量運用劉以鬯擅長的內心獨白，構成了多重敘述互涉的世界。紀錄片中《他有一把鋒利的小刀》雖然有運用內心獨白，但是我避開了用畫外音的方法，反而強調作者創作時的狀態，用寫字表現內心獨白，劇情部分表現角色行動。類似的借鑒而重新創作的地方不少，不贅多說，留待有心的觀眾細味了。

四、紀錄片的放映及展望

《劉以鬯：1918》和《也斯：東西》兩齣紀錄片，其實我同期開拍，同期完成。2016年3月至6月期間在香港公映，公映期間的場次反應很好，《1918》更有多場全爆滿（一個座位不剩）。其實影片最先在2015年12月於台灣環島公映，頗獲好評。影院公映之後（2016年5月中），台灣大專及文化界邀請我帶着兩部影片，環島巡迴演講，其間有的大學更斥資放映，先後遊歷臺灣大學（台北）、清華大學（新竹）、中興大學（台中）、靜宜大學（台中）、成功大學（台南），同時應邀成為2016年台北文學季壓軸活動講者。2016年4月在澳門有放映兩片。2016年6月中旬，新加坡舊國會大廈亦有放映兩片，設有映後談與公開講座。這些東南亞之行的經驗，讓我有一個好好反思香港文學與香港文化前途和位置的機會。

香港觀眾的反應，是教我喜出望外的。以香港文學家為主角，用電影長片規格來拍攝及放映，在香港電影史上是很新的類型。很多觀眾的反應反而鼓舞了我和團隊，這麼多年的堅持是得到欣慰的。不少觀眾因為這兩齣電影，更深入認識這兩位香港文學家和香港文學。透過電影推廣文學的策略，算是得到一點肯定。後來受到香港大學等不同大專院校邀請放映或講座，先後獲得香港藝術發展局、「香港文學節」、「明報小作家培訓計劃」等活動邀請放映，其中亦有嶺南大學的長者包場。可見觀眾層面的廣泛，長幼不分，階層不一。文學在香港雖然是邊緣，但是其內涵是豐富有趣，充滿本地思想和文化。通過紀錄片的推廣，有助向大眾市民推廣香港文學。隨着現今香港市民品味提升，觀眾更關

心本地文化，這種有文化質素的電影可以吸納更廣泛的香港觀眾。

東南亞之行，讓我感到香港文學的邊緣性。很多台灣年輕一代，他們通過紀錄片，才認識原來香港有一位這麼厲害的作家。有些台灣影評人從來不知王家衛導演的一個重要靈感泉源是劉以鬯。他們紛紛找劉以鬯的作品來讀，並翻看王家衛的《花樣年華》與《2046》，有不少新的發現。因應紀錄片在台灣公映，亦成功爭取行人出版社支持出版台版《酒徒》、《對倒》，讓更多台灣讀者認識劉以鬯。新加坡更有很多觀眾喜歡《1918》中的新加坡片段，讓他們發現香港作家與新加坡的連繫。有些觀眾更直言，一直懷疑香港文化水平不高，影片令他們對香港有耳目一新的看法。

這個文學家紀錄片實驗及巡迴放映經驗，帶給我一些反思：

一、文學家紀錄片確是非常有意義的，對於整理香港歷史與文化，推廣香港文學與文化，都有很大的裨益。

二、今次拍攝的主要資金，不是來自香港，而是來自台灣電影公司投資的。香港文學的邊緣地位，並不令人樂觀，甚至可能愈來愈艱難。

三、文學電影化或文學家紀錄片的實驗，不論成果如何，不應該由一兩位電影導演獨立苦苦經營的，更應該是由政府支持，大規模發展的。至今，很多優秀的香港作家是需要拍攝的，這麼大規模的計劃亦要更多的電影導演共同參與完成。

四、香港文學界需要更多團結力量。文學家紀錄片需要有質素的市民與有良心的評論者，一方面需要教育大眾，培育有質素的觀眾與讀者；另一方面有質量、持平而具影響力的評論亦非常重要。

（截稿前，本片仍會繼續在全球不同地方放映。2017 年將會在美國、英國倫敦、中國北京、上海等不同地方放映。）

註釋

1　劉以鬯：《酒徒》（香港：獲益出版事業有限公司，2003），頁 168。

2　我開拍的時間是 2010 年，當時未有聽聞香港有這種以一位文學家為主角的紀錄影片。台灣亦剛起步製作「他們在島嶼寫作」系列一，但是大家沒有互通消息，都是幾年後才發現。香港坊間過去雖然有某些電視節目曾做過作家訪問或紀錄，不過論電視的規格與表達模式，跟電影完全是兩碼子的事情，不可同日而語，亦不宜相題並論。

3　該說法參考自李歐梵著，毛尖譯：《上海摩登：一種新都市文化在中國 1930–1945》（香港：牛津大學出版社，2000）。

4　該說法參考自史書美著，何恬譯：《現代的誘惑：書寫半殖民地中國的現代主義（1917–1937）》（南京：江蘇人民出版社，2007）。

5　資料參考自易明善：《劉以鬯傳》（香港：明報出版社有限公司，1997），頁 14，24。

6　該說法來自穆時英：〈《公墓》自序〉，嚴家炎、李今編：《穆時英全集》第 1 卷（北京：北京十月文藝出版社，2008），頁 233。

7　李歐梵曾經用「摩登女」形容劉吶鷗筆下的女性形象。筆者認為，在劉吶鷗和穆時英作品都可以看到類似「摩登女」女性形象。詳見李歐梵：《上海摩登：一種新都市文化在中國》，頁 187–188。

8　劉以鬯：〈評「大地的海」〉，《劉以鬯選集》（香港：香港文學研究社，1980），頁 136。

9　易明善：〈劉以鬯實驗小說創作的最早嘗試：略評劉以鬯的處女作〈流亡的安娜・芙洛斯基〉〉，《大公報・文學版》，1995 年 11 月 29 日。

10　轉載自易明善：《劉以鬯傳》，頁 22。

11　有關《雪晴》與《露薏莎》的關係，本人有機會閱讀到《雪晴》原刊版本證實。出版資料來自梁秉鈞、黃勁輝、黃淑嫻等編：《劉以鬯與香港現代主義》（香港：香港公開大學，2009），頁 221。

12　轉載自易明善：《劉以鬯傳》，頁 28。（原文見香港《八方》編輯部：〈知不可而為——劉以鬯先生談嚴肅文學〉，《八方文藝叢刊》第 6 輯，1987 年。）

13　有關越界築路的資料，見劉以鬯：《露薏莎》，柯靈編：《上海四十年代文學作品系列：投機家》（上海：上海書店出版社，2002），頁 368。

14　劉以鬯：《露薏莎》，頁 267。

15　穆時英：〈上海的狐步舞（一個斷片）〉，《穆時英全集》第 1 卷，頁 331。

16　有關《南北極》及《公墓》兩本書出版的資料，見李今：〈穆時英年譜簡編〉，嚴家炎、李今編：《穆時英全集》第 3 卷，頁 549、554。

17　劉以鬯：〈雙重人格：矛盾的來源〉，《劉以鬯選集》，頁 142。（原文見《四季》，1972 年 11 月。）

18　史書美：《現代的誘惑：書寫半殖民地中國的現代主義（1917–1937）》，頁 347。

19　有關批評穆時英的文章，見錢杏邨：〈一九三一年中國文壇的回顧〉，載自嚴家炎、李今編：《穆時英全集》第 3 卷，頁 389–390；（原文見《北斗》，1932 年 1 月。）司馬令（瞿秋白）：〈財神還是反財神〉，載自嚴家炎、李今編：《穆時英全集》第 3 卷，頁 408–421。（原文見《北斗》，1932 年 7 月。）

20　劉以鬯：〈雙重人格：矛盾的來源〉，《劉以鬯選集》，頁 144。

21　劉以鬯：〈雙重人格：矛盾的來源〉，《劉以鬯選集》，頁 145。

22　載自易明善：《劉以鬯傳》，頁 8。原文見劉以鬯：〈編者附記〉，《掃蕩報‧掃蕩副刊》，1949 年 4 月 19 日。

23　劉以鬯：〈評「大地的海」〉，《劉以鬯選集》，頁 136。

24　劉以鬯：《露薏莎》，頁 281。

25　易明善：《劉以鬯傳》，頁 15。

26　劉以鬯：〈過去的日子〉，《過去的日子》（上海：百家出版社，2011），頁 267。

27　梁秉鈞、黃勁輝、黃淑嫻等編：《劉以鬯與香港現代主義》，頁 221、225。

28　該兩書的資料來本人跟劉以鬯夫婦的訪問中得知。

29　黃萬華：《新馬百年華文小說史》（濟南：山東文藝出版社，1999），頁 13−14。

30　黃萬華：《新馬百年華文小說史》，頁 15−18、22。

31　黃萬華：《新馬百年華文小說史》，頁 174−175。

32　東端、瑞芬：〈出版說明〉，劉以鬯：《熱帶風雨》（香港：獲益出版事業有限公司，2010），頁 8。

33　黃萬華：《新馬百年華文小說史》，頁 33。

34　新加坡詩人蔡家茂（1940−　）自述童年經常跟弟弟追看《南洋商報‧商餘》作家葛里哥的文章，卻不知作者的真正身份。（見蔡名茂：〈筆名趣談〉，《南洋商報‧商餘》，2011 年 3 月 5 日。載於南洋網（http://www.nanyang.com.my/node/340948），閱讀日期：2011 年 12 月 27 日。）

35　黃萬華：《史述和史論：戰時中國文學研究》（濟南：山東大學出版社，2005），頁 363−372。

36　南郭：〈香港的難民文學〉，《文訊》第 20 期，頁 32−37。

37　劉以鬯：〈序〉，《香港短篇小說選：五十年代》（香港：天地圖書有限公司，1997），頁 1−7。

38　黃萬華：〈跨越一九四九：劉以鬯和香港文學〉，梁秉鈞、黃勁輝、黃淑嫻等編：《劉以鬯與香港現代主義》，頁 18−19。

39　嶺南大學人文學科研究中心：〈劉以鬯作品年表〉，梁秉鈞、黃勁輝、黃淑嫻等編：《劉以鬯與香港現代主義》，頁 225−226。

40　也斯：〈劉以鬯的創作娛己也娛人〉，《信報》第 24 版，1997 年 11 月 29 日。

41　陳智德：〈「錯體」的本土思考 —— 劉以鬯〈過去的日子〉、《對倒》與《島與半島》〉，梁秉鈞、黃勁輝、黃淑嫻等編：《劉以鬯與香港現代主義》，頁 133−142。

42　麥若愚：〈劉以鬯、黃勁輝、王家衛的島嶼共譜 ——《1918》〉，網誌《鳴人堂》（http://opinion.udn.com/opinion/story/6664/1391200）。

1918

劉以鬯

他們在島嶼寫作 II

劉以鬯與
現代主義心理敘事

　　1960 年代初至 1980 年代，劉以鬯寫了不少實驗小說，探索現代主義的心理敘事。較多人注意的是《酒徒》，劉以鬯運用了當時較少人運用的西方意識流手法寫成，在 1962 年《星島晚報》上連載。1968 年開始，有論者認為《酒徒》是「中國第一部意識流的小說」。[1]《酒徒》以後，其實劉以鬯對於心理敘事的探索幾乎沒有停頓，例如較少人注意的中篇小說《鏡子裏的鏡子》（1969）、1970–1971 年的連載長篇小說《他有一把鋒利的小刀》（原名《刀與手袋》）、1971 年開始在報紙連載的中篇小說《陶瓷》和《郵票在郵海裏游來游去》（1971–1973），以及 1980 年代初的中篇小說《黑妹》（1981–1982）。值得留意的是，劉以鬯在 1960 年代的心理敘事，與 1970 年代以後的書寫模式與方向都有所不同，由注重深層心理書寫轉向表層心理書寫。[2]

　　《酒徒》在 1960 年代初的香港誕生，是孕育自歐洲在 1950 年代中開始回顧意識流小說的氛圍有關。據當時艾德爾（Leon Edel）所著《現代心理小說》（*The Modern Psychological Novel*, 1955）一書的分析，心理書寫的現代手法，以第一次世界大戰期間為開端。當時有三位作家不約而同在其國家發展現代心理小說，他們包括法國的普魯斯特（Marcel Proust, 1871–1922）在 1913 年出版作品《追憶逝水年華》（*Remembrance of Things Past*）；愛爾蘭的喬哀斯[3]（James Joyce, 1882–1941）在 1914 年出版《一個少年藝術家的自畫像》（*A Portrait of the Artist as a Young Man*），以及英國女作家理查德遜（Dorothy Miller Richardson, 1873–1957）寫成十二部（chapters）小說《朝聖之旅》（*Pilgrimage*），第一部出現於 1915 年，最後一部完成於 1938 年。這三位作家都有意識地將小說由追求外部寫

實，轉而為關注內部真實，從形式上和內容上出現了一種嶄新的心理小說。當時英國興起了意識流小說（stream-of-consciousness novel）或稱靜默小說（the novel of silent）、內心獨白（internal monologue）的說法，在法國則出現流動的思想（flowing thought）、尋求心靈的濃郁氛圍（sought the very atmosphere of the mind）的說法。[4] 意識流，本是心理學的名詞，來自威廉·詹姆士（William James）的《心理學原理》（The Principles of Psychology, 1890）。他對意識流的定義是指人類所有的記憶、思想、感覺，另一個重點是意識流的呈現方式不是一條鏈狀，而是川流不息的流動（a stream, flow）。[5] 這種心理學的理論，後來演繹為文學作品，而意識流小說亦誕生於西方現代主義的氛圍中。另一位同樣以寫作意識流小說聞名的英國小說家吳爾芙（Virginia Woolf, 1882−1941）有一名句：「1910 年 12 月左右，人性改變了。」[6] 這個時期在西方出現了現代主義，現代小說對於人性的理解、人性的描述方法產生了很大的改變。與此同時，歐洲二十世紀最初十年興起的現代心理學、存在主義、人類學等新思想，再加上工業文明的發達以及道德觀念的改變，在在令到小說有需要對人性的理解和表現尋找新的方法。因此，摒棄傳統重視外貌寫實，轉向內心挖掘；另一種說法，就是放棄傳統以情節、人物、對白等敘事手法，轉為關注意識的流動、意象的感覺、注意文字的節奏與表意功能，以新的方法描寫現代社會複雜的人性。[7]

劉以鬯在 1960 年代寫意識流小說，其實他早在上海聖約翰大學讀書期間（1937−1941 年）已接觸大量的西方文學，包括狄更斯（Charles Dickens, 1812−1870）、帕索斯（John Dos Passos, 1896−1970）、托爾斯泰（Leo Tolstoy, 1828−

1910）、海明威（Ernest Hemingway, 1899－1961）、福克納（William Faulkner, 1897－1962）、毛姆（William S. Maugham, 1874－1965）等作家，而意識流的小說家吳爾芙，以及喬哀斯的意識流重要巨獻《尤利西斯》（*Ulysses*, 1922）亦是在這段時期接觸的。[8] 這個說法是可信的，據黃淑嫻的考證，中國早於 1910 年代已出現介紹心理學的文章，例如錢智修的短文〈夢之研究〉刊於 1913 年《東方雜誌》（1904－1948）上。《精神分析引論》中文版則在 1930 年出版，由高覺敷翻譯。[9] 史書美曾考證在 1920－1930 年代的上海，大量文學雜誌譯介西方文學，例如《新文藝》（1929－1930）譯介喬哀斯、谷崎潤一郎（1886－1965），《小說月報》（1921－1931）亦譯介過喬哀斯、吳爾芙，《中國文學》（1934）同樣譯介過喬哀斯。[10] 五四時期已經有不少文學作品探索現代心理問題，當時有不少文章分析魯迅（1881－1936）、郁達夫、施蟄存（1905－2003）等的作品與心理敘事的關係。[11] 只是真正成熟的意識流小說卻未有誕生。由此可見，劉以鬯是在 1930－1940 年代大學讀書時已接觸到喬哀斯的《尤利西斯》等意識流小說，在 1949 年來到香港後，分別在《香港時報》、《星島週報》、《西點》雜誌等當編輯，1952 年到新馬擔任不同報章編輯，到 1957 年返回香港，擔任《香港時報・淺水灣》編輯，並在 1962 年 2 月改版。[12] 劉以鬯所主持的《香港時報・淺水灣》大量譯介西方現代主義的文學和評論，其中有些文章譯介意識流小說，亦有一些文章懷疑意識流在香港社會的可行性，[13] 劉以鬯就是在這種氛圍下創作了《酒徒》。

　　劉以鬯的《酒徒》不是對西方文學的簡單模仿，而是吸取西方文學技巧的好處，轉化為描述香港 1960 年代的城市生活與批

判當時的文化環境。劉以鬯特別注意提煉華文語言的藝術，從中看到他在 1950 年代較早期的文學實驗的痕跡，亦可以看到他受到 1930－1940 年代上海新感覺派穆時英的現代文學風格影響，以及找到來自魯迅、郁達夫等的五四精神的傳承。因此，《酒徒》具有文化意義上的價值，亦有中國文化與西方文化融合的藝術價值，學術界普遍對《酒徒》的價值是肯定的。在 1990 年代，有學者認為《酒徒》「應是第一部真正實驗意識流的中國小說」，[14]或「真正的『中國第一部意識流小說』」，[15] 2000 年以後，曹惠民整理了評論界對《酒徒》的評價，包括「中國第一部意識流小說」、「第一」、「里程碑」、「扛鼎之作」、「經典之作」等，他認為「評價幾近登頂」。[16] 以往有關《酒徒》的評論與研究很多，下文會從過往較少人討論的方向入手。經本章歸納所見，《酒徒》運用了六種不同語言模式，該語言模式分別受上海新感覺派、西方意識流小說等的影響，反映劉以鬯通過華文的琢磨與創新尋求獨特個人風格，並建立一套龐大而精緻的華文語言系統，表達複雜混亂的意識世界。

另一方面，劉以鬯在完成長篇意識流小說《酒徒》後，對於內心挖掘的興趣開始轉變。他受到法國新小說派的影響，反思心理小說向內心挖掘手法中過分感性的問題，進入一個由深層心理書寫轉向表層心理書寫的時期。這些作品集中在 1970 年代初至 1980 年代初，其中有一些是融合深層與表層心理書寫的混合模式，另一種是以表層心理書寫為主的小說。

一、1960年代初 《酒徒》與意識流小說

《酒徒》是華文現代主義的重要文學作品，根據本人收集、統計、整理，現時中外有關《酒徒》的評論文章超過四百篇（見本人博士論文《劉以鬯與現代主義：從上海到香港》參考文獻「劉以鬯作品評論文章」）。在這浩瀚的評論之中尋求新觀點，確實不容易。本章節希望整理過往重要觀點，加以分析，並且盡量避免重複，推陳出新，提出較全面整體論述。有關過往《酒徒》評論文章，可分幾個時代討論。在1960年代，關於《酒徒》的評論不多，水平亦偏低，當時流於意見討論或情緒宣泄居多，鮮有嚴謹分析。有商業作家認為《酒徒》是「傻瓜」的行為；[17] 亦有流行作家表示支持，向大學生作深切的自我剖白：「我們太庸俗了。你們愈少讀我們愈好，否則，年紀青青的也來學得一身撈經，一手撈路，中國的文化前途還堪設想者乎？」[18]《中國學生周報》上有文章開始注意《酒徒》受到喬哀斯與吳爾芙的影響，以及留意到劉以鬯「將詩與小說作結合」的嘗試。[19] 大抵這部作品沒有引起當時香港文壇很大的反應，沉寂了大概十五年。1979年，《酒徒》在台北遠景出版事業有限公司再版，[20] 才引起較多討論。由1979年開始，直至1980－1990年代，對於《酒徒》有較廣泛和較深入的討論，這個時期主要爭論的熱點圍繞西方意識流小說定義。2000年以後，討論層面傾向評估《酒徒》在二十一世紀的價值。

1970年代末掀起了西方意識流小說定義的爭論。唐大江發表文章〈《酒徒》小介〉，注意到意識流源自威廉・詹姆士的心理學、柏格森的時間觀和佛洛伊德的精神分析，並嘗試結合分析有關時

間、意象運用與心理的關係:「思想由意象組成,且連綿不絕;主觀時間才是真正的時間,『過去』藉回憶永存於『現在』,亦持續不斷;慾望和過去經驗等之被挫,造成的精神傷害,給潛意識壓抑着,是為潛意識的世界。內心獨白則是以這主觀表現,使角色更形活現。這種手法,貌似雜亂,實則是用最經營的文字,最理想的計度,最感性的觸覺,糅合成一幅精神狀態圖。」[21] 關於意識流的論述提出後,很多評論在 1980 年代開始思考,究竟意識流是一種手段、技巧,還是應該視為一種內容與形式結合的文學體裁(即「意識流小說」)?有論者對《酒徒》是否意識流小說顯得猶豫,認為劉以鬯只關心意識流小說技巧,是對西方手法的活用,提議《酒徒》的重點適宜放在社會環境和時代精神。[22] 有專攻西方文學批評的論者指西方一般的意識流小說是異常艱澀,例如福克納的《喧嘩與憤怒》(*The Sound and the Fury*, 1929)和喬哀斯的《尤里西斯》等,《酒徒》聰明的地方正來自以「酒」作為內在真實與外部情節的銜接,是對西方現代文學技巧的靈活轉化。[23] 這個問題的討論,延伸至 1990 年代。李今在〈劉以鬯的實驗小說〉(1992)一文中,提出劉以鬯在西方意識流小說中運用上的問題。他認為西方意識流小說重視題材,以一個或幾個人內部的精神活動為主題;劉以鬯更傾向以意識流作為小說的技巧,並且有其故事主線。李今認為一般意識流小說以內心獨白為主,以感官印象為輔;《酒徒》則以感官印象為主,內心獨白為輔。[24] 簡言之,這個論爭主要圍繞三個看法:其一,「意識流小說」是一種由內容到形式的文學類型,還是只是一種現代手法?其二,內心獨白是否表現意識流的一種手法?其三,劉以鬯的《酒徒》跟西方意識流小說是否一樣?

　　探求有關意識流理論的討論，還是回到當時的語境之中。1960年代，對華文文學是個特別的年代，港、台先後出現了兩部意識流長篇小說和多個意識流短篇小說。這個特殊的華文意識流熱，大抵跟1950年代戰後西方學術界開始回顧意識流小說的發展有關。[25] 當時西方有兩部研究意識流小說的重要專著出現，除了上文談及由艾德爾所著的《現代心理小說》，還有堪富利（Robert Humphrey）的《現代小說中的意識流》（*Stream of Consciousness in the Modern Novel*, 1954）。[26] 對於意識流的觀點，堪富利具有清晰、中肯而科學的分析。堪富利似乎未滿足於心理學家詹姆士對於意識流的解釋，詹姆士將意識流定義為人類的記憶、思想與感覺，並且加入川流不息的流動觀念，堪富利認為這種講法太籠統地將意識流指稱為客體的對應物，而忽略了其間的技巧、目的和主題。[27] 堪富利顯然察覺到意識流這個名詞由心理學轉用到文學身上，其間在理論層面上有很大的空隙需要填補，否則文學上的討論與分析都容易變得模糊。在堪富利心目中，意識流小說的典範作品，包括喬哀斯的《尤利西斯》、吳爾芙的《戴洛維夫人》（*Mrs. Dalloway*, 1925）與《航向燈塔》（*To the Lighthouse*, 1927）、福克納的《喧嘩與憤怒》等。[28] 堪富利對於意識流概念分析最有意思的地方，是分為精神層面和心理層面來討論。據堪富利所說，意識流小說應該能確認到隱藏在意識內的內在層面，由最低至最高出現程度不同的心理層面。最低層面指語言未形成的狀態，最高層面指能以語言溝通的理性層面。因此，理智（intelligence）或記憶（memory）不能混為一談。根據他的嚴格劃分，美國作家亨利・詹姆士（Henry James, 1843–1916）的小說亦不能算是意識流小說，原因是詹姆士在小說

中所表達的,仍然停留在角色的理智層面,是屬於私人的意識（chamber of consciousness）,而不屬於哲學或認識層面。詹姆斯所表現的只是一種直覺,角色的記憶、想像、感覺都是一種現象。當中沒有心理學方面的知識支持,亦沒有來自存在主義、個人主義等哲學知識為基礎。根據堪富利的嚴謹分法,內心獨白只停留在理智層面,亦不應等同意識流了。[29] 綜合堪富利的說法,意識流小說包含心理上和精神上兩個層面,同時呈現在內容和形式上。內容上涉及的感覺、記憶、想像、直覺等,同時是形式的表達,二者是無法二分的。[30] 至於作家如何處理意識流小說,可以在風格上和程度上有所不同。所謂風格上,是指表現形式和文字處理的方法;所謂程度上,是指在心理學和哲學知識基礎上,對內心挖掘的程度。[31]

　　堪富利的意識流小說觀點是相對狹義,卻是比較科學而清晰地切中問題。通過他的理論觀點,亦可以釐清上文提及的三個看法:其一,意識流小說本來是形式與內容一致的,劉以鬯的《酒徒》其實正是表現了這種特色。綜合當時各種討論,以李干在〈劉以鬯的長篇小說及其它〉（1992）中對《酒徒》作出相對比較清晰的分析,「《酒徒》在藝術上創新度很高。首先,是將藝術的聚焦點對準人物生活的深層結構,寫人的感情活動、意識乃至潛意識,以表現人物內心世界與客觀世界所產生的矛盾衝突。劉以鬯說:『我在《酒徒》中運用不同的方式去表現書中主角的內心世界受到壓迫時所引起的衝突。』他的重點不是寫人物幹什麼,而是寫人物隱秘、黑暗的心靈糾葛。小說寫心理活動的篇幅大大超過了寫實部分。」[32] 其二,內心獨白與意識流是有別的,不應混為一談。這一點其實劉以鬯在 1962 年《酒徒》初版序言中有談

及：「『內心獨白』與意識流本身在思想的默誦上、在知覺上、在感受上都略有不同。」[33] 只是他沒有深入闡釋，1979 年台灣版本中沒有刊載這個序言，引起多方爭論。堪富利的理論，其實早在 1950 年代已清晰界定了兩者的分別；其三，意識流小說並不是由同一種風格界定，每個作家應運用不同形式風格的文字來表現意識流。這個問題跟中國作家和西方作家無關，即使在西方意識流小說中不同作家亦各有不同的表現風格。這個問題不容易解答，需要更深入的剖析，例如以喬哀斯的《尤利西斯》和劉以鬯的《酒徒》比較，更能看到二者的差異與相同之處。

《酒徒》是以第一稱「我」，寫一個酒徒在 1960 年代香港社會背景下理想與現實內心交戰的情況。酒徒具有劉以鬯本人半自傳式的影子，酒徒擁有豐富的文學知識，對西方文學與五四新文學有獨到的個人看法，在香港的商業社會卻是無所用處，他只能以黃色文字與武俠小說賺取稿費謀稻粱。酒，是酒徒逃避現實的工具，亦是穿梭意識與潛意識的鑰匙。現實的醜陋與理想的遙遠，使酒徒活在一種精神分裂的狀態，良心時時受譴責，長處於醒與醉的兩個世界之中。這個小說對香港社會具有深刻的批判性，從中亦帶出香港社會重商輕文、消費掛帥、貧富懸殊、人際疏離等問題。另一方面，他在這種消費掛帥、民風勢利的商業社會中生活，朝不保夕、入不敷支的寫作生涯，使他個人形象低落，連追求愛情的勇氣也喪失了。圍繞他身邊有四個女性，酒徒喜歡張麗麗，張麗麗卻只喜歡金錢；酒徒不敢接受司馬莉的情慾，她是一個未成年的少女；丈夫經常不在家的包租婆不甘寂寞，酒徒不想維持跟她的純肉體關係；酒徒用金錢販賣楊露的愛情，他以為跟楊露只是一種玩票心態，原來自己不經不覺動了真

情，楊露卻只是把他視為顧客。《酒徒》用「四個女人都是新世紀病患者」[34] 來形容她們。劉以鬯在 1962 年初版序中提及：「……現代社會是一個錯綜複雜的社會，只有運用橫斷面的方法去探求個人心靈的飄忽、心理的幻變並捕捉思想的意象，才能真切地、完全地、確實地表現這個社會環境以及時代精神。」[35] 劉以鬯注重挖掘內心的寫作方法，捕捉他眼中香港社會複雜的人性和病態，顯然受到西方二十世紀初心理分析小說的思維影響。

　　《酒徒》小說中經常提及的喬哀斯與《尤利西斯》，是劉以鬯寫作《酒徒》重要的參照藍本。他在序言中一再肯定這部小說的成就：「內在真實的探求成為小說家的重要目的已屬必須。J‧喬也斯（編按：即是喬哀斯）的《優力西斯》（編按：即是《尤利西斯》）以完全反傳統的面貌使讀書界見到了新的方向。這是一本以意識流手法為主的長篇小說，以冗長的篇幅寫 1904 年 6 月 16 日那一天中發生在杜（都）柏林的事。」[36]《尤利西斯》所記的雖然只是一天的事情，這部巨著份量不輕，分成十八個篇章。據堪富利的分析，章節在敘事時間上十分複雜。《尤利西斯》這個故事主要由斯達芬（Stephen）、布盧姆（Leopold Bloom）和布爾太太（Molly Bloom）[37] 三個為主角。斯達芬出現在第一章，布盧姆出現在第四章，兩位男主角時分時合地出現於其後的各個篇章之中。最後一章，由布爾太太一人獨佔一章，整章以沒有標點符號形式呈現。結構集中在 1904 年 6 月 16 日一天的時間，故事由 8 時至 10 時開始，全書有兩個同一時間的開端，分別為第一章和第四章，以後的時間大概呈順序的編排，講述十八小時內三人在都柏林城的生活。堪富利認為研究意識流小說要解決最大的問題，是作者如何處理混亂和意識活動的不規則、無紀律和不潔淨，他

形容《尤利西斯》所運用的是一個錯綜複雜的網狀系統。喬哀斯在小說中運用了多種不同敘事功能模式，傾向於一種無形式化和（感覺上的）無意義的主體。據堪富利的分析整理，《尤利西斯》敘事模式最少有七類，包括統一性、主題、原有文學類型、具象徵性的結構、形式化的環境營造、自然的周期規律、理論化的周期規律，構成了一個龐大而縱橫交錯的體系。

《酒徒》的形式明顯受喬哀斯的啟迪，卻沒有完全模仿。在敘事角度方面，劉以鬯集中酒徒「我」一人的視點，講述的時間幅度並非只限於一天，全書分成四十三個章節，因為作者所關心的是酒徒的內心變化，需要一段長時間的經歷，呈現「我」的心智如何遭殘酷社會逐步蠶蝕，其間有消沉有反抗，這種內心交戰主導着故事節奏和情節發展。處理角色混亂的意識活動時，劉以鬯跟喬哀斯同樣傾向以多樣化的不同模式表達，不過劉以鬯在華文文學中是比較早期嘗試以華文寫意識流長篇小說，他需要考慮語言問題。在我的觀察中，劉以鬯在《酒徒》運用的文字相當複雜，他所關注的是如何從華文提煉出不同語言模式，因此我無意引用堪富利分析《尤利西斯》的方法，而採取語言模式的歸納法，《酒徒》大致可分成以下幾種模式：

劉以鬯《酒徒》的六種語言模式

i.	詩化語言
ii.	意象語言
iii.	夢的語言
iv.	互文性語言
v.	獨白語言
vi.	蒙太奇語言

《酒徒》開首的文字「生鏽的感情又逢落雨天，思想在煙圈裏捉迷藏。推開窗，雨滴在窗外的樹枝上霎眼。雨，似舞蹈者的腳步，從葉瓣上滑落」，[38] 屬於詩化語言；意象語言是指透過由想像性的或現實性的環境烘托出來的情感或氣氛，例如故事描述酒徒在臨近完結的第 42 章中表現的失意情緒，「這是一串很長很長的列車，車上祇有我一個乘客。車輪在車軌上輾過，發出單調的韻律。第一次，我認出寂寞是一隻可怕的野獸。」[39] 與第 6 章酒徒醉後見到的情景，「站在鏡子前，我看到一隻野獸。」[40] 兩組意象遙相呼應；夢的語言指夢後出現的景象，故事中有兩種呈現模式，一種是沒有標點符號，另一種是全用句號把句子分隔；互文性語言是指涉及其他中外文獻的論述或引用；獨白的語言，主要指內心獨白，在《酒徒》的形式是以括號呈現；蒙太奇語言，多為記憶或夢中的語言，多由重複的同一個句子或以排比的句式結構表現出來。例如「喝完第一杯酒，有人敲門，是包租婆，問我什麼時候繳房租。/ 喝完第二杯酒，有人敲門，是報館的雜工，問我為什麼不將續稿送去。/ 喝完第三杯酒，有人敲門，是一個不相識的、肥胖得近乎臃腫的中年婦人，問我早晨回來時為什麼奪去她兒子手裏的咬了一口的蘋果。」[41] 這六種語言模式，在《酒徒》內交替出現，劉以鬯似乎有意為華文建立一套龐大而嶄新的語言系統，處理各種不規則以及不同程度的意識活動。

劉以鬯所建立的這一套語言系統，在整個觀念上固然是受喬哀斯《尤利西斯》啟發，但是他運用華文思考時，又很難不與他以往寫作的實驗性文字有關，有一些運用手法更有來自上海新感覺派的痕跡。例如首兩種語言模式是來自劉以鬯 1950 年代的實驗性文字，第 iii 種及第 iv 種語言模式是來自喬哀斯的影響，而最後

兩種語言模式則來自穆時英的影響。這六種語言模式的劃分，可以看到劉以鬯寫作《酒徒》的語言是多樣豐富的，夾雜着個人的創作風格、上海新感覺派和西方意識流小說的各種特色。另外要注意的是，各種語言模式之間，有時可以互相重疊使用，例如「我必須對自己宣戰，以期克服內心的恐懼。我的內心中，也正在落雨。（詩人們正在討論傳統的問題。其實，答案是很容易找到的。）（以《紅樓夢》為例。）（如果說《紅樓夢》是中國古典文學中最傑出的著作，相信誰也不會反對。）」[42] 這個例子看到內心獨白的語言，同時又看到討論《紅樓夢》經典的互文性語言，兩種語言並用，有些情況甚至三種語言共享。由此可見，這六種語言模式是作為工具的歸納法，以便科學客觀的分析和討論，而並非指劉以鬯只運用這六種語言模式生硬地創作。在實際運作上，是具有靈活性和具藝術性的。過往不少評論中已有分析《酒徒》表現形式，[43] 本文無意重複，不過更感興趣的是，以《酒徒》的語言系統作整體分析，並且把該語言系統與劉以鬯早期作品、穆時英與喬哀斯的關係整理出來，才是以下分析的重點。形式以外，《酒徒》中多次談及五四文學，實質上《酒徒》對於個人與社會的內省精神，跟魯迅的〈狂人日記〉遙相呼應。而 1960 年代同期出現於港台的幾部意識流小說，亦值得比較分析，在下文分成五節討論，分別為《酒徒》與劉以鬯 1950 年代小說、《酒徒》與喬哀斯《尤利西斯》、《酒徒》與穆時英小說、《酒徒》與魯迅〈狂人日記〉、《酒徒》與1960 年代華文意識流小說。

1.《酒徒》與劉以鬯 1950 年代小說

劉以鬯創作《酒徒》以前，寫過不少運用了現代心理手法的小

說，尤其集中於 1957 年。這一年，劉以鬯離開新馬再度返回香港創作。《酒徒》之中所運用的意象語言與詩化語言的模式，大概在劉以鬯 1950 年代後期的創作中已經發展出來。意象語言，是指透過環境的營造來烘托氣氛與表現角色的心情。這種語言在《酒徒》以前，劉以鬯已經喜歡在敘事中運用，側面描寫人物的心理活動。例如在中篇小說《星嘉坡故事》（1957），講述男主人公張盤銘曾經跟一個歌女白玲訂婚，後來因為誤會而分手，多年來心裏一直忘不了這個人，並且聽到她逐步因為失嗓而成為娼妓，最後淪落到酒吧接待洋水兵。張盤銘後來發現真相，知道自己當日錯怪情人，他希望到酒吧跟多年沒有見面的舊情人解釋一切。故事花了大量筆墨描寫「我」眼中的酒吧，同時把「我」的心情巧妙地融入其中：

> 那是一個瀰漫着煙霧的酒吧，有冷氣，燈光十分黯澹，進門處置着一架大型的點唱機，正在嘩啦嘩啦地播送搖擺音樂，兩個洋水兵相互擁抱着跳搖擺舞。左邊一排酒櫃，陳列着各式各種洋酒，四五個酒漢坐在高腳椅上，或獨自傾飲，或彼此聊天，或與酒吧女郎打情罵俏，笑得毫無理性，且甚猥褻。右邊一排卡位，每一個卡位都撓有帳幔，「必要」時可以隨手拉攏，不讓外邊的人能看到裏面的動靜。房子中間置着十幾個小圓櫃，此刻已坐着不少酒客，有的在唱 Auld Ling Syne，有的則已爛醉如泥，仰着頭昏昏睡去，鼾聲大作，卻無人理睬。整個酒吧，煙霧氤氳，空氣混濁，且人聲嘈雜，一切都顯得十分零亂，置身其間，立即可以體會到世紀末的頹

廢意識，誰也辨別不出庸俗與高雅，美麗與醜惡，白晝與黑夜，現實與夢幻。

我揀了最後一個卡位坐下，向酒吧女郎要了一瓶「烏啤」。

我用眼睛搜尋白玲，但找不到她。然後我用閒散的逸致去看牆上的陳設和粉飾，發現了一把塵封的古劍，一襲古代戰士的盔甲，幾張很大很大的撲克牌和一幅油畫用荒誕的筆觸繪了一個肥胖的裸女。

對於這些陳設，我倒十分神往了，我喜歡這種北歐式的鄉村風味，因此聯想到店主的「趣味」原來也不是十分低級的。[44]

這段描寫看似冗長，其實寫得十分精緻細膩。初入酒吧，男主人公的心情緊張，帶着傳統的目光站在道德高位看酒吧，滿目都是污煙障氣。他一時之間找不到白玲，嘗試用另一種閒散的目光細看酒吧，卻從塵封的古劍、古代戰士盔甲等陳設中，找到了自己喜歡的「北歐式的鄉村風味」，產生了一百八十度的轉變。這個空間環境沒有改變過，張盤銘前後不同的看法，是來自心境。這種心境改變亦隱含兩層意義，首先由於張盤銘對白玲的情感關係，愛屋及烏，他對白玲工作的場所自然產生一種較為關懷的目光看待；另一層意義是張盤銘當初沒有好好看清楚白玲的為人，因而產生誤會，兩人白白浪費了很多時光，他今敵前來希望以全新的目光再見白玲，連酒吧的工作環境亦發生了變化，是由外在環境影響心理，再由心理改變外在環境。既有心理變化，亦有言外之意。從這個例子可以見到劉以鬯早在寫《酒徒》以前，已掌握

了很好的意象語言。在《酒徒》中，這種意象語言得到更大的發揮。例如酒徒收到麥荷門的信件和鼓勵，躺在床上苦思編寫一部具獨創性的小說，但是信心不大。

> （寫一個別開生面的中篇，主要的條件：結構必須十分嚴謹。心緒不寧，漏洞必多，成功的希望也不大。）
>
> 眼望天花板，有一隻蜘蛛正在織網。蜘蛛很醜陋，教人看了不順眼。牠正在分泌黏液，爬上爬下，似乎永遠不知疲憊。
>
> （凡是嘗試，多數會失敗的，我想。沒有失敗的嘗試，就不會有成功。我應該在這個時候拿出勇氣來，作一次大膽的嘗試。香港雖然是一個商業味極濃的社會；但也產生了像饒宗頤這樣的學者。）
>
> 我一骨碌翻身下床，開始草擬初步大綱。[45]

本來百思不得其策而沒有信心的酒徒，看到一隻蜘蛛而改變立場，重新振作起來。蜘蛛只不過存在於外在環境，但是前後兩段內心獨白卻透露了酒徒內心已經發生了微妙的變化。一個人的意識在思考過程中掙扎，在多番思慮後找到突破點，這種靈性的啟悟，劉以鬯手到拈來，借一隻蜘蛛已經可以將本來混亂的意識變得合情合理。而蜘蛛織網亦隱含作家寫作一部成功而結構嚴謹的長篇小說的意思，言在意內，意在象外，發揮了意象語言的優點。

另一個更值得討論的例子是，《酒徒》中的鏡子的例子。鏡子的意象，在故事中出現了兩次，第一次出現，酒徒喝了一些酒，

跟麥荷門在餐廳爭辯，酒徒計劃寫黃色小說，麥荷門大表反對，又為酒徒自暴自棄而感嘆。這個時候，他已經有幾分醉意。故事這樣描寫：

> 不知道什麼時候與麥荷門分手，也不知道什麼時候站在自己的長鏡前。兩隻眼睛與鏡子裏的驚奇相撞，我見到了另外一個我。忽然想起笛卡兒的名句：我思故我在。（但是鏡子裏的我會不會「思」呢？思是屬於每一個個體的，如果他不能思，「他」就不存在，「他」若不存在，「他」就不是我 —— 雖然我們的外形是完全一樣的。多麼古怪的想念，最近我的思想的確有點古怪。）[46]

這一段意象文字寫酒徒看到鏡子中自己的模樣而驚奇，由於酒徒處於半醉狀態，本來在長鏡中見到自己的相貌不足為奇。他感到驚奇的並非因為鏡中的表象，而是因為半醉後混亂的意識活動的影響。括號內的內心獨白透露了酒徒因為覺得自己的思想有點古怪，看到鏡子產生外表古怪的錯覺。酒徒為了生活而開始走向墮落的路，因而悲哀莫明。雖然他在鏡中看到的依然是自己原來的相貌，發現自己「有點古怪」，是來自心理作用。借助酒的力量，酒徒看到鏡子中自我扭曲了。日有所思，夜有所夢。出現在第 11 章的鏡子意象，到了第 32 章在酒徒的夢中再次出現。這時候酒徒已在四家報紙寫黃色文字，他富有了，可以吃貴價牛柳，跟寫流行小說的朋友吃飯，跟做商人的朋友吃飯，但是他並不開心，因為酒徒無法認同他們的價值觀。他在夢中再次見到鏡子：

我走進一面偌大的鏡子

在鏡子裏找到另外一個世界

這個世界和我們現在所處的世界極其相似然而不是

我們現在所處的世界

這個世界裏有我

然而不是我

這個世界裏有你

然而不是你

這個世界裏有他

然而不是他

這是一個奇異的世界猶如八卦陣一般教每一個人走

到裏邊去尋找自己

⋯⋯

在這個世界裏祇有眼睛最真實除此之外都是影子

在這個世界裏每一個人都沒有靈魂

我倒是願意做一個沒有靈魂的人在這個世界逍遙自

在地過日子不知道快樂也不知道憂愁成天用眼睛去觀察

另一個自己以外的另外一個世界[47]

　　夢是最接近人類內心世界底層的領域，是酒徒潛意識內的鏡子世界，所以整個世界是通過想像所構成的不真實的空間。鏡子裏有另一個世界，我非我，你非你，他非他，都是沒有靈魂的人。沒有靈魂的人，顯然是酒徒自我想像的形象，同時隱含對香港消費主導、過度物質性的商業社會的批判。同樣是言在意外，意在象內。這個意象比上一個鏡子意象得到更深入的發展，內涵

亦更豐富，可見劉以鬯對於意象的選擇是經過精心安排的。劉以鬯通過長篇小說中較長的時間距離描寫酒徒面對愈來愈大的社會壓力，他的生活逐步向現實低頭，通過意象語言揭露一個生活在冷酷城市人的內心變化與發展，而意象語言在不同時間（撰寫黃色文字的前後）、不同程度的心理變化（半醉與造夢）中的拿捏準確。由此亦可見劉以鬯匠心獨運，《酒徒》故事情節看似順時發展，實際上具有兩層結構，一層是較表面屬於個人經歷的外在結構，另一層是更呈複雜而縱橫交錯的內心結構或內在結構。值得注意的是，上文所提「在鏡子裏找到另外一個世界」的鏡子意象，很有可能是後來發展成為中篇小說《鏡子裏的鏡子》的構想藍本，將意象語言與現代心理分析推向更大發展的可能性。有關《鏡子裏的鏡子》的分析，在下文的第二節「1960 年代以後的實驗小說與現代心理敘事」會深入討論。

至於詩化語言，劉以鬯在寫《酒徒》以前的試練作〈副刊編輯的白日夢〉（微型小說）中早已運用了。〈副刊編輯的白日夢〉是在 1960 年 5 月 1 日《香港時報・淺水灣》上發表的，故事把男主人公副刊編輯「我」分裂成兩個世界，其一為現實的編輯工作的世界，另一個為想像的白日夢世界。整篇都以詩化語言寫成：

> 我已聽不到你的喚聲，不知道你是否仍在遠處喚我。夢是無邊際的，一切都沒有規格。但是，用「七行大」標出林黛玉的感情，無異將制水時期的淡水傾倒在維多利亞海峽裏；用纖細的花粒裝飾李逵的大斧，猶如夏天穿棉袍。
>
> 我在夢中奔走。

借用無聲的號角亂吹，必成「庸俗小說」嘲笑的對
象。魔鬼多數愛戴彩印的面具，商品都有美麗的包裝。

鴛鴦仍在戲水。

蝴蝶仍在花叢飛舞。

將文字放在熱鍋裏，加一把鹽之後再加一把，可以
成為廉價出售的貨品。

在夢中奔走不會不感到疲勞。夢境並非仙境，遇到
絆腳的荊棘，也會流汗流淚。

為什麼？

這是睜開眼睛做的夢。

白日夢也是夢，與閉着眼睛做的夢不同。它使你發
笑。它使你流淚。它使你發笑時流淚。它使你流淚時
發笑。

排字房的鈴聲大作，我從夢境回到現實。我走去俯
視地板上的方洞，拉起破籃子，取出一張明天見報的
大樣。

大樣是路程的標記。骯髒的油墨裏蘊藏着數不盡的
躊躇與驅不散的鬱悶。[48]

《酒徒》中那種精神分裂的狀態，（藝術性的）嚴肅文學與商
業文學的互相對立，基本上在這個短篇小說中已經建立了雛型。
而詩化語言的運用方面，通過視覺（「纖細的花粒」）、聽覺（「你
的喚聲」）、味覺（「加一把鹽」）、觸覺（「夏天穿棉袍」）等
感官與想像，將現代詩的節奏、意象的跳躍性等融入敘事之中。
也許當時小說運用詩化語言是一種較早的嘗試，又是在公眾報紙

上刊載，所以劉以鬯為讀者建立不少階梯與自問自答的解釋性文字，諸如「為什麼？／這是睜開眼睛做的夢。白日夢也是夢，與閉着眼睛做的夢不同」，以輔助讀者理解。在《酒徒》中更加揮灑自如，以往不少評論對詩化語言有不同的研究角度，有的探討將詩化語言中的意象分為描述性的、比喻性、象徵性與綜合性加以討論分析；[49] 有的讚歎詩化語言那種只可意會，不能言傳的特色，使作品更耐讀；[50] 亦有論者留意到劉以鬯的詩化語言除了將指陳性敘述變為意象性的暗示，同時表現於語句的分行、排比、段落的復沓之中，讓讀者得到又突兀、跳躍，又含蓄、朦朧的感覺。[51] 本文無意重複贅論，值得補充的有兩點：其一，相對於〈副刊編輯的白日夢〉，劉以鬯在《酒徒》中出入於理性的敘事性語言與詩化語言變得更自由，更奔放，同時拆去了輔助讀者的解釋性文字，代之以酒這個工具，因此小說中經常出現「一杯。兩杯。三杯。」的字眼。其二，劉以鬯運用詩化語言，除了藝術效果，亦有其明確的目的，旨在描寫酒徒進入半醉的意識世界，與現實世界那種清醒、理性的語言區別出來。試看下列兩則《酒徒》中引文：

　　—— 再來兩杯馬推爾。

　　眼睛變成兩潭止水，忽然泛起漣漪。不知道那是喜悅；還是悲哀。

　　枯萎的花瓣，露水使它再度茁長。

　　一個戰敗的鬥士，陽光孕育他的信心。冬夜的幻覺，出現於酒與元旦共跳圓舞曲時。她笑。我也笑了。

　　然後我們在銅鑼灣一家夜總會裏欣賞喧囂。

　　站在舞池裏，這頭荒唐的小貓竟說了許多大膽的話語。

她是一條蛇。

我的手指猶如小偷一般在她身上竊取秘密。她很瘦，背脊骨高高凸起。

思想給鼓聲擊昏了，祇有慾望在舞蹈。我貪婪地望着她，發現戴着花紙帽的圓面孔，具有濃厚的神話意味。

純潔的微笑加上蛇的狡猾。

我必須求取疑問的解答，各自喝了一杯酒。當我們在一家公寓的房間裏時，她將自己嘴裏的香糖吐在我的嘴裏。她笑得很頑皮；但是我不再覺得她稚嫩了。我是一匹有思想的野獸，思想又極其混亂。在許許多多雜亂的思念中，一個思念忽然戰勝了一切：我急於在一個十六歲的女孩子身上做一次英雄。[52]

上述引文主要是半醉狀態的描寫，記述酒徒結識舞女楊露的過程。請比較閱讀下面另一段有關酒醒後的語言：

縫紉機的長針，企圖將腦子裏的思想縫在一起。這是醉後必有的感覺，雖難受，倒也習慣了。翻身下床，眼前出現一片模糊，迷惑於半光圈的分裂。（我應該戒酒，我想。）拉開百葉簾，原來是個陰霾的早晨。嘴裏苦得很，只是不想吃東西。一種莫名的惆悵，猶如不齊全的砌圖，使我感到莫名的煩惱。天氣轉冷了，必須取出舊棉襖。香港人一到冬天，就喜歡這種特殊的裝束：一件短棉襖，西裝褲，皮鞋，解開領扣，露出雪白的西裝襯衫，還往往打了一條花式別緻而顏色鮮豔的領帶。我

去南洋時，早已將冬季的西服與大衣轉讓給別人。回來時，沒有錢做新的，就在西環買了這件舊棉襖，熬過好幾個冬天。香港的冬天比夏天可愛得多，說是冷，卻永遠不會下雪。作為一個來自北方的旅客，我對香港的冬天卻有特殊的好感。於是打了一個電話給張麗麗。那個有遲起習慣的女人一聽到我的聲音就大發脾（氣），說是昨晚參加除夕派對，直到天亮才回家的。[53]

　　這兩則引文可以清晰地看到劉以鬯運用詩化語言的自覺，拿捏準確。正如堪富利對喬哀斯的分析，作家寫意識流小說面對的最大難題是如何運用文字處理混亂、不規則的意識活動。在第一段引文中，劉以鬯運用詩化語言，除了表達酒醉的狀態，亦有敘事功能。引文出現兩個場景，一個是一家位於銅鑼灣的夜總會，另一個是公寓。敘述中可以清晰描述酒徒與楊露跳舞的情況，楊露的裝束與臉型（載着花紙帽的圓臉孔），楊露的舞姿，音樂與氣氛，在公寓中見到楊露用口送香糖的頑皮行為，楊露那十六歲的稚嫩與誘惑，背脊骨特瘦的身軀，酒徒對楊露的慾念。因此，詩化語言同時扮演着事件敘述和心理描寫兩種功能，一方面在角色主觀的視角下，描述經過酒精刺激而見到的世界；與此同時要把握角色混亂的心態、情緒與意識運動。第二則的引文，酒徒酒醒後意識未完全清醒，劉以鬯仍用「縫紉機」與「半光圈的分裂」等詩化語言，酒徒打開百葉簾後逐步清醒，描述文字回復理性的敘事性文字。雖然作者所關注的仍是酒徒的意識活動，酒徒會胡亂想起香港人冬天的裝束模樣，想起自己以往在南洋的情況，但是不再用詩化語言，因為酒徒的思考活動是在語言溝通的理性層

面，不再是經過酒精作用而引起的混亂層面。由此可見，劉以鬯對於詩化語言的運用，一如喬哀斯等西方現代心理小說作家，主要思考如何用文字描寫人類由低至高出現程度不同的心理層面，運用是恰到好處，亦將中國語文中重視象徵的詩化文字巧妙地放置入他所建構的意識流語言系統之中。詩化語言所關注的除了是美學上的意象跳躍、抽象美感，亦涉及敘事功能和心理層面程度的反映。

2.《酒徒》與喬哀斯《尤利西斯》

劉以鬯的《酒徒》與喬哀斯《尤利西斯》的關係可謂千絲萬縷。在《酒徒》原文中，劉以鬯借酒徒的對白或思緒多次提及《尤利西斯》，又指出「喬也斯手裏有一把啟開現代小說之門的鑰匙，浮琴妮亞・吳爾芙跟着他走了進去，海明威跟着他走了進去，福克納跟着他走了進去，帕索斯跟着他走了進去。……」[54] 喬哀斯擁有現代主義的鑰匙，吳爾芙、海明威、福克納、帕索斯等一大批現代作家尾隨其後，《酒徒》這部野心之作顯然要追隨這一條路。《酒徒》與《尤利西斯》有一些地方相似，在形式上，有兩種語言的運用是借鑑自《尤利西斯》的，一種是互文式語言，是指對其他經典文本的互文性，《尤利西斯》是根據《奧德修斯》（Odyssey）的史詩模式寫成，而《酒徒》除了受《尤利西斯》影響以外，書中涉及大量中外文學，令《酒徒》的解讀呈更廣闊的文本互涉性。這種互涉性不是單指行文，亦涉及全書角色處理和故事設計上。《尤利西斯》由斯達芬、布盧姆和布爾太太三位主角組成，《酒徒》卻變為一人，所改動的不只是主角人數，而是反映了劉以鬯與喬哀斯在創作理念上有很大的差別。第二種幾乎是具有

喬哀斯署名式風格的全無標點的處理方法，在《尤利西斯》全書最後一章。《酒徒》中這種語言模式只會出現於主角酒徒的夢境中，為方便討論，本文稱為夢的語言。兩者在處理上同中有異；本節通過這兩種語言形式的比較，旨在理清《酒徒》與《尤利西斯》的關係。

　　《尤利西斯》的互文性語言主要跟史詩《奧德修斯》有關，《奧德修斯》是整個故事最重要的主題，主導並賦予意義於幾位主角的意識之中。而《尤利西斯》的故事人物與史詩亦有對應關係：斯達芬與忒勒馬科斯〔Tekemachus，奧德修斯（Ulysses）和珀涅羅泊（Penelope）的兒子〕，布盧姆與奧德修斯，布爾太太與珀涅羅泊。[55] 據堪富利分析，喬哀斯創作《尤利西斯》強調作者昇華至不存在的地步，而《尤利西斯》最大的成就是作者在書中表現對生命的直接接觸，讓角色的思想和行動都自然得不着痕跡，而實際上一切是經過看不見的、中立的創作者安排。喬哀斯透過角色的白日夢與心理上的錯覺，表現角色在理想與現實之間極大的差異性。角色將平凡事物視為獨特新奇，彰顯了角色自身小人物的特性。存在本身是一齣喜劇，作者讓不諧協而平凡的角色置身故事中心，角色自然地受到諷刺。《尤利西斯》模式平衡了英雄與平凡，而那種樸實無華的內心獨白是一種平衡了平凡與深刻的方法，生命在喬哀斯的精細描述下是短暫和充滿內在矛盾的，而結果往往具諷刺性。意識流表現出來的必然客觀性，使人物栩栩如生，令人置信。事實上，角色相信自己是一位個性獨特和充滿英雄感的人物，而喬哀斯認為他是平凡的。

　　《酒徒》在互文性方面沒有一個原型故事作為母型，而是呈現複雜龐大的中外文化體系，而當中夾雜着劉以鬯本人透過酒徒的

角色有所褒貶。例如酒徒言談間經常推許西方現代作家，認為「現實主義應該死去了，現代小說家必須探求人類內在真實」。又向麥荷門推介一些西方為主的世界現代文學作品：「托馬斯曼的《魔山》，喬也斯的《優力棲斯》與普魯斯特的《追憶似水年華》是現代文學的三寶。此外格雷夫斯的《我，克勞狄亞》；卡夫卡的《審判》；加謬的《黑死病》；福斯特的《往印度》；沙特的《自由之路》；福克納的《喧囂與騷動》；浮琴尼亞吳爾芙的《浪》；巴斯特納克的《最後夏天》；海明威的《再會罷，武器》與《老人與海》；費滋哲羅的《大亨小傳》；帕索斯的《美國》；莫拉維亞的《羅馬一婦人》，以及芥川龍之介的短篇等等，都是每一個愛好文學的人必讀的作品。」[56] 對於西方現代作品是極度推崇的。故事中亦涉及中國古典神話，大多出現於酒徒的潛意識裏，例如第 6 章有關酒徒睡夢中意識流動：「造物主將天梯抽去人類從此失去登天的能力／騰雲駕霧變成神仙們的特權人祇好腳踏實地／這究竟不是有趣的事經過千萬年的沉思宇宙飛船終於出現了／我欲乘坐宇宙飛船去到很遠很遠的地方翹起大拇指嘲笑天梯的笨拙／我欲乘坐宇宙飛船去到很遠很遠的地方訪問補天的『女禍』如今究竟添了幾莖白髮／我欲乘坐宇宙飛船去到很遠很遠的地方訪問被『倏忽』鑿了七竅的『混沌』／我欲乘坐宇宙飛船去到很遠很遠的地方察看六腳四翅的『帝江』究竟在天庭幹些什麼」。[57] 對於中國古代的神話未能在現世發生效用，酒徒似乎有點惋惜。現代技術的宇宙飛船是否能勾通古代神話？又似乎是預告了劉以鬯日後在故事重編上的實驗。酒徒亦喜歡談新文學，他對新文學有獨到見解。他跟麥荷門醉後大吐五四新文學看法：

      ……五四以來的短篇創作多數不是「嚴格意義的短篇小說。」尤其是茅盾的短篇，有不少是濃縮的中篇或長篇的大綱。他的《春蠶》與《秋收》寫得不錯，合在一起，加上《殘冬》，結成一個集子，格調與 J・史坦貝克的《小紅馬》有點相似。至於那個寫過不少長篇小說的巴金，也曾寫過很多短篇。但是這些短篇中間，祇有《將軍》值得一提。老舍的情形與巴金倒也差不多，他的短篇小說遠不及《駱駝祥子》與《四世同堂》。照我看來，短篇小說在這一領域內，最有成就、最具中國作風與中國氣派的，首推沈從文。沈的《蕭蕭》、《黑夜》、《丈夫》、《生》都是傑作。自從喊出文學革命口號後，中國小說家能夠稱得上 stylist 的，沈從文是極少數的幾位之一。談到 style，不能不想起張愛玲、端木蕻良與盧焚（即師陀）。[58]

酒徒對五四新文學的識見，不單是在故事文本內有獨特高見，而即使在 1960 年代初文本以外的現實環境回顧亦是卓有見地的，甚至媲美於當時中外學術界的研究，他的文學見識具有時代的前瞻性。許子東曾打趣地指出：「劉以鬯不應該將這麼精闢的文學評論，在主人公喝醉酒的情況下說出來，其實小說中的酒徒頗有自己獨特的文學史眼光。劉以鬯的小說發表時夏志清的書還沒有中譯本。我們現在都認為是夏志清發現張愛玲。」[59] 而夏志清的《中國現代小說史》英文初版是在 1961 年耶魯大學出版，中譯本初版則到 1979 年才正式發行。[60] 劉以鬯的《酒徒》在 1962 年已經在報紙刊登，可見劉以鬯把本人所具有的文學睿智和見識，賦予在酒徒的角色身上。而因此，劉以鬯採取幾乎與喬哀

斯完全相反的策略，讓角色的背景帶有濃烈的作者自我的影子，例如在虛構角色酒徒的內心獨白中透露他在上海的過去：「當我在學校讀書的時候，我已寫過實驗小說了。我嘗試用橫斷面的手法寫一個山村的革命，我嘗試用接近感覺派的手法寫一個白俄女人在霞飛路邊作求生的掙扎，我嘗試用現代人的感受寫隋煬帝的荒謬，……」[61] 當熟悉劉以鬯創作經歷和生平背景的讀者讀到「我」時，幾乎會聯想到現實中的劉以鬯，甚至可以叫喚出那幾個作品的名字出來：〈七里㘭的風雲〉（1939）、〈露薏莎〉（1945）、〈迷樓〉（1947）。然而現實中的劉以鬯不喝酒，亦沒有寫武俠小說和黃色文字，只是寫過一些較商業的言情小說，因此《酒徒》中的「我」不是完全等同現實中的劉以鬯，而是一種帶有作者半自傳式的況味。這種取向並非西方現代文學的傳統，更接近的是五四文學魯迅的內省精神（在下文的「4.《酒徒》與魯迅〈狂人日記〉」會詳細探討）。至於角色身處於現實與理想夾縫之中，作者表示很大的同情。劉以鬯借《酒徒》的故事結合當時世界文學的趨勢與中國新文學的優點，對香港當時的文學生態作出徹底的反省和批評。如果《尤利西斯》運用互文性語言是為了自然地諷刺故事角色的英雄主義，《酒徒》運用互文性語言的目的，則是為了同情擁有才華的主角，嚴厲諷刺香港物質為主文化匱乏的商業社會。同時作者透過酒徒的對白、內心獨白與意識內流動的思緒，形成一種文學品味，跟文本外的現實世界相連繫，形成一種後設式的文本閱讀（文本內討論的理想型嚴肅文學，就是文本創作自身所追求的寫作方向，通過文本書寫完成了這個理想）。而作者本人把自己真實的經歷賦予於酒徒的虛構角色身上，酒徒對自我的批判同時是作者本人的自我內省，形成再一層的後設小說。劉以鬯似乎有意

在《酒徒》建立龐大複雜的互文性語言體系，涉及中外古今大量文學，發展一種以文學批評文學的形式，很接近後現代的後設小說模式。

另外，《酒徒》中夢的語言是受喬哀斯所啟迪的。從比較對讀中，可以看到兩者在處理上有別。在《尤利西斯》最後一章，故事展示布爾太太的意識活動：

> ……有一兩回我倒是真起了疑心把他叫過來的時候發現他外衣上巴着根長頭髮可沒見那個的影子我到廚房去一瞧他正在那兒假裝喝水哪對他們來說只有一個女人是不夠的當然嘍全都怪他把底下人都慣壞啦你看多奇怪還提出過可不可以讓她在聖誕節的時候跟咱們同桌吃飯哪哦那可不行在我家絕不能這樣偷我的土豆還有二先令六便士一打的杜蠣去看望她的姑媽哦簡直是公然搶劫啦我敢說他跟那個娘兒們有點兒不乾不淨這種事兒我總能弄個水落石出他說拿不出證據來我抓到了她的證據哦對她姑媽特愛吃牡蠣我把我對她的看法告訴了她他竟然拐彎抹角想打發我出去好跟她單獨在一起我才不會降低身份去監視他們哩星期五她出去的時候我在她房裏看到一副襪帶這就太不像話做得過分了點兒當我限她一星期後捲鋪蓋她把臉都氣腫了我看索性不要女僕的好我自個兒收拾屋子更麻利哩就是做飯倒垃圾可夠討厭的反正我告訴了他要是不辭退她我就離開這個家只要一想到他曾經跟那個骯髒無恥滿嘴瞎話的邋遢女人在一塊兒來着我就連碰也不肯碰他啦她當着我面抵賴到處唱着歌兒連在廁

所裏都唱因為她曉得自己撞上了好運氣[62]

　　喬哀斯運用無標點符號方式展示意識的流動，全章是一個字扣一個字，字與字之間保持空位，首尾重複出現同一個字「yes」，頂格開始，沒有分段。細讀文字內容，會發現是帶有敘述性質的，文字敘述具有邏輯性和布爾太太的主觀性，對於丈夫的不滿情緒，丈夫與下人的勾當，都是以清楚直接的方式表達，讓讀者直接感受她所思所想。《酒徒》中的處理主要在夢中出現，並且有兩種模式。第一種模式跟喬哀斯的《尤利西斯》較接近，形式如下：

　　我做了一場夢。

　　香港終於給復古派佔領了所有愛好新文藝的人全部被關在集中營裏接受訓練

　　寫新詩的人有罪了全被捆綁起來投入維多利亞海峽

　　從事抽象藝術的畫家們有罪了全部吊死在彌敦道的大樹上

　　《優力棲斯》變成禁書《追憶逝水年華》變成禁書《魔山》變成禁書《大亨小傳》變成禁書《美國》變成禁書《士紳們》變成禁書《黑死病》變成禁書《兒子與情人們》變成禁書《堡壘》變成禁書《蜂窩》變成禁書……

　　沒有人可以在談話中提到喬也斯普魯斯特托馬斯曼海明威福克納紀德浮琴妮亞吳爾芙費滋哲羅帕索斯西蒙地波芙亞加謬勞倫斯卡夫卡韋絲特……

　　違者判死刑[63]

上文為節錄，原文首尾重複一個句子「我做了一場夢。」，這個做法跟《尤利西斯》有點相似。不同的是，形式上大致沒有標點符號，只保留首尾的句號和句子中間的省略號，保留傳統分段，只是分段較自由，大致以獨立一句分行，亦有幾句連接一段，近乎詩與散文兩者之間的分行法。劉以鬯的這組夢的語言，邏輯性和敘述性相對《尤利西斯》較弱。換一個角度說，就敘述的內容跟現實的距離，劉以鬯的處理更貼近意識的底層，呈現更混亂、不真實的潛意識世界。另一種模式，更清楚看到這種傾向：

> 金色的星星。藍色的星星。紫色的星星。黃色的星星。成千成萬的星星。萬花筒裏的變化。希望給十指勒斃。誰輕輕掩上記憶之門？HD 的意象最難捕捉。抽象畫家愛上了善舞的顏色。潘金蓮最喜歡斜雨叩窗。一條線。十條線。一百條線。一千條線。一萬條線。瘋狂的汗珠正在懷念遙遠的白雪。米羅將雙重幻覺畫在你的心上。岳飛背上的四個字。[64]

這一組夢的語言，在形式上以一個短句作為每一組意象的單位，每個短句間以一個句號區隔。分段仍然保留，不過沒有上述例子的那種分行的隨意性，而是以一個大段落的分段，統攝整個夢的描述。相對上一個例子，看似形式更嚴謹，在內容上卻更自由，可謂沒有邏輯性與敘述性可言，化為一張仿似抽象畫派的油畫。當然所出現的每組句子內容，有些是來自中國古典文學《金瓶梅》，有些是來自西方的超現實主義藝術家米羅（Joan Moró），不同顏色的星星跟酒徒醉後看到的影像有關。所謂沒有邏輯性是

指每組句子之間的關連，而選取每一個句子的內容則是經過作者深思熟慮與細心挑選出來的，以切合主角的性格身份和思想意識的。

喬哀斯和劉以鬯同樣關心如何表達意識那種川流不息的流動，喬哀斯是英國愛爾蘭人，他以省略標點的方式，以標音文字的音樂性，達致意識的流動。根據《尤利西斯》中文本的譯者蕭乾指出：「全書除了混雜着法、德、意、西以及北歐多種語言外，還時常使用希臘、拉丁、希伯來等古代文字，包括梵文。有時三個句子竟混幾種語言。……但有時也表現了作者的藝術匠心。例如第八章，戴維・伯爾尼同大鼻子弗林聊天，突然出現一個很長的字：/ smiledyaenednodded / 其實是『微笑哈欠點頭』三個字過去式的連寫。作者顯然是用以表現三個動作的同時性。」[65] 可見喬哀斯所關心的是音律性的問題。劉以鬯運用的是中文方塊字，中國文字的六種造字法（象形、指事、會意、形聲、轉注、假借），注重視覺和聽覺的效果而產生所謂形、音、義的特性。如果以中文字刻意模仿西方標音為主的意識流，在藝術上難以產生相媲美的美感，所以必須要重新創造一套語言模式表現意識流。劉以鬯糅合中國文字的形與音結合的高度藝術所產生的富有意象與韻律的詩意文字為本，產生夢的語言。上述兩個模式中，第一種模式以相同的句子結構相連，在「《優力棲斯》變成禁書《追憶逝水年華》變成禁書《魔山》變成禁書……」，由於「變成禁書」成為重複的韻律，誦讀時具有一定的音樂節奏，而「寫新詩的人有罪了全被捆綁起來投入維多利亞海峽」的句子則具有想像性的意象指涉。形與音更有效的結合，在第二個例子則更有趣：「金色的星星。藍色的星星。紫色的星星。黃色的星星。」保持重複結構的音

律美，而短截句子表現的意象跳躍性，富有電影蒙太奇的效果，尤其後面更混亂的意象重疊：「米羅將雙重幻覺畫在你的心上。岳飛背上的四個字。」將互文性的意象互相衝擊，以表現意識流的混亂、不規則，卻又不失文字的美感，切合角色的性格和意識。由此可見，《尤利西斯》所表現的意識流注重標音的西方文字，以及歐洲多國語言複雜多元的特性，而《酒徒》是巧妙地發揮中國表意文字的優美，結合形與音特色和意象的藝術美感。

實際上，喬哀斯在《尤利西斯》所建立的錯綜複雜的網狀系統相當龐大，而他為了讓讀者直接感受角色人物的思想與靈魂，他所運用的語言亦夾雜很多原始資料，例如附上曲譜的歌詞、[66] 1904年 6 月 16 日的財政預算、[67] 樂譜 [68] 等。篇章的形式亦不一，亦不是所有語言模式對劉以鬯的《酒徒》都有直接影響。例如第七章中切割成一組一組的斷片，每一個斷片都附上一個小標題，然後有一小段文字敘述。而斷片形式不一，有新聞報道、介紹都柏林城的一個人物、有訃告、有一件對象的描述、有打油詩等。因此，《尤利西斯》對劉以鬯在形式上有啟發作用，在實際書寫上，劉以鬯做了很大的創新，解決中國語文如何表現意識流的表現力量和藝術美感的問題，如何運用意識流表達他對香港都市的批判？如何將上海新感覺派與西方現代文學的力量結合呢？劉以鬯作了很大的一番創新，而絕非對西方文學經典的純粹模仿之作。

3.《酒徒》與穆時英小說

劉以鬯早在 1930－1940 年代的上海（抗戰時有三年在重慶避難）開始創作，他曾承認早期創作受到穆時英的影響，[69] 而劉以鬯日後的創作或多或少帶有穆時英影響的痕跡。《酒徒》中有

兩種語言跟穆時英有點淵源，分別為蒙太奇語言和獨白語言。穆時英小說中經常出現重複句子的語言模式，例如在〈夜總會裏的五個人〉（1933）中，故事描述派對完結散席一刻的落幕，「繆宗旦站在自家兒的桌子旁邊 ——『像一隻爆了的氣球似的！』/ 黃黛茜望了他一眼 ——『像一隻爆了的氣球似的！』/ 胡均益嘆息了一下 ——『像一隻爆了的氣球似的！』/ 鄭萍按着自家兒酒店漲熱的腦袋 ——『像一隻爆了的氣球似的！』/ 季潔注視着自家兒酒後的漲熱的腦袋 ——『像一隻爆了的氣球似的！』」[70]《酒徒》中亦有類似的語言模式：

> 輪子不斷地轉。打倒列強。打倒列強，除軍閥，除軍閥。國民革命成功，國民革命成功，齊歡唱！齊歡唱！
>
> 輪子不斷地轉。有朋自遠方來，不亦樂乎？那個賣火柴的女孩偷去不少淚水。孫悟空的變態心理起因於觀眾的鼓掌聲。黃慧如與陸根榮。安南巡捕的木棍。立春夜遂有穿睡衣的少女走入夢境。
>
> 輪子不斷地轉。點線面旅行於白紙上。聽霍桑講述呂伯大夢。四絃琴嘲笑笨拙的手指。先施公司門口有一堆冒充蘇州人的江北野雞。青春跌進華爾茲的圓圈。謎樣的感情。
>
> 輪子不斷地轉。「地無分南北。年無分老幼，無論何人，皆有守土抗戰之責任。」八一三。四行倉庫裏的孤軍。亞爾培路出賣西班牙的刺激。那個舞女常常借錢給我。無楫之舟航行於士敏土上。租界是笑聲集中營。笛

卡兒與史賓諾莎。我是老師的叛徒。他喜歡狄更斯，我
卻變成喬也斯的崇拜者。女人眼睛裏的磁力。槐樹以其
巨大的身軀掩蓋荒謬的大膽。

　　輪子不斷地轉。戴着方帽子走進「大光明戲院」。
一九四一。「亂世佳人」在「大華」公映。畢業證書沒有
半個中國字。日軍三路會攻長沙。

　　輪子不斷地轉。日本坦克在南京路上疾馳。一張寫
着「全滅英米艦隊」的標語被北風的手指撕落了。站崗。
愚園路的裸體跳舞。十點小。十一點大。葛嫩娘是反日
的。七十六號的血與哆嗦。[71]

　　過去有論者談及這種相似性，認為意象的反覆呈現，加強情
緒的效果。[72] 劉以鬯對這種重複句子或排比結構的語言模式，其
實跟電影的蒙太奇概念有關，故以蒙太奇語言命名。根據上述例
子，穆時英以同一個句子「像一隻爆了的氣球似的！」，作為不同
角色人物的反應，而〈夜總會裏的五個人〉中幾位主角雖在同一
個派對，身處同一個空間，各人的位置卻不一。穆時英以一個人
物的反應為一個獨立句子，概念上更接近電影上將不同角色人物
的近鏡鏡頭，以蒙太奇手法接駁在一起。事實上，穆時英對電影
上的蒙太奇手法甚感興趣。在 1937 年 2 月至 3 月期間，他曾經
撰寫題為〈MONTAGE 論〉的電影理論文章，長 18,000 字，在
香港《朝野公論》連續分三期刊登全文。[73] 劉以鬯在《酒徒》中
思考如何以華文表現不同程度的意識流，自然流露了年青時喜歡
的作家穆時英的類近手法，似是合乎情理。上述的《酒徒》例子是
經過省略，原文一共有二十七次「輪子不斷地轉」的重複句子。引

文例子主要描述酒徒的記憶，主角在抗戰時期上海租界成長，他的記憶呈現方式是斷片式的、不規則的，但是作者有意思地將每個斷片獨立為一段，每一個斷片都用「輪子不斷地轉」的重複句子為開端，將本來混亂、跳躍無序的記憶流動，經過蒙太奇形式整理，得以表現跳躍性的美感。類似的例子，出現在第 9 章中的回憶，文字上有六次重複同樣的句子組合「戰爭。戰爭。戰爭。」，每一次出現以寫實的文字記下一則中日戰爭的回憶，每一個場面都是令人震憾的。例如「一個被炸去了頭顱的大漢，居然還在馬路上奔跑」[74]；一個八、九歲大的小孩給日本坦克碾過，身體「猶如一張血紙般粘在平坦的柏油路上」[75]；一個勇敢的工廠老闆雙手抱走炸彈奔去，希望移走炸彈，妻子不贊成卻瘋狂追趕，結果炸彈爆破，「事後，我們沒有找到這一對夫婦的屍體。我們找到的衹是一隻燒焦了的男式黃皮鞋和一隻金戒指。」[76] 六個本來在敘事時間沒有直接的關係的記憶片段，透過「戰爭。戰爭、戰爭。」的重複句子與組合，整理為蒙太奇的語言模式，讓讀者直接感受主角酒徒回憶的零碎片段。這兩組同為回憶的文字，但是劉以鬯處理有所不同。前者的每一段文字都是呈散亂和高度跳躍性，後者的每一段描述卻是鉅細靡遺的寫實敘事筆法，是因為前者的酒徒回憶部分是喝酒後的回憶，後一段是酒徒在醫院不能喝酒，讀晚報見到「古巴局勢緊張，核子大戰一觸即發」[77] 而引起的聯想。因此，劉以鬯對於《酒徒》內不同語言模式的運用具有高度自覺性，目的主要是思考如何用華文處理混亂無序的意識活動和處理不同程度的心理層面，所以運用的目的跟穆時英有所不同。

　　至於以括號為形式標記的獨白語言，過去有論者曾比較閱讀劉以鬯的《酒徒》與穆時英的另一個短篇小說〈五月〉（1935），

嘗試整理獨白語言。該文章中發現兩人都喜歡用括號達致兩種功能，一種是內心獨白，另一種是夢境。[78] 這個看法略有偏差，可以稍作修訂。第一，穆時英較早開始注意括號運用，並且在內容構思上跟《酒徒》相關的作品，應該是比〈五月〉更早一年的短篇小說〈PIERROT〉（1934）；第二，內心獨白受穆時英影響的可能是在創作觀念上多於在純形式上，因為形式上的影響似乎更有可能是來自西方的現代心理小說；第三，在《酒徒》中括號的運用，若細緻分析確隱含兩種用法，除了清醒的內心獨白，另一種用法是醉後的內心獨白。穆時英在〈五月〉中確實運用括號來寫夢境，但劉以鬯的夢境不是用這種形式，而是用上文分析另一套語言模式，別類為夢的語言，所以不宜混為一談。

穆時英的〈PIERROT〉，在劉以鬯眼中是一部重要作品。劉以鬯曾經撰寫題為〈雙重人格：矛盾的來源〉的文章，分析穆時英的為人與文學，在文章末處記述：「穆時英對 PIERROT 這個名詞，似乎特別喜愛。在《公墓》的〈自序〉中，不但將戴望舒稱作 PIERROT；而且將他筆底下的人物也稱作『一些沒落的 PIERROT』。此外，他還寫過一個題名〈PIERROT〉的短篇，副題是『寄呈望舒』，如果 PIERROT 是指『走江湖的醜角』的話，穆時英本身就是一個具有雙重人格的 PIERROT。」[79] 穆時英自身的雙重人格投射於〈PIERROT〉裏的潘鶴齡身上。潘是個孤獨的作家，感到一直受讀者誤會，在一群評論家、文人之間不被理解，一心繫於日本女子琉璃子身上，認為世上無人理解他，除了琉璃子。後來發現原來連琉璃子在感情上都背叛他，故事集中描寫潘鶴齡的孤獨，他空有理想和熱情，與社會格格不入。他以為城市人狡猾，回到母鄉，以區委的身份帶領工會群眾參與示威，

最後被帶上警局，半年後出獄，一條腿跛了，還被工會成員誤會是投降政府。回到城裏重遇文壇朋友，朋友不知他到了鄉間，還慰問他怎麼失蹤半年，不見他寫稿。潘鶴齡又一再被誤會，只是白痴似地嘻嘻笑。故事的節奏追隨着潘鶴齡的思想而行，大量的內心獨白主導了故事節奏。括號的運用來自把內心世界與外部世界隔開，彰顯他個人的內心世界有多麼的孤獨。穆時英在這個故事中運用大量的內心獨白，篇幅很長，來表達內心的思想，其中第四節的內心獨白語言最值得討論，試看其中一段經節錄的文字：

> （批評家和作者的話是靠不住的；可是讀者呢？讀者就是靠得住的嗎？讀者比批評家和作者還靠不住啊。他們稱頌着我的作品的最壞的部分，模仿着我的最拙劣的地方，而把一切好處全忽略了過去。他們盲目地嘆息着：「你的作品感動了我。讀第一遍，它們叫我流淚，第二遍，它們叫我嘆息；第三遍，它們叫我沉思。」可是問一問他們吧，究竟什麼東西叫他們流淚，叫他們嘆息，叫他們沉思呢？他們會說：「你書裏那個可憐的舞女的命運。」或者說：「你書裏那些優美的感傷的句子！」甚至有人會說：「為了你的名字。」那麼莫名其妙的話。也許過了幾十年，幾百年，幾世紀，會有人真的懂得什麼是什麼吧？可是我們所理解的《浮士德》、《神曲》，希臘的悲劇，Hamlet，也和前幾代的人所理解的一樣不成？也和那些原作者要我們理解的一樣不成？文學作品是可以被人們理解的嗎？人是可以被人理解的嗎？我們所看到的理解只是一種以各人自己的度量衡來權量別人的思想以

後所得到的批評。那是為什麼？那是理解嗎？……許多
小報把我的私生活記了出來，還把他們的道德律來責備
我，他們只知道責備我的行為，而不能理解我的內心，
而且是用他們的道德律，順從了他們的習慣抽一枝煙，
抽得比他們更是他們的，他們就詩讚我偉大，就崇拜
我，讚美我。只要違反他們的道德律，違反了他們的習
慣，就是一貶眼也會受到他們的唾罵，他們的攻擊，非
要把我放在腳下踐得枯葉那麼扁不成。那又是為什麼？
我順從他們的習慣抽菸，他們讚美我，並不是讚美抽菸
得好，而是讚美我順從他們的習慣抽菸，他們讚美我，
並不是讚美抽菸得好，而是讚美我順從他們的習慣。他
們要求我順從他們，甚至於強迫我；他們給我一個圈
子，叫我站在圈子裏邊，永遠不准跑出來，一跑出來就
罵我是社會的叛徒，就拒絕我的生存。我為什麼要站在
他們的圈子裏邊呢？不站在裏邊又站在那兒呢？）[80]

　　這段引文可以感受到穆時英本人與角色的意識相當接近，劉
以鬯認為穆時英在 1933 年同一年內寫出《南北極》與《公墓》兩
部風格截然相反、人格自相矛盾的小說集，受到當時媒體批評要
他在一條生路與死路之間二擇其一。[81] 這段內心獨白是穆時英對
於當時受到左翼批評和攻擊的個人真實心聲。劉以鬯肯定他的才
華，卻認為他在政治上誤入歧途成為漢奸，「從他遺下的作品中，
可以清楚看出他的雙重人格。這種雙重人格就是『矛盾的來源』；
而矛盾情緒卻一直像無形的繩索似的捆綁着他。」[82] 劉以鬯的《酒
徒》同樣在內心有不少矛盾的情緒，而作者本人的內心心聲幾乎與

酒徒角色的內心獨白一致的。只是穆時英關心的矛盾是個人自由
與政治取態,而劉以鬯更關心的矛盾是藝術與商業。例如《酒徒》
中的內心獨白:

> 我一口氣將酒喝盡,心中燃起了怒火。
>
> (這是一個自由的地方,但是太過自由了。凡是住
> 在這裏的人,沒有一個不愛好自由。不過,盜印商如果
> 可以獲得任意盜印的自由,那末,強盜也可以獲得搶劫
> 的自由了。作者對他自己的著作當然是有著作權的。作
> 品等於原作者的骨肉。但在這裏,搶奪別人的骨肉者有
> 罪;盜印別人的著作者可以逍遙法外,不受法律制裁。
> 這是什麼道理?這是什麼道理?這是什麼道理?)[83]

角色人物同樣是喜歡在內心獨白中斥罵社會。酒徒唯一的朋
友是酒,因此他的內心獨白往往夾雜着喝酒動作。劉以鬯亦很注
意酒徒在不同的酒醉狀態,呈現不一樣的獨白語言。例如醉了的
描寫是這樣的:

> 我醉了。
>
> (拔蘭地。威士忌。占酒。新春燃放爆竹必須小心。
> 分層出售分期付款。雙層巴士正式行駛。一株桃花索價
> 千五元,年關追債,柯富達試「明輝」三段。)
>
> (排長龍兌輔幣。有錢能使鬼推磨。沒有錢的人變成
> 鬼。有了錢的鬼忽然變成人。這是人吃人的社會。這是
> 鬼吃人的社會。這是鬼吃鬼的社會。)[84]

內心獨白依然有不少對社會的怨恨和責罵，但是由於酒醉，呈現的內心獨白會相對混亂，獨白的跳躍性更大，邏輯性更低。《酒徒》的內心獨白以括號的形式表達，未必來自穆時英。例如吳爾芙的意識流小說《海浪》（*The Waves*, 1931）[85]，早於1930年代初運用括號表達內心獨白。《酒徒》與〈PIERROT〉在主題上可謂南轅北轍，但是在創作觀念上以內心獨白寫個人在社會的孤獨感卻是接近的。〈PIERROT〉的故事中充滿孤獨氣氛與格調，亦是對《酒徒》處理詩化的憂鬱氣氛有所啟發的。而穆時英在〈PIERROT〉中經常使用符號化的文字，例如：「（我也有悲哀嗎？也有感傷的悲哀嗎？？？？？？……）」[86]，亦影響了劉以鬯在文字色彩方面的提煉。因此，在《酒徒》中不時看到這類符號化的文字：「與8字共舞時，智齒尚未萌出。憂鬱等於快樂。一切均將消逝。」[87]「誰有能力使時間倒流，使過去代替未來？無從臆測：又必須將一個『？』解剖。」「麥荷門的兩隻眼睛等於兩個『？』。」「貓王的『夏威夷婚禮』散出一連串Z字形的音波。」[88] 等。因此，劉以鬯的蒙太奇語言應該受到穆時英的影響，在《酒徒》的運用上有所轉化，而獨白語言在形式上應該來自吳爾芙等西方現代心理小說家，但是在創作觀念上的運用和處理手法，從穆時英的〈PIERROT〉身上得到很大的啟發。

4.《酒徒》與魯迅〈狂人日記〉

劉以鬯在《酒徒》中創作了一個跟自己背景相似的角色，這個角色在頹廢與理想之間掙扎，在形式上展現的個人理想與社會大眾的衝突矛盾，在精神上對時代具有前瞻的反省性，跟五四文學的傳承有很大的淵源。過去有論者認為《酒徒》中所塑造的

眾人皆醉我獨醒的主角形象，是一個誤落凡間遭社會排斥的先知。[89] 實際上，酒徒的悲哀是來自傳統知識份子的自覺和睿智，知識份子所追求的理想不為世用，無法改變荒謬的現實社會，又不甘於隨波逐流，人格受到扭曲，淪為以酒避世的酒徒，在精神上跟四十四年前魯迅筆下〈狂人日記〉，那個遭社會扭曲成瘋癲的狂人遙相呼應。魯迅〈狂人日記〉與劉以鬯的《酒徒》在創作形式上有不少相似的地方，可以分別從主角的內在聲音與人的異化兩方面討論。

劉以鬯選擇意識流手法寫《酒徒》，並不是一種偶然性，更不是純粹的追求時代風尚，而是與所表達的主題之間產生了必然性的關係。酒徒面對荒謬的社會，無法把理想說出來，轉而向內轉化，內化為個人內心的獨白，退化到意識的流動之中，在酒醉中空談理想，在清醒中苟且生活，這種形式構想跟魯迅的〈狂人日記〉十分相似。王德威曾對〈狂人日記〉有類似的分析，認為「〈狂人日記〉可以讀成一個要大聲說真話的狂人陷身於一個充耳不聞的社會中，所面臨的困境。當說話者與聽者之間的障礙變得無法跨越後，狂人的（也是魯迅的）聲音只有轉而向內，以日記的形式出現」。[90] 李歐梵亦有類似的看法，認為形式上具有兩種語言，一種是主角的個人主義與孤獨者的聲音，另一種是借陳腐的文言文在前言中代表社會大眾的聲音，達致反諷的效果。「藉着將兩個不同的觀點並置在一起，再加以兩種完全不同的語言，魯迅成功地將個人與社會間的敵對，震天撼地地配列構造出來。魯迅的狂人或許可以被視為魯迅內心的一種聲音，但這個日記的方式，也可以當作魯迅對他的個人主義的一份證詞。」[91] 嚴家炎亦有類似的看法，他稱魯迅的寫作方法為「複調」：

以〈狂人日記〉為例，同一個主人公的日記，就既是瘋子的千真萬確的病態思維和胡言亂語，又能清醒深刻、振聾發聵地揭示出封建社會歷史的某種真相：當然，這還只是表層的。在深層內容上，同樣也響着兩種聲音：主人公一方面在激昂地憤怒地控訴着禮教和家族制度「吃人」的罪行，另一方面，又在沉痛地發人深思地反省自身無意中也參與了「吃人」的悲劇，慚愧到了覺得「難見真的人」。戰鬥感與贖罪感同時並存。[92]

《酒徒》亦有類似的複調特色，劉以鬯本人隱藏在主角酒徒的內心之中，讓矛盾的兩種聲音並置在酒徒的意識之中。[93] 例如酒徒有時被良知喚醒，有不少自我反省的心聲：

（我必須戒酒，我想。我必須繼續保持清醒，寫出一部具有獨創性的小說 —— 一部與眾不同的小說。雖然香港的雜誌報章多數是商業性的，但也並不如某些人嘴裏所說的那麼骯髒。大部分雜誌報章的選稿尺度固然着重作品本身的商業價格；但是真正具有藝術價值的作品，還是有地方可以發表的。所以，我必須戒酒。我必須振作起來，寫一部與眾不同的小說。當我在學校讀書的時候，我已寫過實驗小說了。我嘗試用橫斷面的手法寫一個山村的革命，我嘗試用接近感覺派的手法寫一個白俄女人在霞飛路邊作求生的掙扎，我嘗試用現代人的感受寫隋煬帝的荒謬，⋯⋯但是今天，我竟放棄了這些年的努力，跟別人背後，大寫其飛劍絕招了。我對不起自

己。我對不起自己。我對不起自己。）[94]

反省讓酒徒在書桌前努力過四個鐘頭，不過最終他又受不了酒和包租婆肉體的誘惑，而產生另一個內心的聲音：

> （我必須抹殺自己的良知，讓自己的良知，變成畫家筆底的構圖，錯誤的一筆，破壞了整個畫面，憤然用黑色塗去，加一層，加一層，加一層，加一層，加一層……黑到教人看不清一點痕跡。）[95]

《酒徒》的整個故事幾乎是圍繞着主角內心這兩種聲音的爭持，現實與理想距離的遙遠，令酒徒十分孤獨，戰鬥感與贖罪感並存。麥荷門是個對文學有熱誠的年青人，他鼓勵酒徒一起辦《前衛文學》，燃起過酒徒剎那振作的衝動；不過他很快被現實打倒了，他發現麥荷門空有熱誠，對現代文學的知識和藝術品味都是無法寄予希望的，他變得更加孤獨寂寞，他對文學的理想都只能在醉後夢中的意識之中流動。

另一方面，《酒徒》主要描述的是一個滿懷理想的知識份子如何逐步被病態的社會扭曲，終至淪為行屍走肉、沒有靈魂的酗酒者。病態的社會要令酒徒放棄理想，只有靠寫黃色文字和武俠小說才能換回自尊和生存。即使寫這類流行小說，亦要受剝削，作家刊登在報紙上的小說，會被送到南洋盜印出版，不單收不到轉印稿費，連姓名也可能被改掉。心血白費了，名利雙失，全無保障。導演莫雨找酒徒寫劇本，寫好了推說不用，轉頭卻在銀幕上映。酒徒的內心獨白是：「（這是一個人吃人的社會，我想。越

是卑鄙無恥的人越爬得高；那些忠於良知的人，永遠壓在社會底層，遭人踐踏。）」[96] 酒徒的遭遇，只是商業社會演繹的一種吃人的文化，跟〈狂人日記〉裏的吃人意象遙相呼應。酒徒扭曲自己為四家黃色小說撰稿，在生活上找到保障，用金錢買舞廳小姐楊露的廉價愛情；但是他又受不了心靈的空虛，走過西洋書店看書，他要自我譴責：

> 我必須痛下決心，與文藝一刀兩斷。將寫作視作一種職業，將自己看成一架寫稿機。
>
> 這是沒有什麼不好的。最低限度，我不必擔心繳不出房租，更不必擔心沒有錢買酒。——雖然我已無法認識人生的價值與意義。
>
> 我變成一條寄生蟲。[97]

第36章用時間排列的方式，將酒徒一天的生活寫出來。例如「上午八點：翻開日報，在副刊裏看了幾篇黃色文字。/ 上午九點一刻：我想喝酒，但是酒瓶已空。我伏在書桌上，將兩家報紙的連載小說寫好。」[98] 上午十點半，酒徒收到麥荷門寄來第二期的刊物，內容與質素都是舊式的，他失望得把雜誌扔了。中午十二點半，他在「金馬車」餐廳吃羅宋大餐，想起上海過往的生活。下午兩點半看電影，下午四點半，遇到上海時期逃難來的舊朋友，昔日上海的大學生做了今日工廠的雜工，仍然樂其中。然後在街上行逛，獨自吃豐富晚餐。晚上到舞廳隨便找個自稱二十歲的老舞女，跳舞出街，倍感寂寞。上文沒有提及酒徒的內裏思想，其實以行動寫了他對缺乏嚴肅文學創作熱情的生活，是行雲流水

的記錄，一如以順時序的記賬模式。他在物質上滿足了，在心靈與感情上卻是空虛的。正如魯迅在《吶喊》序言中所說，棄醫從文，是為了醫治精神上的、靈魂上的病。[99] 魯迅在〈狂人日記〉記錄一個曾患「迫害狂」的精神病人的日記，狂人的病中語言卻是有真知灼見，他病患好了卻去某地當官。究竟是社會生病呢？還是精神病人才是正常呢？故事保留了這種悖理，造成諷刺。在《酒徒》的病態社會裏，騙人的導演莫雨、寫黃色文字的年輕作家、謀取暴利的商人沈家寶是社會上的成功人士，酒徒卻是眾人眼中的失敗者，他只有寫黃色小說的時候才有尊嚴。在酒徒眼裏，故事中出現過的女性角色包括張麗麗、楊露、包租婆、司馬莉，「四個女人都是新世紀病患者。」[100] 唯一沒有新世紀病患者卻是雷老太，她亦是唯一一個沒有放棄酒徒，對他付出真心關懷的人；可惜她患了老人痴呆，她把酒徒誤認為死去的兒子。只有現實中瘋顛的邊緣人，才是精神上的清醒者；現實中清醒的人，卻是精神上的病患者。酒徒活在醒與醉之間，精神分裂，靈肉分離：「坐在那家餐廳裏，面對空杯，思想像一根線，打了個死結。情緒的真空，另外一個自己忽然離開我的軀殼。一杯。兩杯。三杯。張麗麗的目光像膠水一般，鋪在我臉上。我看到一條金魚以及牠的五個兒子。」[101]「一杯。二杯。三杯。四杯。五杯。⋯⋯／我不再認識自己，靈魂開始與肉軀交換。包租婆的牙齒潔白似貝殼。包租婆的眼睛瞇成一條線。」[102]

現代人的異化與心靈的病是否無可救藥呢？魯迅相信文學可以救贖民族的文明與精神，對於過去的「四千年喫人履歷」，[103] 魯迅是斬釘截鐵的。他只展望未來，寄託在孩子身上。酒徒是軟弱的，以酒逃避世界，又沒有勇氣和決心，連自殺亦不會成功。

他只是一個站在城市土壤上的存在主義者，活在過去與現在的夾縫之中，掙扎於邊緣和中心之間，西方學者雲蒂・拿臣（Wendy Larson）有類似的看法。她認為《酒徒》把現在與過去視為對立面，從文藝方面而言，現在，指五四以來的新文學；過去指李白、杜甫、《紅樓夢》、《水滸傳》、《西遊記》等傳統文學經典。她認為劉以鬯一方面批評傳統文學中含有諸如八股的有害而落伍的元素，另一方面又承認傳統文學經典中有其養分，可以通過改寫等方法重新肯定傳統的價值。而從歷史的角度而言，現在與過去亦同樣存在着對立面。例如雷老太的瘋癲來自歷史的陰影，她的兒子新民是死於重慶的戰亂，她將酒徒誤當為死去的兒子，將歷史的包袱亦加諸酒徒身上。另一方面，在重慶的報館工作認識的舊同事沈家寶卻是沒有歷史包袱的人。酒徒知道他去年買賣日貨賺了三十幾萬，質問他：「我們是知識份子，我們不能像那些唯利是圖的無知商人一樣，將那八年的慘痛經驗全部忘記。」[104] 但是沈家寶卻笑指維多利亞港兩岸的廣告牌中，有七成是日本牌子，而日本已經是民主國家，整個東南亞區除了新加坡的華人外，幾乎很少人還記得這些過去的事情。拿臣認為酒徒夾在過去與現在兩者之間。[105] 劉以鬯對於過去十分執著，在《酒徒》中多次提出對五四新文學的看法，即使為《前衛文學》撰寫發刊詞，提出的兩個要點中，亦要以「對五四以來的文學成敗作出不偏不倚的檢討」[106] 作為首要重點。在發刊詞上對未來發展的文學路向，充滿前瞻看法和理想：「首先，必須指出表現錯綜複雜的現代社會應該用新技巧；其次，有系統地譯介近代域外優秀作品，使有心從事文藝工作者得以洞曉世界文學的趨勢；第三，主張作家探求內在真實，並描繪『自我』與客觀世界的鬥爭；第四，鼓勵任何具有

獨創性的、摒棄傳統文體的、打破傳統規則的新銳作品出現;第
五,吸收傳統的精髓,然後跳出傳統;第六,在『取人之長』的
原則下,接受並消化域外文學的果實,然後建立合乎現代要求而
能保持民族作風民族氣派的新文學。」[107] 在《酒徒》的書寫中寄
託了他對五四新文學傳承的寄望,這個宣言亦是後設式的,是《酒
徒》自身寫作的指引。《酒徒》是個沒有未來的結局,他在雷老太
自殺後深切自省,下午在日記簿上寫了「從今天起戒酒。」[108] 傍
晚時分,他卻在一家餐廳喝酒。故事由此作結,沒有給予希望,
不過酒徒在故事中內心輾轉掙扎的反省中,可以看到深刻的存在
主義式反思:

> 我責怪自己太低能,無法適應這個現實環境。我曾
> 經努力做一個嚴肅的文藝工作者,差點餓死。為了生
> 活,我寫過不少通俗文字,卻因一再病倒而觸怒編者。
> 編者的做法是對的;我唯有責怪自己。/ 今後的日子怎樣
> 打發? / 找不到解答,向夥計再要一杯酒。我不敢想,
> 唯有用酒來麻醉自己。我身上祇有十五塊錢,即使全部
> 變成酒液喝下,也不會醉。我不知道,繼續生存還有什
> 麼意義?我想到死。[109]

　　《酒徒》的重點並不在於解決問題,而是通過酒徒內心的深切
挖掘,提出時代的問題,予人反思。酒徒一如狂人,希望喚醒大
眾時充滿戰鬥感,自身無法擺脫社會現實醜惡時又充滿贖罪感。
　　香港社會的語文政策看似自由,民間還是可以使用中文,並
不似另一個英國殖民地印度。在英國管治下的香港,中文在社會

上卻是次等語言。市民想投考公務員或在社會上擔任管理階層，往往以英語為主。港英政府的教育政策，不重視美學、藝術，只着重語言和語法訓練。因此「中國文學」只併入中國語文範疇內，「中國文學」後來只有少數學校開設，作為預科（中學舊制七年中最後兩年的高中課程）投考中文系的選修科，投考人數每年只有極少數。即使英語亦只着重語法和商用語言訓練，只有極少數學校開設英國文學專科。港英政府一百年來從來沒有推行任何長遠文化藝術的策略，表面上創作是自由的，但是在重商環境下卻教藝術工作者難以生活和維持尊嚴。社會風氣是重英輕中，重視營商輕視文化藝術，中文寫作只淪為娛樂消閒的功能，文化傳承與意義只徒為講求實效利益環境下的笑話。劉以鬯能夠在 1960 年代香港這種社會環境下，堅持中國文化的傳承，書寫《酒徒》本身已經完成了一次現實的反抗。

總言之，魯迅的〈狂人日記〉在精神上對《酒徒》有啟發的作用。兩者所處的年代不同，魯迅所關心的是感時憂國的問題，而劉以鬯所關心的是文化與美學在殖民時期傳承的問題。魯迅隱藏在狂人角色之中，表現對時代強烈的反省和批判；《酒徒》亦一針見血，說出香港文化核心的問題，發人深省。兩者不單是複調形式運用上的相似，而同是知識份子的反省文學。

5. 劉以鬯與 1960 年代華文意識流小說

1960 年代初，香港是整個華文意識流熱的中心。以往不少評論認為劉以鬯的《酒徒》為「中國第一部意識流小說」，若把《酒徒》置放於華文意識流小說的歷史中，可以更客觀看到這部作品的價值。華文意識流小說是隨着 1950 年代西方回顧意識流熱潮

而興起，當時劉以鬯主持的《香港時報‧淺水灣》已有不少文章介紹意識流小說，包括馬洛的〈意識流小說的理解與技巧〉（1960年4月4日），山谷子在1960年4月20日翻譯艾德爾的《現代心理小說》第一章。[110] 1960年5月25日及6月2日葉冬（應為崑南）在《香港時報‧淺水灣》翻譯堪富利《現代文學中的意識流》，[111] 1960年代初香港掀起了意識流小說熱。以往較多人注意的兩部手法比較圓熟的長篇意識流小說，即劉以鬯的《酒徒》和崑南的《地的門》，較少人留意的還有一些意識流實驗的短篇作品，甚至在《酒徒》及《地的門》寫作以前已經出現，例如盧因（1935－　）的〈佩槍的基督〉（1960）、葉維廉（1937－　）的〈攸里賽斯在台北〉（1960）與甘莎（張君默，1939－　）的〈笑聲〉（1961），而緊接其後的1966年則有秦西寧（舒巷城）的〈第一次〉，台灣方面有白先勇的〈遊園驚夢〉。

根據現有資料的統計，香港比較早期受到西方意識流小說影響的短篇小說大概有三個，當時手法不一，水平亦有高低。盧因（是盧昭靈的筆名）的〈佩槍的基督〉在1960年6月1日發表於《新思潮》第5期，[112] 故事中大量篇幅運用沒有標點符號的模式，書寫一對戀人的意識流動，一個是十八芳華動了真情的娼妓阿香，一個是準備參與持槍打劫銀行的年青人阿康。阿香的意識裏糅雜着為阿康生孩子的慾望、性的渴求和父親把她賣為娼妓的記憶，阿康的意識裏想着打劫銀行的細節。這個故事嘗試模仿《尤利西斯》第18章無標點符號的處理手法，可惜作者要完全消化西方意識流小說的技巧在當時似乎有點難度，作者嘗試完全不用敘事語言，以兩個人直接內心獨白放在狹小的篇幅內交待情節，顯得有點侷促尷尬。而敘事觀點未能確定何時用第三人稱，何時用

第一人稱。小說中大多時運用句號代表敘事角度的轉變，而運用第三人稱時加入括號敘述第一人稱的行動，相反在第一人稱時又要加括號敘述第三人稱的行動，但是有時又顯得模糊和犯駁，例如「……截一輛的士星加坡的泥路可以藏身這些士敏士水門汀紅毛泥的士 —— Taxi —— 的士 —— 的士走一段路沒有希望了折回去（他忽然想到死天虹的感覺）。」[113] 原來已經是第一人稱的內心獨白，不明白何以又再用括號表示第三人稱描述內心的感覺。而各種標點符號的運用太過隨意，使本來混亂的意識更難找到秩序與邏輯，內容與形式的關係亦不分明。這篇小說只能視為比較早期的香港作家對意識流小說的嘗試練習。相對而言，葉維廉的〈攸里賽斯在台北〉與張君默的〈笑聲〉在意識流手法的運用上相對嫻熟。

葉維廉的身份比較複雜，他原籍廣東省中山縣人，1948 年南來香港避戰亂，在香港求學期間與王無邪、崑南合辦《詩朵》詩刊，有香港詩壇三劍俠的稱譽。1955－1959 年間，葉維廉在台灣大學外文系攻讀，繼續在香港與崑南等合辦《新思潮》與《好望角》。大學畢業後，他考獲台灣師範大學英語研究所的碩士學位，這段時期又有詩作和評論在台灣的《創世紀》、《現代文學》及香港的《新思潮》等刊物上發表。葉維廉對香港及台灣文學發展都有貢獻，實難明確劃分清楚他的文化身份。〈攸里賽斯在台北〉發表於 1960 年 11 月 10 日的《現代文學》第 5 期。[114] 套用葉維廉的學生梁秉鈞（筆名也斯）的說法，「他（指葉維廉）從香港赴台大就讀時發表在《現代文學》的〈攸里賽斯在台北〉，明顯地宣示了與當時香港所熱衷譯介的西方現代小說的關係。」[115] 葉維廉對西方文學熟悉，早在《新思潮》上譯介過很多西方現代作家，他的

小說從名稱上已不難推想，故事是回應喬哀斯《尤利西斯》的致敬作。小說以一個大學教授意識內的想法，記下一天無無謂謂的瑣碎生活。教授在不同課堂嘮嘮叨叨、重重複複，又時時想想女人，看看武俠小說，從這個角色的內心描寫，達到真實而輕諷的效果。

張君默的〈笑聲〉是以一種相對傳統敘事為本的方式，講述丁嫂照顧精神病的丈夫所面對的種種壓力，最後她亦精神崩潰而與丈夫一起成為精神病患者，滿屋笑聲。比較注重內心挖掘，是末尾一段描寫丁嫂長期失眠，在晚上半夢半醒間，生理的疲憊與心理的精神緊張扭作一團，終至瘋癲起來的描寫。張君默的作品是有向內心挖掘的嘗試，卻未有很清晰的意識流運用。1960 年的〈佩槍的基督〉與〈攸里賽斯在台北〉有借鑑於喬哀斯的《尤利西斯》，並從華語文字思考捕捉意識流的方法，後者比前者成功。整體而言這幾篇較早期的華文意識流小說比較偏向內心獨白的方法，未很清晰注意到心理不同程度的意識間流動的關係，不過這些早期嘗試對劉以鬯創作《酒徒》應該具有參考意義。劉以鬯更注意的是人物心理複雜的變化，心理程度的改變，以及對於如何運用不同語言模式來整理不同程度的心理變化和混亂無序的意識活動。

1960 年代初，崑南自資出版《地的門》[116]，嘗試以長篇小說探索意識流小說，比早期的意識流小說更注重形式化的處理。這個故事開首運用了《海外東經》、《大荒南經》、《海內經》、《淮南子》等關於后羿神話的傳說，繼而留下九頁空白，令人聯想到后羿射下九個太陽，是后羿神話的現代化嘗試，似乎有心借鏡於《尤利西斯》運用《奧德修紀》史詩故事進行現代化的模式。正如也

斯所分析，喬哀斯借助神話作為嚴謹的結構方法，《地的門》則以一種相反的策略完成。現代后羿的主角是個香港青年葉文海，他只用石頭擲死了愛情，天上仍有九個綠色的月亮，分別為國家、因襲、家庭、抱負、友情、社會、宗教、教育、科學。葉文海無法射下九個月亮，騎上高速的電單車，想擺脫這個人類構成的世界，追尋真正的快樂，結果交通失事，「神話反襯了悲劇也不可能的荒謬。」也斯同時指出崑南運用了吳爾芙式詩意的獨白、仿似柏索斯而語氣有別的新聞剪接、存在主義的哲學等，認為崑南好像想借西方的價值觀來反叛香港社會上當時比較勢利的價值觀，相對上一代文學觀而言，作者對西方現代文學沒有太大敵對感，可以視為反叛社會過去流行觀念的模範或方向。《地的門》亦可以解讀為一個香港青年的成長故事，「西方文學諸種經驗混入書中，彷彿成為主角尋找身份，尋找觀看方法，尋找出路的途徑。」[117] 葉輝曾評論崑南 1960－1970 年代的創作，「我說崑南的小說基調都是『言情』的，……〈擕風的姑娘〉、〈大風起兮〉、〈愁時獨向東〉以及寫於七〇年代的〈碼頭〉，都有一個或以上的女性影像，揮之不去，牽動小說中那個男子的『裸靈』，……」[118]《地的門》是由年青人情感的宣洩，主導了小說的基調。[119] 結合上述兩種說法，崑南寫《地的門》所追求的是一種 1960 年代憤怒的年青人對社會不滿的宣洩，而西方現代文學的挪用只是有助反叛社會的上一代。

　　《酒徒》與《地的門》同樣受到喬哀斯《尤利西斯》的啟發，同樣運用了很多意識流或其他西方現代小說技巧。不過，劉以鬯是希望建立一套嚴謹而龐大的語言系統，為複雜、混亂、無序、扭曲的現代人心重建系統。崑南則傾向運用西方現代文學技巧，

宣洩年青人對社會的憤怒，他更喜歡將秩序與系統粉碎，以更叛
逆的方式發洩情緒，小說其實不過是一個關在房內滿肚怨恨的青
年葉文海躺在床上的思想，然後離開房間，騎上電單車，高速駕
駛，意外身亡。故事中借用西方文學而演繹的形式表現，是表達
年青人的叛逆情緒多於藝術美感上的追求，小說中出現的不同語
言模式是以憤怒的情緒主導，以混亂抗衡一切的系統、秩序，是
簡約的相反形式。崑南的語言追求感性多於理性，對於無政府狀
態深深的嚮往。也斯有類似的見解，認為「作者運用神話好像不是
為了結構或秩序，而是希望為香港這現實勢利的社會中一個青年
徒勞的掙扎賦予一種意義，希望為它賦予一個悲劇的含義，而又
感到那種如環蟲的敗北感」。[120] 崑南在《地的門》各種語言模式
的運用，其實跟心理程度的變化關係不大。假若引用堪富利的狹
義意識流理論而言，這種寫作手法是否屬於意識流小說仍有很多
討論空間。故事人物差不多九成時間都是困在房間內，小說文字
捕捉主角獨自躺在床上的混亂思緒，隨着憤怒情緒的高低起伏而
變化。故事中的流動是接近情緒性的，多於考慮意識層由最淺至
最深之間的流動，所呈現的混亂狀態沒有得到整理，反而讓這種
本身無序的意識活動任意地隨憤怒的情感瘋狂流動，以形式本身
作為反叛的主題。崑南對西方文化挪用是來自一種青春的叛逆，
叛逆的對象是社會的上一代。

相對崑南而言，劉以鬯是帶着新派觀念的上一代作家，願意
為過去的歷史承擔，具有為混亂時世重建秩序的願望，對於西方
的嚮往是來自五四知識份子的救亡精神。酒徒的內心獨白多次流
露對西方社會的嚮往：「在別的國家，一個嚴肅的文藝工作者，
祇要能夠寫出一部像樣的作品，立刻可以靠版稅而獲得安定的生

活。」[121] 酒徒又曾向麥荷門的對白中流露相似的憧憬：「我已經想通了，我不願意將幻夢建築在自己的痛苦之上。如果來世可以做一個歐洲人或美洲人的話，我一定以畢生的精力從事嚴肅文學的工作。」[122] 但是他對西方的憧憬不是盲目的純粹的單方向，而是充滿民族情緒上的反省，情感上變得複雜。在故事末處，劉以鬯隱藏在沉淪墮落的酒徒背後的意識之中，借內心獨白透露：「我是一個世紀病患者。……坐在電車上，想到加謬的名言而失笑。法國智者說了一句俏皮話，就有一百個中國詩人爭相引用。人類多數是愚昧的，都在庸俗的鬧劇中扮演小丑。這是一個病態的世紀，讀過書的人都不健康。」[123] 又顯得他對於西方文化不是盲目的憧憬，而是充滿批判性。相對於崑南，劉以鬯對西方追求是肩負着五四新文學的歷史，充滿知識份子的憂患意識，對於西方現代文學技巧的運用是非常小心謹慎的。

稍後於《酒徒》的兩個短篇小說，分別是香港舒巷城的〈第一次〉和白先勇的〈遊園驚夢〉。〈第一次〉發表於《海光文藝》，[124] 而〈遊園驚夢〉在《現代文學》第 30 期上發表，[125] 有趣的地方是，兩者不約而同在 1966 年發表，而且都嘗試把意識流小說技巧放入傳統性敘事之中。〈第一次〉描述男主人公為了兒子生病和生活困窘，人生第一次接了一個毆打的工作，動手後可得一百五十塊。男主人公發現目標張先生為人善良，臨行動一晚，輾轉間發了一個半真實的夢，醒來想過放棄，但是為了金錢他只得硬上。故事集中描寫男主人公面對的精神壓力，除了夢的描寫，亦花了很多筆墨，描述男主公行事前的內心獨白與自由聯想等，例如跟蹤張先生時發現他約了女友到雲吞麵店，男主人公想起自己和妻子拍拖的情景，而行動前內心的掙扎是全個故事的

高潮，兩種聲音在內心掙扎：「不！不！不！我不能下手！這種買賣，你做了一次，就會做第二次，第三次……這是第一次！／要不幹，就第一次也不幹！／不幹？我又想。孩子病了……　你只要一拳　你就可以拿到錢。／現在我只不過離他五六步遠。我……我打了個冷戰。不！我一輩子也不幹，不幹！這是第一次！」[126]最終受不了內心道德的譴責，男主人公倚在巷口暗角的牆上痛哭，遠處傳來狗吠聲。舒巷城是一位活躍於香港 1950－1960 年代的作家，以擅寫抒情小說聞名。他在這個小說中貫徹自己一向的風格，運用意識流技巧時保留了文字簡約、重視氣氛渲染的特色，他沒有好像劉以鬯那樣關心華文在意識流小說上的表現力而展開語言模式上的探索。

　　白先勇的〈遊園驚夢〉，配合他這段時期〈永遠的尹雪豔〉（1975）等作品的主題，描寫從中國大陸因戰亂流落台北，懷緬舊時在南京等大城市的美好生活。故事中的錢夫人參加一個舊日朋友的宴會，又被勸酒又被邀上台獻唱，一時感觸，思潮起伏混亂。白先勇在意識流領域探索的是在敘事上的音樂性與意象效果，多於在語言上。他在傳統語言敘事的框架內，加插一段錢夫人唱崑曲的戲，錢夫人一邊唱歌，一邊進入意識流的內心世界。歌終以後，故事又回復原來的敘事語言。

　　〈遊園驚夢〉跟《酒徒》同樣地是借助酒作為進入意識流世界的鑰匙，似是受到《酒徒》所啟發。而〈遊園驚夢〉呈現意識流世界的方法只有一種語言系統，就是依賴重複的對白與想像的意象。有趣的地方是，白先勇特別注意音律的運用，意象的頻密是隨着歌聲的節奏而變化，而現實與想像之間的聲音交戰，生理與心理的內外排斥，都是白先勇關心的地方。由於〈遊園驚夢〉是短

篇小說，在人物心理變化與內容探索的深度，是難以跟長篇小說相論比較的。在傳統筆法與有限篇幅下，白先勇仍寫出別緻的意識流小說，發揮華文音律與心理節奏的美感。

通過 1960 年代華文意識流小說的比較，劉以鬯的《酒徒》相對其他華語意識流小說更具語言的自覺性，有意建立龐大而錯綜複雜的語言系統，呈現人在過度注重物質的商業社會中的異化和精神分裂，故事仔細將酒徒的心路歷程和矛盾逐步揭露，具有人物心理的成長狀況。由語言以至於形式，具有精細的系統整理不規則的、不合邏輯的、混亂無序的意識活動，並且反映主角在不同程度的心理狀況，而意識流手法與故事內容，形成不可分割的地步。論時代批判與反思的深度、內容與形式的整體性、藝術的精緻程度，在整個 1960 年代華文意識流小說中是最具代表性和影響力的。過去很多評論都可能因而冠以第一部真正的華文意識流小說之美譽，大概是來自對作品藝術性的肯定。事實上，以作品前後出現的時間論述是否第一部，似乎意義不大，如果稱《酒徒》是華文意識流小說中最具代表性的，當無容置疑。

總體而言，《酒徒》是華文現代文學中具有時代意義、文化價值和藝術品位的重要作品。劉以鬯有意建立一套龐大而縱橫交錯的語言系統，縱向方面傳承五四新文學的內省精神以及對社會與時代的批判精神，吸取 1930－1940 年代上海現代派的藝術特色，橫向將西方意識流小說精髓融化入華文語言系統之中。這個作品尤其具價值的地方是，劉以鬯在香港艱難的文化環境完成了深具藝術性和時代反省的長篇小說，為香港的文化界樹立了典範，亦成就了華文現代主義的發展。事實上，《酒徒》完成後，由於對時代直接的批判，揭露當時文化界內各種醜態，初時受到

商業作家的批評，沒有引起評論界太大的迴響。[127] 據也斯憶述，1977 年 3 月，他當時編《大拇指》訪問劉以鬯，劉以鬯只自稱自己是個流行小說家。《酒徒》受冷落超過十五年，直至 1979 年在台灣重印，才引起學術界廣泛的注目，[128] 更顯得該作品完成的難能可貴。黃淑嫻曾提出一個有趣的問題：在 1960 年代的意識流小說熱之下，為何香港仍不可能出現西方一樣的意識流小說流派？她認為，問題跟香港現代派不脫寫實的文化特性有關。香港在 1950－1960 年代以報紙連載小說，大眾喜歡關心社會的寫實題材多於抽象的純形式主義，作家普遍都關心如何將心理描寫帶給讀者，並符合現實的社會環境。[129] 這個說法很有意思，劉以鬯在完成《酒徒》以後，心理小說的探索路上轉變，逐漸擺脫這種向內心挖掘的方法，發展 1960 年代以後轉向表層心理書寫的新方向。

二、1960 年代以後的實驗小說與現代心理敘事

劉以鬯在完成長篇意識流小說《酒徒》後，對於內心挖掘的興趣開始轉變。他受到法國新小說派的影響，反思心理小說向內心挖掘手法中過分感性的問題，進入一個由深層心理書寫轉向表層心理書寫的時期。其中《鏡子裏的鏡子》（1969）可視為轉變期的作品，這個故事一方面仍然帶有不少意識流的手法，卻又有表層心理描寫那種注重動作、物體客觀描述的嘗試。而 1970－1971 年的連載小說《他有一把鋒利的小刀》（原名《刀與手袋》）

是劉以鬯在 1970 年代最精彩的心理小說，將深層與表層兩種心理書寫巧妙地並用。另外，1971 年開始出現另外兩個小說《陶瓷》和《郵票在郵海裏游來游去》（1971－1973），都是趨向表層書寫的重要作品，1980 年代初的《黑妹》（1981－1982）在表層的敘事中發展變態心理的描寫，是令人驚喜之作。

所謂表層心理書寫，強調有別於意識流小說等重視內心描寫與深層的心理挖掘，這是由黃淑嫻在整理新小說派與劉以鬯 1970 年代的心理小說的關係時提出的。根據她的考證，劉以鬯其實在 1960 年代已經開始介紹新小說派，在他所主持的《香港時報》先後刊登作者學工的〈法國新派小說〉（分兩天刊出，1960 年 1 月 27－28 日）、戴家明譯的〈反小說派的「新哲學」〉（1961 年 5 月 27 日）及溫健騮譯的〈新小說立場〉（1961 年 7 月 7 日）。劉以鬯本人在不同演講中亦讚揚過法國新小說的創意，例如〈小說會不會死亡？〉（1979）、《現代中國短篇小說選》（1981）的發言稿。在《舊文新編》（2007）亦收錄了〈新小說・反小說〉（2003），記錄了劉以鬯在八十歲時與新小說派的代表人羅伯格里耶（Alain Robbe-Grillet, 1922－2008）在香港空前絕後的一次會面，可見劉以鬯在 1970 年代的心理小說跟 1960 年代有顯著的改變，很大程度上是來自新小說派的影響。[130] 據《當代法國短篇小說選》一書序言，鄭臻整理了法國新小說的特色共六點：一、反對文學成為哲學的附麗；二、反對傳統心理小說；三、小說節奏的改變；四、反對傳統小說的全知觀點；五、反對直接插入解說和判斷；六、單一觀點的運用。這個說法與現代心理小說是否相悖？黃淑嫻從法國文學評論家羅蘭・巴特（Roland Barthes）的〈客觀文學〉（"Objective Literature", 1954）中啟悟了新小說與

心理描寫的關係。巴特指出羅伯格里耶的小說是在法國文學所強調新小說的回到表層，好像攝影機鏡頭的客觀敘述，其實來自巴爾扎克（Balzac, 1799－1850）和佐拉（Zola, 1840－1902）的社會深度、福樓拜的心理深度，以及普魯斯特的回憶深度等。[131]黃淑嫻因而得出「新小說嘗試呈現戰後法國社會的『真實』面，但巴特的說法不表示新小說沒有心理的層面」。[132] 事實上，羅伯格里耶對於意義消解，集中於物象表層的純粹性，與黃淑嫻的分析有共通之處。在新小說派宣言式的文章〈未來小說的一條道路〉（1956）中清晰地透露了這個重點：

> ……在小說原作中，作為情節支撐物的物體和動作徹底地消失了，而讓位於它們的唯一意義：無人佔據的椅子不再是別的，而只是一種缺席或者一種等待；放在肩膀上的手，只是同情的標誌；窗戶上的柵欄條只表示外出的不可能……而現在，人們看見了椅子、手的移動、柵欄的形狀。它們的意義是毋庸置疑的，但是，這意義已不能獨佔我們的注意力，它只是額外的條件；甚至是多餘的，因為能觸動我們的，能留在我們記憶中的，能成為基本因素而不至於減弱為模糊的定義的，正是動作本身，是物體，是移動和輪廓，形象突然間一下子（無意中）為它們恢復了它們的現實。[133]

羅伯格里耶重視物象本來的客觀性，避免嘮嘮叨叨的意識流敘事，或將主觀的意義或情感強加入敘事之中，無疑是建基於對興盛於歐洲的現代心理小說的深刻反思。新小說派的觀念很大程

度上是借鏡於電影，新小說作家盡量避免敘事直接賦予意義的方法，讓讀者與所描述的物象之間保持距離，讓讀者自行感受物象背後的意義、人物的感受與關係，將小說還原為動作與物體的純粹描述。

1. 深層心理書寫與表層心理書寫的並用

在香港的文化環境下，新小說那種純藝術性的追求不可能為讀者所容易接受，劉以鬯在處理手法上有所轉化。他不會放棄故事情節與社會題材的特性，只是借新小說派的觀念，融合到他的創作手法裏，或者在文字上保持理性，或者在人物心理處理上集中表層描寫。其實早於 1950 年代，劉以鬯對人物動作和心理之間的關係已經有所探索。例如在中篇小說《星嘉坡故事》（1957），講述男主人公「我」親眼目睹未婚妻竟然跟同事走入一家旅店，「我」並沒有當場揭破，獨自返回家裏，心情煩擾。故事這樣描寫：「回到家裏，百感叢生，愁腸百結，飲了一點酒，又吸了不少煙，躺在床上輾轉不能入眠。獨自一個人在黑暗中苦思。／天亮了，我仍在抽菸。窗外吹來一陣可憎又可憐的骯髒氣息，憤然擲去煙蒂，一骨碌翻身下床，拿了毛巾去沖涼。沖完涼，長街已有不少來來往往的行人，熱辣辣的陽光照得我心煩。我當即穿衣下樓，在街邊的咖啡店裏，喝一杯『紅荳冰』。」[134] 行動上的尋求冰冷，與內心的燥熱形成了對比，從側面反映人物複雜的內心世界。燥熱是來自內心，外在的燥熱環境、洗澡的行動和紅荳冰的出現，都有助於逐步強化人物內心的焦燥。劉以鬯早期注重人物行動描寫內心的手法，在經過書寫《酒徒》這部意識流長篇小說後，更自覺於心理書寫在深層與表層之間的微妙轉化，《鏡子

裏的鏡子》正好體驗這一轉折時期的作品。《鏡子裏的鏡子》在
1969年《明報晚報》上連載，長十五萬字，收入《劉以鬯中篇
小說選》（1995）時刪改為五萬字的中篇小說。[135] 這個精緻的
中篇小說，有趣地混合運用深層書寫與表層書寫兩套模式，描寫
林澄一個平凡中年人的心態。林澄有一份正當的職業，每天朝八
晚六在商行工作，比一般朝九晚五的打工一族更忙。他擁有一個
正常的家庭，三個兒女都是學生，妻子是典型的家庭主婦，終日
只喜歡打麻將。這個故事幾乎全無情節，記錄林澄的日常生活、
獨自逛街，上班下班，看電視看報紙。這個香港典型的中產中年
人士，唯一不正常的地方是他喜歡哲學。「林澄的心理就是這樣
的矛盾。當他處在人叢中時，他所想的、見的、關心的，只是他
自己。當他情緒低落時或者無法找出人生的意義時，他就會輕視
自己，否定自己的存在價值。」[136] 敘事的方法上仍然保留劉以鬯
擅長的向內心挖掘的手法，林澄在晚上經常做夢，夢中見到貓，
喻示恐懼。他又經常從生活所見所聞產生自由聯想或內心獨白，
想起自己看過的存在主義哲學，感嘆人生的寂寞。不過有趣的地
方是，《酒徒》中的意象語言在這個故事得到大大發揮，而鏡子裏
的鏡子的意象亦是從酒徒的意識中出現過，不過兩個故事並無聯
繫。由於林澄喜歡哲學，故事呈現意象的方式，運用了表層書寫
的特色，集中描寫林澄在街頭見到的事物，兼具有哲學寓意和詩
的美感。例如其中一段描述林澄做西服的情節：

　　林澄走進那家西服店的試衣室時，才知道自己處在
一個三面有鏡的斗室中。

　　從一面鏡子裏，他見到太多的自己。

從另一面鏡子裏，他見到太多的自己。

這些「自己」像穿著制服而排列得十分整齊的士兵，相當有趣，但林澄並不覺得這是有趣的畫面。相反，他忽然感到有一種笨重的東西壓在他的心頭，使他連呼吸都有點困難。尤其是那個裁縫走出試衣間後，林澄凝視鏡子裏的自己，像一個迷失在黑森林裏的人，被想像中的魔鬼包圍着，連方向也辨不出。這是一個四方尺的試衣間。鏡子擴大了它的空間。鏡子裏有太多的林澄。這些空間是不存在的，它卻存在着。這些林澄是不存在的；然而他們是存在的。有這麼多的林澄陪着他；他本人竟感到空虛。這好像是夢，又極其真實。當那個裁縫再一次走進試衣室時，林澄才清醒過來，說「清醒」，也許不是適當的字眼，然而那時候的他，確有這種感覺。

將那件尚未縫好的衣服穿在身上後，他的注意力依舊集中在鏡子裏的鏡子裏的鏡子裏的鏡子裏⋯⋯

試好身，走出西裝店，在中區的熱鬧的街邊行走，人行道上有太多的行人。林澄擠在人群中朝寫字樓走去。前後左右都是人。有的迎面而來；有的順着他的方向朝前行走。

他不認得他們。

他們不認得他。

當他經過巴士站時，發現人行道上黑壓壓的擠滿了人。林澄被人牆包圍着，不能依照自己的心意搬動腳步。

太多的人。

他並不認得這些人。

　　　　好像站在那個三面裝着鏡子的斗室中，他見到太多
的「自己」，卻又空虛得很。[137]

　　描寫西服店試衣室中的多面鏡子，運用了類似電影鏡頭上視覺拍攝的效果，卻仍帶着一種迷濛的、不真實的氣氛。主角林澄是個城市裏極度孤獨的人，他喜歡哲學，豐富的感情常常被哲理性的思維所壓抑，姑且稱為壓抑的理性情感。有意思地，當林澄從鏡子中看到自己，產生了兩種視覺描寫，一種是極度理性冷靜的物象，一種是角色壓抑的內發情感。心理書寫的表層與深層兩種筆調互相交錯，形成林澄生理上的暈眩。後半段描寫林澄離開西裝店，在擠滿路人的石屎森林中行走。筆調冷漠，不帶感情。末處加上一句：「好像站在那個三面裝着鏡子的斗室中，他見到太多的『自己』，卻又空虛得很。」將西服店試衣室的意象，加諸街頭的意象之上，形成詩意的效果。內在的、主觀的內心世界與外在的、客觀的外部世界，微妙地打破了疆界。可惜的是，作者可能擔心讀者無法意會，末處一句卻又運用了主觀筆調。但是劉以鬯顯然已經開始有意識地在心理書寫上由單純向內心挖掘的方法，轉而為混合表層與深層兩種筆法。

　　在心理書寫上混合表層與深層兩種方法，《他有一把鋒利的小刀》是一個成功之作。《他有一把鋒利的小刀》原名《刀與手袋》，在《明報晚報》刊登時長二十一萬字，印成單行本時刪掉了五萬字左右。[138] 故事描述貧窮家庭成長的青年亞洪，與心儀的少女冼彩玲有個約會，他沒有金錢買方頭鞋及約會所需的消費，唯一擁有的是褲袋裏的一把鋒利的小刀。報章經常刊登搶劫案，一方面鼓勵亞洪搶劫，一方面又好像提醒他很容易被捕，整個故事就集

中圍繞亞洪的內心交戰。《他有一把鋒利的小刀》是個形式化的故事，以兩種語言模式寫作，一種是運用括號和黑體形式表達的內心獨白，一種是類近傳統敘事的方式，依然保留對白，而且混合了表層的動作敘事。這個實驗在 1970 年代的暢銷報紙上連載，故事雖然盡量去情節化，從瑣碎的生活入手，其實仍然保留多種戲劇法，帶出連場荒謬的處境。例如亞洪本來想搶劫，結果反被人搶劫，又因為身無分文，慘遭毆打。又有一段寫亞洪的父親道友超病倒，本來準備搶劫的計劃被逼擱置，亞洪要頂替父親做大廈看更。膽小的亞洪由搶劫者變成保安員，處境易轉，他反而害怕遇到劫案。這個故事看似簡單的兩種語言模式，卻又撞擊出前所未有的藝術效果，成就了這部雅俗共賞的小說。其中最精彩的一場是亞洪遠離城市，在黑夜的郊區搶劫一對情侶，混亂中殺了人。他一個人在黑夜的森林中奔跑，生理的疲憊與心理的恐懼交戰，故事將時間拉得很長，仿如電影的現場感一樣，讓讀者經歷亞洪殺人後的慌張。這是極高難度的創作，因為基本上已經完全沒有情節可言，但是作者彷彿讓讀者完全貼近亞洪的內心世界與生理世界，以鉅細靡遺的筆觸，經歷他那種靈與肉分離狀態。而有關表層動作與內心獨白的撞擊，時常在故事中擦出火花，例如亞洪搶劫後在荒山中奔跑了好一段時間，殺了人，又殺了兩隻狗，發現自己手裏仍然拿着染血的女人手袋，幾經掙扎決定棄掉。

> 　　將手袋擲入樹叢之後，並不因為解決了一個問題而產生釋負的感覺。相反，當他繼續奔跑時，精神上的負擔加重。（那兩隻被我殺死的狗。加上那雙手袋，遲早會被警方發覺。特別是那隻手袋，上面有我的手指印，等

於告訴警方：事情都是我幹的。）越想越擔心，腳步慢
了下來。（不能將手袋擲掉。）腳步更慢。（應該將那隻
手袋拿回來。）站定。（必須將手袋拿回來。）掉轉身，
走了幾步，搖搖頭。（不，不能將手袋拿回來。我是一個
男人，拿着女人的手袋，給別人見到，一定會引起別人
的疑心。再說，我可以拾回手袋，但是，那兩隻死狗怎
麼辦？我總不能提着兩隻死狗回家。）經過一番思量後，
決定不必拾回手袋了。掉轉身，拚命奔跑。雖已精疲力
竭，但是浪費的時間太多，再不趕回市區，必定會被警
方抓到。[139]

　　動作的描寫非常簡潔，如果沒有內心獨白的輔助基本上無法
理解。而故事的戲味正在於矛盾的內心獨白與動作的關係，有時
是一致，有時是分離。當腿部麻木，內心不斷提醒危急；當內心
想到得到錢的好處，興奮得如同發夢，忘記了腿腳抽筋。這個獨
特形式的處理讓讀者更能體味角色的當下感覺，其細膩的筆觸，
對於時間的拿捏十分精準。讀者閱讀內心獨白的長句與短句，是
經過周詳計算在現實時間上，情況有如觀賞電影，一個鏡頭拍攝
的長短，決定了放映時觀眾觀賞的時間而達致歷時性的效果。
電影所擁有的歷時性特色，一般很難在文學中產生。但是，劉以
鬯似乎朝這個方向做實驗，角色的經歷與讀者閱讀的現實時間吻
合，產生超越文本的超真實感和歷時感。《他有一把鋒利的小刀》
確是在獨特形式下產生藝術水平很高的作品，更難得的是雅俗共
賞，描寫到 1970 年代年青人的衝動和罪惡流行的社會風氣。

2. 表層心理書寫

　　1970 年代初劉以鬯以表層心理書寫與深層心理書寫並用的方法在《明報晚報》寫《他有一把鋒利的小刀》，他亦在《明報晚報》寫作另外兩個風格不一樣的小說，把內心獨白退去，轉為運用表層心理書寫的手法。他們分別為《郵票在郵海裏游來游去》和《陶瓷》，前者原題《郵票》，1971－1973 年連載，後來只保留了開頭的五萬字，出版時收入中篇小說題為《郵票在郵海裏游來游去》。[140]《明報晚報》是當時的財經報刊，1970 年代是香港經濟冒起的年代，在 1960 年代末至 1970 年代初，香港出現四家證券交易所。相對於 1960 年代，1970 年代物資環境較豐裕，社會上的怨氣沒有以前那麼大，對商業的抗拒亦沒有這麼嚴重。劉以鬯在《明報晚報》上的題材亦回應當時的社會風氣，以郵票和陶瓷兩種具有市場價值的收藏品為主題，而在心理敘事的探索上，劉以鬯亦發展出一種娛己娛人、雅俗共賞的別緻小說。《郵票在郵海裏游來游去》和《陶瓷》兩者的形式相近，同樣以淡化情節的手法描繪市場波動下人面對慾望的心理描寫，偏向表層書寫的手法。兩者最大分別是表現人物心理時，前者較重視人物動作與物象描述，後者較重視對話與行動。

　　《郵票在郵海裏游來游去》用第三人稱敘事講述王誠有三十年業餘集郵經驗，但是走錯了方向，以往不分國籍的收集四十幾本郵集，但是質量平凡，並不專業，故事集中描寫王誠如何逐步走向集郵的專業性。王誠有妻子，但是在故事中很少溝通。故事以王誠一人為主角，仍然保留少量的內心獨白，但是整個故事的心理書寫手法明顯是以表層為主。例如開首的時候，王誠發現自己以往收集多年的郵票中，只有一兩枚是有價值，其餘都是廢紙，

心情懊惱。劉以鬯這樣描寫王誠的心理活動:

在此之前,每一次翻閱這本郵集,不免有點驕傲,彷彿有了一個學業成績非常優異的兒子似的。但是現在,碰了一個釘子之後,不能沒有追悔。

「何必將那麼多的金錢與時間放在郵票上?我真蠢!」

這樣想時,連蒐集「慈壽加蓋票」的信心也動搖了。

雖然集郵已有三十年,卻從未試圖將收集的郵票出售過。這是第一次。回到家裏,面對那四十本郵集,心煩意亂,說不出多麼的難過。他是一個很喜歡郵票的人,現在有點討厭郵票了。

一連三天,沒有翻閱郵集,也不想將郵票出賣。他很樂意將興趣轉移在別的東西上。第四天,向英國訂購的《郵票雜誌》寄到。王誠雖然對郵票的興趣已減,雜誌既已寄來,不免翻閱一下。在雜誌的最後一頁,他見到一則小廣告:說是有個居住在紐約的美國人,願以《司各脫》三分之一的價錢或《葉浮》二分之一的價錢收購蒙納哥新票。這個美國人名叫戴維品卓。

王誠有一套蒙納哥的新票,從一九五六年四月十九日發行的「蘭尼王子與嘉麗絲姬莉結婚紀念票」到現在,全部已收齊,將它寄去紐約賣給那個美國人,沒有什麼好處;也不至於蝕本。

放下雜誌,走去將書架上的「蒙納哥郵集」拿下來。翻開郵集,仔細察看郵票,不由猛怔。

　　由於蒙納哥郵票的背膠太厚；而香港雨季的濕度太
高，那些放在西德護郵袋裏的郵票，竟與護郵袋粘住了。

　　郵票既與護郵袋粘住，除了浸在水中之外，無法使
郵票與護郵袋分開。但是，在水中浸過的郵票，背膠必
脫。舊票無背膠，絕無問題；新票無背膠，價值必打
折扣。

　　這樣一來，將「蒙納哥郵集」寄去紐約出售的念頭，
只好打消。[141]

　　王誠心情矛盾，對集郵的愛恨反覆，故事簡潔地以他三天不
看郵集的動作以示恨意，但是第四天作者以一句「不免翻閱一
下」，簡約地描述王誠的動作和心情，王誠看似無心，其實又忍不
住看郵票有關的雜誌。讀者會想王誠是否又再關心集郵呢？作者
沒有直接流露王誠的內心獨白，而是開始描述雜誌上的內容。作
者所用的雖然是第三人稱，讀者卻已很快代入王誠，看他所看的
雜誌內容，看他所看的郵票模樣。而王誠對集郵的熱情和關心程
度，已經不言而喻了。劉以鬯在《郵票在郵海裏游來游去》中有不
少地方不厭其煩地羅列多種郵票種類，讀者跟隨王誠的目光，彷
彿親眼接觸大量郵票的感覺，發揮了羅伯格里耶所談到的物體純
粹的描寫，以及避免意義強加於敘事之上的毛病。這種心理描寫
帶給讀者清新的感覺，增加讀者對角色心理與物象（指郵票）的
想像空間。當然，劉以鬯只是轉化法國新小說的用法，而並非完
全硬套。相對於法國新小說，劉以鬯對人物角色的心理變化和故
事情節較為重視。作者除了在故事中加插了少量的內心獨白，亦
運用了夢來呈現角色的內心世界。例如，「有一天晚上，他做了一

場夢。在這場夢中,他拿了許多錢前往倫敦參加郵票拍賣。在倫敦的時候,他見到許多珍品,諸如:『上海版加蓋大字短距暫作二分漏蓋變體四方連斷片』、『小字肆分暫作肆分覆蓋票十九枚大方連』、『莫倫道夫版全格』全套、『初版大字長距四方連』全套、『初版大字短距』全套、『貳分暫作貳分漏齒變體』等等⋯⋯。」[142] 劉以鬯並沒有運用《酒徒》那種富詩意的夢的語言,而是採用冰冷的語言羅列大量物體(郵票)。新小說派對劉以鬯心理書寫的影響,除了形式上(由深層轉向表層),在煉字語言上亦有所啟發。

《郵票在郵海裏游來游去》以王誠一個人為主角,在心理書寫上較多動作和一個人的沉思。《陶瓷》以丁士甫夫婦為主角,原來只屬於一個人內心的矛盾分身成為丁士甫夫婦兩個人的對話與行動,二人時而意見一致,時而意見不合。在揭示人物心理時,話言的描述尤重於動作。例如作者描寫丁士甫兩夫婦購買陶瓷時的心理變化:

> 上次因為遲了幾天,被別人買去了趙玄壇。這套「白毛女」,無論從那一個角度來看,比趙玄壇像名貴得多,決不能錯失這個機會。
>
> 「有沒有瑕疵?」士甫問。
>
> 「楊白勞的手指,有一枚是補過的。」
>
> 「補過的?」素珍說。
>
> 「補得很好,」夥計說,「如果我不講給你們聽,你們一定看不出。」
>
> 「補過的陶像,就美中不足了,」素珍說。
>
> 「這是沒有辦法的事,」夥計說,「這樣大套的陶像,

從石灣運到這裏，只斷一枚手指應該算是運氣好的了。事實上，這隻手指也不是搬時斷的；而是拆箱時碰斷的。」

士甫對那套「白毛女」凝視一會，問：「除了楊白勞的手指補過之外，還有別的瑕疵嗎？」

「沒有了。」

「好的，」士甫說：「我寫個地址給你們，請你們明天上午送到我家裏。」

「我們不送貨。」

「這怎麼可以？」士甫說，「二十二頭陶像，不但笨重，而且容易碰碎，不送貨，叫我們怎樣拿回去？」

夥計露了一個歉意的微笑：「我們這裏人手少，沒有人送貨。」

「但是，」士甫說，「二十二頭大全套，怎樣拿？」

夥計聳聳肩，表示沒有辦法。素珍說：「加十元送力給你們，請你們送到我們家裏。」[143]

丁太太素珍與士甫初時對是否買賣，態度並不一致。士甫是非買不可，素珍則有點保留，對陶瓷有瑕疵很在意。士甫沒有理會她，堅持買下。素珍的態度亦轉變，見到夥計不願送貨，她仍願意多加送力，希望促成其事。當中節奏流暢，沒有內心獨白，保留在市場上討價還價、買賣爭持的緊湊氣氛。素珍的心理變化從她的對白中已反映出來，讀者仿如親歷其境，自行感受。這種注重對白的表層心理書寫手法，主導了整個故事的基調。相對於《郵票在郵海裏游來游去》，《陶瓷》幾乎完全退去內心獨白等各種

向內心挖掘的手法，而集中以對白和行動為主的表層心理書寫。丁士甫夫婦經常出雙入對，逛市場看陶瓷。他們有時意見分歧，有時又各執己見，但是夫妻同心，對陶瓷都有莫大的興趣。如果只是單純描寫人對物體（陶瓷）的情感，基調是偏冷的；丁士甫夫妻之間的心靈相通與默契，卻是充滿和暖，令故事的趣味生色不少。

1980 年代初的《黑妹》，心理描寫的手法更見精心獨特。《黑妹》是在 1981 年冬至 1982 年春在《成報》連載，約四萬字。[144]故事以第一人稱的旁知手法，透過女主人公「我」的目光描寫身世不明的黑種少女黃亞美的內心世界。「我」的中學同學梨影要去歐洲旅行過聖誕，邀請「我」幫忙看顧家中三個孩子，欣欣、蓓蓓與黃亞美。黃亞美並非梨影的女兒，而是梨影的妹妹彭珍妮的女兒，亞美的媽媽珍妮是個吧女，在亞美出世後五個月離世，連亞美爸爸是誰亦不知道，梨影收養亞美，跟她的丈夫姓黃。這個故事只採用「我」的單一視點，藉着「我」與黃亞美在聖誕期間的種種生活接觸片段，加上「我」的想像，一步步拼湊、揭示黃亞美神秘的內心世界。《黑妹》是個雅俗共賞的作品，沒有追求文字上的風格化或形式化，而是採用了大量傳統敘事手法。但是讀者只能通過「我」這個限知的敘事者了解亞美，形成讀者、「我」與亞美之間有一個很大的空間和距離，予以想像。

讀者要了解黃亞美的內心世界需要經過兩層阻力：第一層是來自黃亞美。黃亞美沒有內心獨白、夢等任何內心挖掘的可能性，讀者只能通過她那表層心理的對白、動作、用過的物體等，推敲她那神秘的潛藏的意識活動；第二層是來自敘事者「我」。黃亞美的一切描述都要經過「我」的論述，「我」的性格與想法會加在黃亞美的身上，這個「我」並不是一個可以完全確信的敘事

者，敘事者隨着情緒變化而對黃亞美的觀感會改變，而敘事者的
敘事是充滿主觀性。讀者需要面對很大的挑戰，一方面需要保持
理性，細心閱讀過濾敘事者「我」的主觀成分；另一方面又要透
過「我」所看見黃亞美的動作、對白等表層心理行為，所接觸過
黃亞美生活的空間及接觸過的日常物品等客觀物象，重新拼湊及
重組意義。讀者好像變成了偵探，逐步把問題拆解以接近黃亞美
的內心世界。這個看似敘事平平無奇的故事，暗藏複雜的機關與
陷阱，令讀者難以真正看清楚黃亞美真實的內心世界，在閱讀過
程中帶來不少挑戰與趣味。例如亞美的外貌，讀者要經過女主人
公的目光看到：「黃亞美是一個黑種少女，頭髮鬈曲，嘴唇很厚，
皮膚黧黑，兩眼下垂成『八』字，無神無光，好像永遠睡不醒似
的。她是一個少女，卻沒有少女的活力與朝氣，走路時總是懶洋
洋的，彷彿兩腿綁了鉛。」[145] 這種看法似乎是略為貶義，故事有
趣的地方是女主人公對黃亞美的看法不是一般常人的目光，不是
帶有惡意的，而是充滿同情的。女主人公「我」幫梨影並不為錢，
她跟梨影是好朋友，只是梨影不放心隨便聘請傭人。女主人公喜
歡孩子，已婚，只是一直沒有生小孩。她的家裏本身有女傭，不
用為自己家庭操心，丈夫亦支持她去照顧孩子。因此「我」是樂
意與三個孩子接觸，並且帶着關懷與愛心，梨影事前亦說過亞美
的身世，「我」對黃亞美充滿同情和愛心。但是女主人公首次買聖
誕樹到梨影家，希望跟小孩子一起佈置，亞美卻倔強不肯參與，
還拴上門痛哭。女主人公便發現，「黃亞美也許是可憐的，但是她
的愚魯使我的同情成為浪費。黃亞美是個愚蠢如騾、頑強如騾的
少女，需要管教，不需要同情和憐憫。」[146] 不過女主人公內心經
常反覆自省，不斷希望擺脫既有成見，在生活上與黃亞美的接觸

卻又不斷磨擦新的火花，亞美性格愚鈍，在日常生活中經常受歧視。在街頭遭小販以侮辱的口吻叫作黑妹，看看英俊男子會受那男子責罵她是醜八怪，在學校沒有朋友，在家裏受欣欣和蓓蓓的歧視。作者努力讓「我」保持在一種理性中立、帶有人道關懷的視點，讓讀者可以透過接近攝影機鏡頭的客觀觀察黃亞美外在的動作、對白，接近她的內心世界。追隨着女主人公「我」的發現，讀者可以看到亞美的臥室：

> 那是一張單人床，床上亂七八糟的，除了未鋪的被縟外，還有一些彩筆、畫報之類的東西。事實上，整個房間也是亂七八糟的，不但倒在地板上的木凳沒有翻起，連玻璃杯的碎片也沒有掃掉。這是一個面積不大的臥房，八乘八左右，放着一張單人床、一張小寫字枱、一隻木凳和一隻小衣櫃。牆壁上貼着許多從畫報上剪下來的圖片，都是電影明星和電視藝員。女的比較少，只有汪明荃、米雪、趙雅芝幾個。使我感到意外的是：所有女明星和藝員的照片不是用黑筆加了眼鏡；便是用黑筆加上八字鬍。此外，邱真的照片特別多，有一部分貼在床邊的牆上。[147]

作者故意用冷靜的文字，讓讀者直接接觸亞美的臥室，以達致客觀性。又例如女主人公「我」執拾亞美的的房間時，發現亞美的衣櫃內有很多不同顏色的鮮豔服色，就是沒有黑色。瑣瑣碎碎的生活片段，令讀者不斷從表層了解亞美的心理。故事的懸念是亞美堅持晚上參加戴小琴的生日派對，女主人公初時有點擔心，

亞美堅持戴小玲是她唯一的好朋友，而事實上亞美亦只有一個朋友。女主人公交了一些錢給亞美，晚上治安不好，要求她乘的士來回，結果亞美翌日上午八時才回家，她沒有解釋，只是柔聲細氣地說：「我實在記不起了。」[148] 生日派對在晚上十二點左右結束，戴小琴亦不知道她散會後到了何處。女主人公卻發現亞美改變了。「暗中觀察亞美時，我發覺亞美的改變很大。她在閱讀『愛情故事』。她常常愉快地哼着流行的歌曲。她常露笑容。她比過去更喜歡打扮自己。不止一次，我還見到她在自言自語。／這種情形似乎只有一個解釋：她已墮入情網。／不過，這猜想也未必對。如果她已有男朋友的話，那男朋友一定會打電話給她或約會她出街的。但是那幾天一直沒有男人打電話給她；也沒有人約她出街。／她的態度雖已改變，我卻不知道她的態度為什麼改變。」[149] 女主人公對黃亞美充滿關懷，嘗試過用軟功，又試過嚴肅的方法，都無法改變黃亞美。直至梨影回來後，女主人公接觸到黃亞美已經是在娛樂新聞上，黃亞美襲擊電視藝員岑敏玲，動機不明。岑敏玲是準備與邱真結婚的藝人，「她長得很美，是個百分之百的女性，充滿女性的魅力。」[150] 女主人公與梨影的通話中交換意見，不知她的行為是否一種狂迷式的妒忌。梨影作為監護人，為了解事件，不得不翻閱亞美的日記，發現了那個神秘晚上，原來黃亞美在派對後獨自在夜街行走，遇到一個陌生男人，那男人帶她到公寓。梨影認為亞美不告訴女主人公正是她不想報警。因為「她在日記裏這樣寫：那個陌生的男人使她得到真正的快樂！」[151] 故事的結果令人不寒而慄。這個故事令人反思人道關懷與社會上的歧視、美與醜、青年人的叛逆與教育等深層次的社會問題。劉以鬯將傳統小說限知的旁知者觀點、偵探小說的懸疑性與表層的心理

書寫結合運用，寫出一個令人驚喜的雅俗共賞之作。

　　整體而言，劉以鬯在 1960 年代初至 1980 年代的現代心理小說上有不少具價值的實驗，探索的範圍涉及深層與表層兩方面的心理書寫。在深層心理書寫方面，他將西方的意識流小說轉化為香港的語境，並且突破語言的界限，建立一套龐大的、縱橫交錯的語言系統處理不規則無秩序的意識活動，反映複雜的現代人心。這套語言系統由多種語言模式組成，縱向傳承 1930－1940年代上海新感覺派與五四精神，橫向將西方意識流小說的精髓融化入華文的語言系統之中。本章亦通過這個龐大語言系統，梳理了《酒徒》所發展的各種實驗性語言模式與上海新感覺派、西方現代主義及他過去實驗小說之間的複雜關係。儘管 1960 年代初比《酒徒》更早的時候，香港已出現過意識流短篇小說與長篇小說，仍以劉以鬯在 1962 年完成的《酒徒》為最具代表性的華文意識流小說。不論對於藝術探索的深度、對華文語言的貢獻、對形式與內容探索的一致性、對歷史文化整理的價值、對時代的批判與反省，《酒徒》是同時代的意識流作品所難以比擬的。1970－1980 年代，香港經濟冒起，社會物質發達，劉以鬯的小說在這段時期的轉變，跟社會風氣的變化亦有關係。他結合法國新小說派發展表層心理書寫，這些實驗一方面嘗試融合深層與表層兩種心理書寫的優點，另一方面又不忘香港文化語境與生活情趣，發展成雅俗共賞的別緻小說。

註釋

1　有關「中國第一部意識流的小說」這種論述最早出自 1968 年吳振明的文章，其後受到很多學者、評論家的肯定。參見振明：〈解剖《酒徒》〉，梁秉鈞、黃勁輝編：《劉以鬯作品評論集》（香港：香港文學評論出版社，2012），頁 33。（吳振明的文章原載《中國學生週報》，1968 年 8 月 31 日。）

2　參考自黃淑嫻：〈表層的深度：劉以鬯的現代心理敘事〉，梁秉鈞、黃勁輝、黃淑嫻等編：《劉以鬯與香港現代主義》（香港：香港公開大學出版社，2010），頁 94－119。

3　內地譯者多用「喬伊斯」，兩者相通。

4　Leon Edel, *The Modern Psychological Novel* (Gloucester, Mass.: Peter Smith, 1955, 1972), pp. 11-12.

5　William James, *The Principles of Psychology* (New York: Henry Holt, 1890), vol. 1, p. 239.

6　Virginia Woolf, "Mr. Bennett and Mrs. Brown", *Collected Essays* (New York: Harcourt, Brace & World Inc, 1976), vol. 1, p. 320.

7　也斯：〈香港小說與西方現代文學的關係〉，陳炳良編：《香港文學探賞》（香港：三聯書店，1991），頁 71－72。

8　該資料參看易明善的《劉以鬯傳》及經本人向劉以鬯夫婦多次訪問中的求證，其中《尤利西斯》是訪問中得到的信息。參見易明善：《劉以鬯傳》（香港：明報出版社，1997），頁 8－9。

9　黃淑嫻：〈表層的深度：劉以鬯的現代心理敘事〉，梁秉鈞、黃勁輝、黃淑嫻等編：《劉以鬯與香港現代主義》，頁 98。

10　史書美著，何恬譯：《現代的誘惑：書寫半殖民地中國的現代主義（1917－1937）》（南京：江蘇人民出版社，2007），頁 272－274。

11　仲密：〈沉淪〉，《晨報副刊》，1922 年 3 月 26 日；《現代》書評：〈將軍底頭〉，《現代》第 1 卷，第 5 期；施蟄存：〈魯迅的《明天》〉，《國文月刊》，1940 年 6 月。以上文章分別轉載入陳思和主編：《精神分析狂潮 —— 弗洛伊德在中國》（北京：江西高校出版社，2009），頁 123－125，189－191，217－227。

12　易明善：《劉以鬯傳》，頁 143。

13　有關討論見黃淑嫻：〈表層的深度：劉以鬯的現代心理敘事〉，頁 100。

14　鄭樹森：〈現代中國文學中的香港小說〉，陳炳良編：《香港文學探賞》，頁 343。

15　趙稀方：〈劉以鬯與二十世紀中國文學中的現代主義〉，《香港筆薈》，1996 年 10 月，頁 155。

16　曹惠民：〈意識流小說中的「與眾不同」之作 —— 重評劉以鬯的《酒徒》〉，《城市文藝》，2008 年 2 月，頁 62。

17　衣其：〈一片牢騷話〉，梁秉鈞、黃勁輝編：《劉以鬯作品評論集》，頁 1－2。（原載《真報》，1962 年 12 月 31 日。）

18　十三妹：〈愈少讀香港稿匠之作愈好？〉，獲益編輯部：《《酒徒》評論選集》（香港：獲益出版事業有限公司，1995），頁 8－9；（原載《新生晚報》，1963 年 1 月 20 日。）另一篇由十三妹回應衣其的文章，題為〈並無傻瓜，何來文藝？〉，見梁秉鈞、黃勁輝編：《劉以鬯作品評論集》，頁 3－4。（原載《新生

晚報》，1963 年 1 月 26 日。）

19　振明：〈解剖《酒徒》〉，梁秉鈞、黃勁輝編：《劉以鬯作品評論集》，頁 33－37。（原載《中國學生周報》第 4 版，第 841 期，1968 年。）

20　資料參考自梁秉鈞、黃勁輝、黃淑嫻等編：《劉以鬯與香港現代主義》，頁 222。

21　唐大江：〈《酒徒》小介〉，獲益編輯部：《《酒徒》評論選集》，頁 48。（原載《香港文學》，1979 年 5 月。）

22　黃繼持：〈「劉以鬯論」引耑〉，梁秉鈞、黃勁輝編：《劉以鬯作品評論集》，頁 269－276。（原載《八方文藝叢刊》，1987 年 8 月，頁 68－73。）

23　陳雲根：〈眾人皆醉我獨醒 —— 評劉以鬯《酒徒》中的先知角色及其他〉，梁秉鈞、黃勁輝編：《劉以鬯作品評論集》，頁 262－268。（原載《讀者良友》，1987 年 6 月，頁 59－61。）

24　李今：〈劉以鬯的實驗小說〉，獲益編輯部：《《酒徒》評論選集》，頁 192，194。（原載《星島日報·文藝氣象》，1992 年 10 月 29 日。）

25　黃淑嫻：〈表層的深度：劉以鬯的現代心理敘事〉，頁 100。

26　Robert Humphery, *Stream of Consciousness in the Modern Novel* (Berkeley, Los Angeles, London: University of California Press, 1954, 1972).

27　Robert Humphery, *Stream of Consciousness in the Modern Novel*, p. 2.

28　Robert Humphery, *Stream of Consciousness in the Modern Novel*, p. 5.

29　Robert Humphery, *Stream of Consciousness in the Modern Novel*, pp. 3-8.

30　Robert Humphery, *Stream of Consciousness in the Modern Novel*, p. 7.

31　Robert Humphery, *Stream of Consciousness in the Modern Novel*, p. 8.

32　李干：〈劉以鬯的長篇小說及其它〉，獲益編輯部：〈《酒徒》評論選集〉，頁 166。（原載譚楚良等：《中國·現代主義文學》（桂林：廣西師範大學出版社，1992），頁 264－267。）

33　由於 1962 年版本的序言在後來的 2003 年版本中重新刊出，因此本文綜合運用兩個版本的《酒徒》，分析部分的頁數會以 1993 年為準，而只有討論到 1962 年版本的序言才會運用 2003 年版本。引文見劉以鬯：〈序〉，《酒徒》（香港：獲益出版事業有限公司，2003），頁 15。

34　劉以鬯：《酒徒》（1993），頁 114。

35　劉以鬯：〈序〉，《酒徒》（2003），頁 16。

36　劉以鬯：〈序〉，《酒徒》（2003），頁 15。

37　角色中文譯名參考自〔愛爾蘭〕喬哀斯著，蕭乾、文潔若譯：《尤利西斯》（南京：譯林出版社，1996）。

38　劉以鬯：《酒徒》（1993），頁 1。

39　劉以鬯：《酒徒》（1993），頁 266。

40　劉以鬯：《酒徒》（1993），頁 28。

41　劉以鬯：《酒徒》（1993），頁 9。

42　劉以鬯：《酒徒》（1993），頁 7。

43　過往有關《酒徒》表現形式如詩化語言等的探討，確有不少，當中較全面探討

的文章可參考陳寶珍討論藝術技巧部分。見陳寶珍：〈談《酒徒》〉，梁秉鈞、黃勁輝編：《劉以鬯作品評論集》，頁 354－368。（原載《新宇》第 29 期，1992 年，頁 18－22。）

44　劉以鬯：《星嘉坡故事》（香港：鼎足出版社，1957），頁 60－61。

45　劉以鬯：《酒徒》（1993），頁 95。

46　劉以鬯：《酒徒》（1993），頁 63。

47　劉以鬯：《酒徒》（1993），頁 205－206。

48　劉以鬯：〈副刊編輯的白日夢〉，頁 206－207。

49　易明善：〈劉以鬯小說的創新特色〉，獲益編輯部：《《酒徒》評論選集》，頁 140－148。（原載《讀書》（北京），1988 年 12 月。）

50　陳寶珍：〈談《酒徒》〉，梁秉鈞、黃勁輝編：《劉以鬯作品評論集》，頁 179。

51　趙稀方：〈劉以鬯與二十世紀中國文學中的現代主義〉，《香港筆薈》，1996 年 10 月 1 日，頁 158－159。

52　劉以鬯：《酒徒》（1993），頁 136。

53　引文中的「那個有遲起習慣的女人一聽到我的聲音就大發脾氣」的「氣」字，應為出版時遺漏，由本人添上，為原文所無的。這裏所引用為 1993 年版，經考證 2003 年版已經補上，可確證為遺漏。見劉以鬯：《酒徒》（1993），頁 136。

54　劉以鬯：《酒徒》（1993），頁 41。

55　Robert Humphery, *Stream of Consciousness in the Modern Novel*, p. 95.

56　劉以鬯：《酒徒》（1993），頁 79－80。

57　劉以鬯：《酒徒》（1993），頁 29。

58　劉以鬯：《酒徒》（1993），頁 23。

59　許子東：〈今天的《酒徒》──在研討會上的發言〉，梁秉鈞、黃勁輝、黃淑嫻等編：《劉以鬯與香港現代主義》，頁 210。

60　中文大學出版社編輯：〈出版人的話〉，夏志清著，劉紹銘譯：《中國現代小說史》（香港：中文大學出版社，2001）。

61　劉以鬯：《酒徒》（1993），頁 94。

62　上述引文是參考自蕭乾、文潔若的翻譯本。本人閱讀原文比對，發現原文是一氣呵成，句子與句子之間沒有標題符號，亦沒有空格隔開，跟翻譯本在句子與句子之間加入空格處理有別。為了表現原著特色，上述引文保留譯文文字，形式上按照原著風格。見喬伊斯：《尤利西斯》，第 1145 頁。原著見 James Joyce, *Ulysses* (London: Picador, 1997), pp. 648-649.

63　劉以鬯：《酒徒》（1993），頁 146。

64　劉以鬯：《酒徒》（1993），頁 38。

65　蕭乾：〈叛逆・開拓・創新──序《尤利西斯》中譯本〉，喬伊斯：《尤利西斯》，頁 16。

66　James Joyce, *Ulysses*, p. 603.

67　James Joyce, *Ulysses*, p. 622.

68　James Joyce, *Ulysses*, p. 189.

68 易明善：《劉以鬯傳》，頁 28。

70· 穆時英：〈夜總會裏的五個人〉，嚴家炎、李今編：《穆時英全集》卷 1（北京：北京出版社；北京十月文藝出版社，2008），頁 285。（原載《現代》，1933年 2 月 1 日。）

71 劉以鬯：《酒徒》（1993），頁 14－15。

72 寧群賢：〈論穆時英都市小說對劉以鬯《酒徒》的影響〉，《中山大學研究生學刊（社會科學版）》卷 27，第 1 期，頁 7。

73 李今：〈穆時英年譜簡編〉，嚴家炎、李今編：《穆時英全集》卷 3，頁 565。

74 劉以鬯：《酒徒》（1993），頁 50。

75 同上。

76 劉以鬯：《酒徒》（1993），頁 53。

77 劉以鬯：《酒徒》（1993），頁 46。

78 寧群賢：〈論穆時英都市小說對劉以鬯《酒徒》的影響〉，頁 7。

79 劉以鬯：〈雙重人格：矛盾的來源〉，梅子編：《劉以鬯選集》（香港：香港文學研究社，1976），頁 144－145。

80 穆時英：〈PIERROT〉，嚴家炎，李今編：《穆時英全集》卷 1，頁 105－106。

81 巴爾：〈一條生路與一條死路 —— 評穆時英君的小說〉，嚴家炎，李今編：《穆時英全集》卷 3，頁 366－367。（原載《文藝新聞》，1932 年 1 月 3 日。）

82 劉以鬯：〈雙重人格：矛盾的來源〉，頁 144。

83 劉以鬯：《酒徒》（1993），頁 68。

84 劉以鬯：《酒徒》（1993），頁 167。

85 Virginia Woolf, *The Waves* (London, Toronto, Sydney, New York: Granada, 1931, 1983).

86 穆時英：〈PIERROT〉，頁 99。

87 劉以鬯：《酒徒》（1993），頁 7。

88 劉以鬯：《酒徒》（1993），頁 41。

89 陳雲根：〈眾人皆醉我獨醒 —— 評劉以鬯的《酒徒》中的先知及其他〉，頁 123－129。

90 王德威：《茅盾，老舍，沈從文：寫實主義與現代中國小說》（台北：麥田出版，城邦文化事業股份有限公司，2009），頁 23。

91 李歐梵：〈浪漫的與頹廢的〉，《現代性的追求》（北京：人民文學出版社，2010），頁 59。

92 嚴家炎：〈複調小說：魯迅的突出貢獻〉，《論魯迅的複調小說》（北京：北京大學出版社，2011），頁 62。

93 蔡益懷曾有相似的說法，他指出《酒徒》運用複調手法，卻沒有進一步闡述魯迅與劉以鬯的傳承關係。見蔡益懷：《想像香港的方法》（北京：中國社會科學出版社，2005），頁 186－187。

94 劉以鬯：《酒徒》（1993），頁 94。

95 劉以鬯：《酒徒》（1993），頁 98。

96 劉以鬯：《酒徒》（1993），頁 151。

97　劉以鬯：《酒徒》（1993），頁 182。

98　劉以鬯：《酒徒》（1993），頁 228。

99　魯迅：〈自序〉，《吶喊》（香港：三聯書店，1999），頁 2－3。

100　劉以鬯：《酒徒》（1993），頁 114。

101　劉以鬯：《酒徒》（1993），頁 59。

102　劉以鬯：《酒徒》（1993），頁 96－97。

103　魯迅：〈狂人日記〉，《吶喊》，頁 13。

104　劉以鬯：《酒徒》（1993），頁 203。

105　Wendy Larson, "Liu Yichang's *Jiutu*: Literature, Gender, and Fantasy in Contemporary Hong Kong", *Modern Chinese Literature*, vol.7, 1993. 轉載於獲益編輯部：《《酒徒》評論選集》，頁 95－96。

106　劉以鬯：《酒徒》（1993），頁 137。

107　劉以鬯：《酒徒》（1993），頁 137－138。

108　劉以鬯：《酒徒》（1993），頁 271。

109　劉以鬯：《酒徒》（1993），頁 248。

110　山谷子疑為崑南的筆名。崑南曾接受訪問答：「可能這個『山谷子』是我，不過我忘記了。」見何杏楓、張詠梅：〈訪問崑南先生〉，《文藝世紀》卷 4，第 1 期，頁 28。

111　該資料參考自黃淑嫻：〈表層的深度：劉以鬯的現代心理敘事〉，頁 100。

112　資料來自也斯編：《六十年代香港短篇小說選》（香港：天地圖書有限公司，1998），頁 37－38。

113　盧因〈佩槍的基督〉，也斯編：《六十年代香港短篇小說選》，頁 34。

114　有關葉維廉生平及作品發表資料，參考自也斯編：《六十年代香港短篇小說選》，頁 40－41。香港詩壇三劍俠的稱呼，據葉維廉稱是源自台灣《六十年代詩選》。見葉維廉〈自覺之旅：由裸靈到死〉，陳炳良編：《香港文學探賞》，頁 160。

115　也斯：〈六〇年代的香港文化與香港小說（代序）〉，也斯編：《六十年代香港短篇小說選》，頁 9。

116　《地的門》出版年份疑為 1961 年，資料來自作者自資出版之書籍，之前沒有連載或發表，年份之確證，對研究者存有困難。

117　也斯：〈香港小說與西方文學的關係〉，頁 81－83。

118　葉輝：〈細說崑南〉，崑南：《地的門》（香港：青文書屋，2001），頁 253。

119　同上。

120　也斯：〈香港小說與西方文學的關係〉，頁 83。

121　劉以鬯：《酒徒》（1993），頁 152。

122　劉以鬯：《酒徒》（1993），頁 164－165。

123　劉以鬯：《酒徒》（1993），頁 258－259。

124　資料來自也斯編：《六十年代香港短篇小說選》，頁 211。

125　資料來自白先勇：《台北人》（台北：晨鐘出版社，1971），頁 293－294。

126　秦西寧：〈第一次〉，也斯編：《六十年代香港短篇小說選》，頁 211。

127　衣其：〈一片牢騷話〉，梁秉鈞、黃勁輝編：《劉以鬯作品評論集》，頁 1−2。

128　也斯：〈現代小說家劉以鬯〉，梁秉鈞、黃勁輝編：《劉以鬯作品評論集》，頁 369−373。（原載《文訊月刊》，1992 年 10 月，頁 108−110。）

129　黃淑嫻：〈表層的深度：劉以鬯的現代心理敘事〉，頁 96−97。

130　黃淑嫻：〈表層的深度：劉以鬯的現代心理敘事〉，頁 103−106。

131　黃淑嫻：〈表層的深度：劉以鬯的現代心理敘事〉，頁 101−102。

132　黃淑嫻：〈表層的深度：劉以鬯的現代心理敘事〉，頁 102。

133　〔法國〕阿蘭‧羅伯格里耶：〈未來小說的一條道路〉，余中先譯：《為了一種新小說》（長沙：湖南文藝出版社，2011），頁 23。

134　劉以鬯：《星嘉坡故事》，頁 60−61。

135　資料見劉以鬯：〈自序〉，《劉以鬯中篇小說選》（香港：香港作家出版社，1995），頁 2。

136　劉以鬯：《鏡子裏的鏡子》，《劉以鬯中篇小說選》，頁 9−10。

137　劉以鬯：《鏡子裏的鏡子》，《劉以鬯中篇小說選》，頁 60。

138　劉以鬯：〈自序〉，《他有一把鋒利的小刀》（香港：獲益出版事業有限公司，1995），頁 1−2。

139　劉以鬯：《他有一把鋒利的小刀》，頁 106−107。

140　劉以鬯：〈自序〉，《劉以鬯中篇小說選》，頁 2。

141　劉以鬯：《郵票在郵海裏游來游去》，《模型‧郵票‧陶瓷》（香港：獲益出版事業有限公司，2005），頁 55−56。

142　劉以鬯：《郵票在郵海裏游來游去》，頁 104−105。

143　劉以鬯：《陶瓷》，《模型‧郵票‧陶瓷》，頁 247−248。

144　資料來自劉以鬯：《一九九七》（台北：遠景出版事業有限公司，1984），頁 197。

145　劉以鬯：《黑妹》，《一九九七》，頁 34。

146　劉以鬯：《黑妹》，頁 38。

147　劉以鬯：《黑妹》，頁 40。

148　劉以鬯：《黑妹》，頁 84。

149　劉以鬯：《黑妹》，頁 87。

150　劉以鬯：《黑妹》，頁 99。

151　同上。

劉以鬯對於城市圖像的探索，

不論在時空建構上、結構形式上、

時代意義上與哲理思想上，

都是具有創意和藝術性的。

而這種寫作方法，

後來又輾轉啓發了王家衛，

成就蜚聲國際的電影作品《花樣年華》。

城市圖像：
電影與文學的互動

現代城市的高速發展，衝擊了舊有農村文化，所改變的除了是空間上由散落的邊緣轉為地圖上的中心要匯，還有文化生活的改變，繼而影響人的思維活動、美學感受，種種轉變都會反映在現代文學之上。這種觀念來自雷蒙・韋爾斯（Raymond Williams）所撰寫的文學評論專著《城市與鄉村》（*The Country and the City*, 1973）[1]，這本具有啟發性的著作，主要思考十九世紀中葉英國城市化發展與現代文學的關係。中國「五四」出現的現代文學，同樣在城市文化衝擊下誕生，從視覺而來的衝擊是最敏銳和直接的。

中國社會與文學一向重視圖像文化，由先秦以降的原始岩畫、甲骨文字、青銅器文飾與銘文、象形文字為先的造字法，魏晉南北朝的詩畫並合的題畫詩、《文心雕龍》有關言、象、意的圖像理論，隋唐五代的敦煌石窟、壁畫、王維的詩畫，宋代的《滄浪詩話》的圖像理論，到明清的戲曲、雜劇等，中國的圖像與文學的發展並行。[2]

中國文學現代主義的誕生，集中在充滿西方文化符號的上海城市實非偶然。西方的現代文化對十九世紀的上海帶來了重大變化，黃埔灘頭出現向高空發展的現代建築改變了城市景觀。月份牌、西式服飾與時裝、圖文並茂的雜誌《良友》等在視覺上帶來新的刺激。當時西方新興的電影大量傳入中國，曾有人統計過在1916－1936年間，市場上主要的電影來自美國荷里活，不少於127部，其次為蘇聯、日本。[3]咖啡廳、逸園跑狗場、賽馬場等娛樂場所的大量出現，構成了全新的城市圖像。城市圖像包含了視覺為主的各種城市空間經驗與符號文化，此外，當時便利的交通樞紐、西方音樂、歌舞廳文化又賦予文學在時間與聲音（包括城市

聲音、西方音樂與節奏等）的各種動態描述與想像。

現代城市帶來的新文化與新生活，構成了現代文學嶄新的品味與美感。二十世紀初鴛鴦蝴蝶派與上海新感覺派吸取了大量現代視覺美感。劉以鬯在上海出生成長，在上海聖約翰大學唸書時，除了接觸大量西方文學，亦經常出入電影院看不同西方電影。[4] 劉以鬯自小孕育在上海都會消費文化，視覺文化對新文學寫作的影響不可能無動於衷。在上海早期短篇小說〈迷樓〉（1947）中，劉以鬯從侍臣與御車伕一問一答的聲音開場，然後低角度拍攝破曉的景像，接着鏡頭出現三支香，煙靄的飄散。一個遠鏡，展現禁宮御園為秋意的樹林所包圍。一個移入鏡頭，從左挨宮牆推近二三片棗紅色的楓葉搖落下來……大量的電影鏡頭運用，拍攝出華麗禁宮的慵懶和秋意，「皇上還沒有醒」[5] 的提問反覆出現，成為故事的懸念。花了差不多一半的故事篇幅，就在鋪陳這種氛圍，然後日上三竿，千呼萬喚的烘托下，主角隋煬帝才在迷樓的床上懶洋洋醒來。這種敘事手法固然與別不同，其着眼於視覺書寫，透過景色、閒角的側面描寫展現時空的延展與靡爛的氣氛，特別是運用了電影敘事的書寫模式。

劉以鬯與電影亦甚有淵源。1948 年，劉以鬯在上海桐城書局出版《失去的愛情》。1949 年，他到了香港，無緣看到上海大光明電影院解放後放映的第一齣電影，這是由導演湯曉丹改編他的同名小說《失去的愛情》。[6] 雖然劉以鬯與電影擦身而過，但是他跨越 1949 年，代表他帶着上海視覺方面的生活與寫作風格到香港，這份意義非常重大。另一個小說《私戀》（1959）在香港改編為電影，由電懋公司導演王天林執導、上官牧編劇，1960 年上映。[7]

　　1950 年代開始，劉以鬯有一部分的實驗小說以視覺先行，形式獨特，探索城市圖像具有很大的創意和意義，例如《夢街》（1958）、〈鏈〉（1968）、〈動亂〉（1968）、〈春雨〉（1968），1970 年代〈時間〉[8]與《對倒》（1972），1980－1990 年代的〈打錯了〉（1983）、《黑色裏的白色　白色裏的黑色》（1991）。當中以 1970 年代初的《對倒》最具代表性，這個長篇小說探索了構圖美學、時空關係與音樂結構，為城市圖像建立了嶄新而獨特的美感。

　　電影影響了文學的創作，文學亦會影響電影，劉以鬯《對倒》在形式上啓發了香港導演王家衛拍成蜚聲國際的電影傑作《花樣年華》（2000），王家衛憑該片榮獲康城影展最佳導演。《花樣年華》故事與《對倒》幾乎毫不相干，難以歸類為一般所謂的故事改編，而是更抽象的吸取《對倒》在形式上的創新性，尤其是來自音樂結構方面的啓發。

　　以下本章會分成四個小節，第一節闡述電影與現代華文文學的淵源，以了解現代文學與電影發展的背景；第二節會討論劉以鬯自 1950 年代至 1990 年代比較重要的城市圖像實驗，如何借助電影探索文學的各種可能性；第三節會探討《對倒》如何透過時間與空間構築城市圖像，並進一步探討劉以鬯在這方面的構思與法國新小說派的關係；末節會比較分析《對倒》與《花樣年華》，看看本來受電影啓發的現代文學，又如何轉而影響香港電影。

一、電影與現代華文文學的淵源

　　城市圖像的構成跟電影關係很密切，不少五四新文學作品受到電影啓發而來。魯迅（1881－1936）寫作受到電影影響，早已受到不少評論注意。[9] 而其中短篇小說〈示眾〉（1925），運用十二歲胖孩子視點作為攝影機鏡頭。因為敘事本來沒有特定景框（frame），只有攝影機才有景框，把要看到的事物放入鏡頭內，將不想看到的事物放在鏡頭外。在〈示眾〉中眾人圍着爭看示眾場面，人群圍成三、四層以上。胖孩子因為矮小，常常要在脖子與脖子間張望，因為前排人物身體的擺動，有時看到有時遮擋，總是看不到全貌，胖孩子有時又回頭，看看後面和附近人群反應，明顯是電影攝影機鏡頭與攝影機運動的結果。前者強調景框內所見與不見的事物，後者強調時間流動與鏡頭移動。而魯迅亦在《吶喊》序言（1922）中透露了在大學讀書時微生物課教授經常運用課堂休息時間放映電影畫片，〈示眾〉故事就是根據他在課堂看過的一些有關日軍當眾砍下一個中國人頭顱時，體格強壯的國民竟然麻木圍觀的場景寫成的。[10] 這個電影片段促使魯迅棄醫從文，為五四新文學揭開重要的一頁。

　　向來重視小說視象化的張愛玲（1920－1995），同時是一個電影編劇家，早在1940年代末在上海以電影《不了情》（1947）與《太太萬歲》（1947）而廣受關注。張愛玲筆下多個可歌可泣故事無不來自城市的種種現代生活。她在散文〈公寓生活記趣〉（1943）中曾自述生活，「我喜歡聽市聲。比我較有詩意的人在枕上聽松濤，聽海嘯，我是非得聽見電車響才睡得着覺的，在香

港山上，只有冬季裏，北風徹夜吹着常青樹，還有一點電車的韻味。」[11] 通過文字，張愛玲從生活的聲音找到了城市感覺，找到與古典詩意有別的美感與韻味。城市人的美感追求，需要通過文字構築的世界有別於鄉村想像，一種只屬於城市文化的新語言、新美感，即本文所稱的城市圖像。張愛玲更相信，這種城市的生活與經驗，直接進入人類的意識世界之中。「長年住在鬧市裏的人大約得出了城之後才知道他離不了一些什麼，城裏人的思想，背景是條紋布的幔子，淡淡的白條子便是行馳着的電車 —— 平行的、勻淨的，聲響的河流，汨汨流入下意識裏去。」[12]

上海新感覺派作家劉吶鷗（1905–1940）、穆時英（1912–1940）都是愛好電影者，亦曾寫劇本及拍攝電影。劉吶鷗出版第一部小說集《都市風景線》（1930），文字對城市視象化與節奏感的掌握已經嶄露頭角，三十一歲時完成劇本《永遠的微笑》（1935）進入影壇，他亦分別在《電影周報》及《現代電影》等雜誌上發表影評。[13] 穆時英在香港曾自編自導電影《夜明珠》（1937），影片現時失存，據現存資料顯示，得知故事以新感覺派小說所慣寫的舞廳文化為主題，大概講述一名舞女雖然遇上真愛，終不為社會接受，含恨而終。[14] 另外他在香港自編自導過電影《十五義士》（1937）及撰寫過電影劇本《中國萬歲》（1937）。[15] 穆時英在小說〈中國一九三一〉中運用電影分鏡或分場方法，描述社會上貧富懸殊、城鄉對立現象。最主要場景是以「鏡頭一」、「鏡頭二」等描寫一班村民起義的過程，分法有點含糊，例如鏡頭一是描述村口人來人往的傳口令，似是一個鏡頭觀念；鏡頭五卻是描述一個大場面及描述眾村民移動的路線，初時有頭目出發前傳口令，然後眾人翻過一個山頭，又一個山頭，最後眾人走到城門前

討論行軍去向。這個大場面在電影的實際拍攝上有場景的遷移，亦有動作與大量對白，需要有近有遠的鏡頭配合，疑似一個分場概念。不過可以肯定的是，穆時英嘗試將電影技巧放入文學創作中，除了視覺元素，他亦有留意聲音元素，加入「小曲一」、「小曲二」，從視覺與聽覺方面加強電影感。由於起義場面很大，同一時間有不同將領在不同地方攻城或指揮，穆時英嘗試以電影分鏡或分場，為本來混亂的戰爭場面整理出細緻規律的秩序出來，並且注重聲畫配合，加強真實感。我們可以看到，新文學與電影互相影響，關係密切。二十一世紀華文文學與城市圖像的發展，早在中國五四時期已經奠定基礎。

二、劉以鬯的城市圖像實驗

劉以鬯有一個獨特的成長背景 —— 1930－1940 年代東亞最繁榮的城市上海。他年青時很喜歡看電影，尤其是西方電影。他接觸的文學除了來自西方的現代主義，還有中國新文學作家穆時英、張愛玲、魯迅等用華文文字構築各種由視覺而來的城市圖像。[16] 1950 年代，劉以鬯在香港作品中自然流露了視覺語言與城市觀察的敏銳，例如中篇小說《夢街》，劉以鬯描寫男主人公「我」早上起來所見的晨光與海景．

> 我抬頭遠望，東方已微微發白。晨風習習，眼前的景物開始從混沌沌的一片，漸漸顯出黝澹的輪廓，其情

形極像了電影裏的「淡入」鏡頭。然後繁星的光芒減退了。大海是墨綠色的，在短短幾分鐘內，出現了淺淺的柔波，於是我們看到幾堆美麗的朝霞，一塊紅，一塊黃，看起來頗如畫家的潑墨。然後太陽冒出海面，溫柔的陽光雖不強烈，卻叫人感到溫暖。[17]

作者直接運用電影鏡頭「淡入」，描寫眼前所見的晨光，可以看到劉以鬯早已具備對城市圖像構築的敏銳性。劉以鬯對城市圖像較具藝術性的探索，可以分為幾個時期，第一個時期是 1960 年代末的微型小說，當時受到法國新小說派影響較深；第二個時期是 1970－1980 年代，這段時期的探索最為成熟，開始擺脫法國新小說派影響，作品較具個人風格，以《對倒》成就最高；第三個時期是 1990 年代，劉以鬯超過七十高齡仍然嘗試從印刷美學與表意功能思考構築城市圖像的可能性。

劉以鬯在 1962 年創作了《酒徒》這個重要的嚴肅文學作品後，他對於心理小說手法開始轉變，由注重內心的深層挖掘，逐步轉向結合表層的人物動作描寫或景物描寫手法。[18] 在 1960 年代末，劉以鬯創作的微型小說〈春雨〉可以看到這段轉變時期的痕跡。有意思的地方是，〈春雨〉是劉以鬯開始探索現代圖像的作品，這個微型小說沒有傳統故事的敘事者，一開始是透過電影鏡頭呈現方式描寫：

忽然響起一陣雷聲，訇隆隆，像幾十隻鐵球在樓板上滾來滾去。藍森森的閃電，一再使那些雲層的顏色由灰轉黃，彷彿厚密的雲層中有什麼東西在燃燒。天色黯

暗，築在半山區的高樓大廈裏有人扭亮電燈。平地颳起
一陣狂風，天就落雨了。雨點很大，打在玻璃窗上，發
出悉悉索索的聲音。這是農曆三月上旬，氣候還沒有
轉暖。[19]

　　然後緊接着一個人的內心獨白，由括號和黑體字標示出來，
自始至終沒有讓敘事者出現，敘事者是男是女、年紀大小全無透
露。整個故事就以一段彷如透過主觀電影鏡頭（point of view）
呈現的方式描寫雨景，一段是隱藏敘事者的內心獨白，彼此梅花
間竹地出現。實際上，一段是朝向內心的挖掘，另一段是表面的
視覺觀察。前者重視個人的主觀感情與意義，後者重視客觀的描
述與反意義，這種獨特矛盾的方法可以看到劉以鬯逐漸由混合深
層與表層心理敘事手法走向表層心理書寫的痕跡。劉以鬯後來對
於向內心挖掘的意欲愈來愈低，對於以視覺為主的客觀寫作愈感
興趣。劉以鬯這種轉變，顯然是受到他一向推崇的作家 ── 法
國新小說派代表人物羅伯格里耶（Alain Robbe-Grillet, 1922－
2008）──所影響。

　　劉以鬯曾在〈小說會不會死亡？〉（1979）及〈現代中國短
篇小說的幾個問題〉（1981）中讚揚新小說，這兩篇文章收錄入
《短綆集》（1985）。劉以鬯本人亦曾跟羅伯格里耶面談，內容記
錄在《舊文新編》（2007）內的〈新小說・反小說〉（2003）。
羅伯格里耶批評現代心理小說，提出物體客觀性的存在，達致反
意義的美學。羅伯格里耶在〈未來小說的一條道路〉（1965）中
談到：「我們必須嘗試着構築一個堅實、更直觀的世界，來代替充
滿『意義』（心理學的、社會學的、功能上的）的這一宇宙。首先，

讓物體和動作以它們的在場來起作用，隨後，讓這種在場繼續凌駕於所有解釋性理論之上，……」[20] 他把心理小說歸納為「意義」與主觀性的範疇，然後站在其對立面提出新小說的觀念。劉以鬯在 1968 年先後發表〈鏈〉和〈動亂〉兩個形式獨特、視覺主導的小說。這兩個小說完全擺脫自《酒徒》以來朝內心挖掘的心理敘事，轉向注重客觀性呈現的城市圖像。

〈鏈〉描寫不同人物在不同時空中的碰面，有些人與人發生直接關係，會交談或受影響，有些人跟人只有間接關係，只是無意間踩到對方的鞋，這些人物都是流水賬式出現和消失，作品只是冷峻地描述這種人來人往的情況，描寫城市在時間急促下，人與人之間經常碰面又沒有交流的現象。敘事筆調只是冷眼旁觀，沒有明確的意義指涉。而〈動亂〉則更明顯地受到羅伯格里耶的影響，以十四種物體如電燈柱、汽車、石頭等為敘事者，敘述 1967 年香港暴動。各種物體受到不同程度的破壞或損傷，由自身不同角度描述暴動情形，似是將不同攝影機置放在同一空間的不同地方，呈現動亂同一時間與空間的多角度描述。最後一幕由屍體描述：

> 我是一具屍體。雖然腰部仍有鮮血流出；我已失去生命。我根本不知道將我刺死的人是誰；更不知道他為什麼將我刺死。也許他是我的仇人。也許他認錯人了。也許他想藉此獲得宣泄。也許他是一個精神病患者。總之，我已死了。我死得不明不白，一若螞蟻在街邊被人踩死。這是一個混亂的世界。這個世界的將來，會不會全部被沒有生命的東西佔領？[21]

〈動亂〉故事主題是以物體的非人性角度反思 1967 年動亂，表達當時人類行為比物體更非人性。這種物體為敘事者的觀念，幾乎可以借羅伯格里耶一番說話作為注腳：「在未來小說建築中，動物和物體在成為某種東西之前，都將在那裏；之後，它們還將在那裏，堅實、不變，永遠在場，彷彿嘲笑着它們的特有意義，這意義無謂地試圖把它們的作用減弱為當於不確定的器皿，相當於臨時的和不體面的材料，只有更高的人類真理才能賦予——以深思熟慮的方式——它們以形式，人類真理在其中表達之後，便立即把這一礙事的助手拋棄到遺忘中，到黑暗中。」[22]

在〈動亂〉的表達中，物體尚保留自己的思想、感情與批評的意義，1969 年〈吵架〉將客觀性、非人性的表達手法推向更極致地步。〈吵架〉純粹運用長鏡頭直接呈現一個家庭吵架後的面貌，文字不帶絲毫情感地描述家庭暴力吵架後呈現的破損物體，例如其中一段描述：

> 電視機依舊放在牆角，沒有跌倒。破碎的熒光幕，使它失去原有的神奇。電視機上有一對日本小擺設。這小擺設是泥塑的，缺乏韌力，比玻璃還脆，着地就破碎不堪。電視機的腳架邊，有一隻日本的玩具鐘。鐘面是一隻貓臉，鐘擺滴答滴答搖動時，那一對圓圓的眼睛也會隨着聲音左右擺動。此刻鐘擺已中止搖動，一對貓眼直直地「凝視」着那一列鋼窗。這時候，從窗外射入的陽光更加乏力。[23]

客觀而細緻的筆觸，沒有任何主觀意義的加蓋，讀者彷彿親

眼目睹這個家庭吵架後的亂局。究竟這場吵架過程是怎樣呢？讓讀者好像偵探一樣，透過暴力吵架後的場面自行回想，發生吵架的場面就由視覺進入讀者意識想像之中。讀者無形中參與了創作過程，將沒有寫出來的過程在意識裏重新組織出來。這段時期劉以鬯受到羅伯格里耶很大啓發，這幾個微型小說實驗以後，劉以鬯將羅伯格里耶觀念轉化得更匠心獨運，完成 1972 年形式獨特的《對倒》，將城市圖像構築帶入藝術高峰。

　　1990 年代，劉以鬯已經有七十高齡，仍然醉心於形式創新。他在重慶、新馬及香港分別擔當過編輯，從事報刊的經驗接近半個世紀，對於印刷技術的熟諳啓發了他嘗試將文字印刷提升到表意功能。[24] 在《黑色裏的白色　白色裏的黑色》中，作者以黑底白字寫城市的陰暗，以白底黑字寫城市人的善良。作者有意抗拒劇情上堆砌情節，故事透過麥祥一天經歷為題，只着眼於瑣碎的生活片段以呈現真實，而城市中善與惡已經摻雜其中，善中有惡，惡中有善，似是有意回應 1956 年短篇小說〈天堂與地獄〉。〈天堂與地獄〉中借一隻蒼蠅對香港餐廳的遊歷，目睹三千塊錢輾轉於不同角色手裏，人與人之間的關係充滿金錢罪惡而得出結論：所謂天堂比垃圾的地獄更齷齪。劉以鬯剛抵香港，不太了解當時香港文化，故事因而帶着南來文人黑白分明的觀點。劉以鬯在 1960 年代第二次來香港，時移世易，明白到重返上海生活已不可能，逐漸在香港落地生根，生活了差不多四十多年後寫成這個作品，對於香港城市文化充滿愛與恨。這種矛盾心情遂透過印刷技術的配合，化為構築城市圖像的形式美學。這種黑白並置手法令作者褒貶立場鮮明，有趣的地方正在於劉以鬯以反情節方法記錄，着眼於生活上微細事情，例如空間的轉移出現褒貶：麥祥乘小巴在

英皇道「塞車」三分鐘，麥祥從車上目睹有婦人在人行道上吩咐一個四、五歲男孩當街撒尿；麥祥在太安樓附近下車，走向西灣河文娛中心欣賞音樂演奏，洗滌心靈。小巴上的敘事用黑底白字，西灣河文娛中心用白底黑字。有時同一個空間亦因應事件性質而褒貶有別。例如麥祥由家裏朝地鐵站走去的一段路，路上遭一個青年推撞，原來是劫匪。再往前行有人為內地災胞募捐，麥祥將二十元塞入募捐箱。遇到劫匪用黑底白字，捐款用白底黑字。《黑色裏的白色　白色裏的黑色》將城市人一天生活中善惡交纏、愛恨難分的複雜心情，借助黑與白形式構成有趣的城市圖像。

‖‖‖‖‖‖ 三、城市圖像的時空構成法：法國新小說與《對倒》

　　劉以鬯在城市圖像上探索的努力，當以《對倒》的藝術成就最高。《對倒》一共有兩個版本：第一個版本是 1972 年 11 月 18 日開始在香港《星島晚報‧星晚版》連載，約十一萬字；第二個版本是應也斯為《四季》雜誌寫稿，作者把《對倒》改寫成一個短篇小說。[25] 這個故事的形式獨特，以雙線並行的方式敘事。[26]兩個故事都保留這個形式，而故事內容大致相若，同樣是一節寫老人淳于白；一節寫少女亞杏，梅花間竹的互相穿插；然而彼此互不相干。前者是單身老人，靠回憶度日，很多追悔的往事令他感慨；後者是單身少女，對未來充滿憧憬，常希望找到個英俊男友，發明星夢，希望逃避現實中窮困的家境。故事在這種互相隔膜、一正一負的節奏下產生張力。長篇版本分成 64 節，短篇版把

內容精簡化成 42 節。相對而言，長篇版本有較多意識流的描寫，人的意識與城市之間的關係探索較多。短篇版本幾乎只是第一個版本的刪剪版，更注重結構。

有論者曾認為短篇版具有更精密的對稱結構，卻失去了淳于白個人背景和過去歷史的交待，弱化了個人和城市歷史故事的獨特性。[27] 劉以鬯曾經在一次訪問中談到《對倒》，指出這個故事一如西方的現代小說，不大重視主題。如果必定要談談主題，他只會答：「一般小說是寫人與人之間的直接關係，《對倒》是寫人與人之間的間接關係。」[28] 綜而觀之，長篇版《對倒》是個沒有情節的故事，主題隱含兩條主線，一條是人與城市的關係，另一條線是人與人的關係；這兩種關係不是直接的，而是間接的。不過短篇版的改動使結構分明，讓人與人的關係變得更清晰。城市圖像的基本元素是由時間與空間組成的，而這種時空關係分別表現於視覺上與音樂上，在長篇版本視覺上的演繹較為清晰，意識流的運用讓街上事物與城市人意識產生互動關係。而在短篇版本中音樂的演繹則更具風格，結構以音樂節奏（composition）[29] 譜寫，讓主題在多次重複的旋律中演繹出來，這種獨特的結構與主題的形式，啟發了香港導演王家衛電影名作《花樣年華》。本節會集中以長版本分析人與城市的主題，探討城市圖像在視覺上的演繹方法（至於分析人與人的主題，探索城市圖像在音樂上的演繹方法，則以短版本為主，這個討論會在下一節中分析）。

過去有不少論者將《對倒》放入心理小說或意識流小說的範疇討論，[30] 向內心深層挖掘的心理小說往往重視人物內在的意識活動。事實上，發表《酒徒》（1962）以後，劉以鬯的心理小說由深層逐漸趨向表層，《對倒》處於這些轉變的實驗時期，所以

他採用的是混合深層心理書寫與表層心理書寫手法。亦有一些論者留意到蒙太奇手法，[31] 小片段與小片段經過作者細心剪接，例如第 10 節的尾和第 11 節的首重複同一個句子「交通恢復常態時」，[32] 而第 11 節的尾與第 12 節的首又重複運用「這齣現實生活中的戲劇接近尾聲」[33] 的文字，將不同空間發生的事物接駁起來。除了敘事上的連接，連對白亦可以接上，例如在第 38 節至第 41 節中，淳于白與亞杏在同一時間的不同空間與人討論下午在街上目睹的金行搶劫案件，二人的對話卻可隔空連接，好像互相對話。實質上，劉以鬯把他們一天的經歷以不同的對位方式，有時並置，有時錯位，有時交錯，將大都會的物質性與都會中人的思想、人與人的關係、都市的時間與空間、想像與現實，帶入一個複雜的形式結構的美學探索之中。這種對於城市圖像呈現的新方法，似乎是受到劉以鬯一向推崇的羅伯格里耶所影響。

羅伯格里耶曾經擔當過法國名導演亞倫‧雷奈（Alain Resnais, 1922－）的編劇，合作一齣顛覆電影敘事的名作《去年在馬倫巴》（L'Année dernière a Marienbad, 1961），他亦擔當過導演，對電影語言有很深的研究。羅伯格里耶認為電影與文學是不同屬性，強調各自表現媒體的本性。例如他認為電影畫面的本性是有景框限制與實時性，同時，斷續性要由鏡頭與鏡頭連接和組合，所以容易產生蒙太奇美學。小說方面，他喜歡強調時間的連續性，完全靜態的動作。[34] 例如羅伯格里耶的文學代表作《嫉妒》（La Jalousie, 1957），故事形式非常風格化，整個故事以鉅細無遺的筆調，寫一間花園洋房外貌，從窗口窺見女主人公阿 x 在洋房內不同時間的生活細節，極盡瑣碎的生活片段。故事透過一個客觀、冷靜的角度，好像電影鏡頭一樣，從固定角度遙遠觀

看花園洋房的人與物。這個故事表達形式相當別致，藝術水平亦很高，表面上幾乎沒有一般情節性或戲劇性的處理，但是不代表完全沒有線索閱讀，而是突破傳統敘事情節的舊模式。故事中其實佈下很多懸疑性。例如阿 x 在餐桌用餐時只有一個人，卻準備兩份餐具，似是期待一位神秘客人來進餐。這位神秘客人直到故事完結亦沒有出現過，反而另一個男士會探訪女主人公（這位已為人妻的婦人），甚至相約進城而當晚沒有趕回到洋房。讀者產生很多疑問，會追問很多問題：神秘人是誰？這個敘事的特殊視點是誰人的視點？故事名稱《嫉妒》為讀者提供了線索和想像的空間。閱畢全書，讀者就推想到一直沒有露面靜靜地監視妻子的阿 x 這個人，正是這個洋房的男主人公了。這種曲折離奇的敘事手法，確實匠心獨運。羅伯格里耶曾經在 1984 年訪問中國，在演講中談及他的電影和文學所共有的一個共通點，「也許，有一個特徵確實是作者羅伯—格里耶的特徵，即世界的靜態存在。但是靜態是什麼？我覺得這是強烈激情的凝聚。在我的小說《嫉妒》中，靜止狀態之下始終潛伏着爆炸、犯罪、謀殺。我個人總是被抑制狀態之中包含的更多的暴烈情緒所震動，這比表現出來的東西更強烈。我選擇通過靜態表現強烈的激情。」[35] 這番說話為我們分析《對倒》，提供很大的幫助。

我把羅伯格里耶帶來的觀點，歸納為幾個要點：第一，角色情感處理的方法。羅伯格里耶所關心的是「靜態的表現」與「激烈的情感」之間的一種張力，故事不加修飾地描寫時間的慢慢流動，讓讀者慢慢感受那種嫉妒的火有多大。逗留觀察的時間愈延長，空間的描寫愈細緻，那種情感便愈激烈。第二，「靜態的世界」呈現方式是拆除傳統具有性格感情的敘事者，讓讀者彷彿透過視覺

直接接觸物象一樣，不賦予任何意義詮釋。並且強調時間上的現場感，讓讀者閱讀時間與故事中敘述時間有歷時同步的感覺，這種呈現方式是要逼使讀者主動參與閱讀，而讓作者消失於作品之中。第三，故事以沒有情節見稱，是要突破傳統的閱讀習慣，讀者幾乎不可能循傳統閱讀模式找尋到任何意義。有更深層的內在意義潛藏在敘事過程中而不是在情節的結局中，故事留下線索讓讀者把零碎的、斷片式的各個不同時段見到的物象，在腦海中重組以尋找意義。由作者引領讀者得到意義的傳統閱讀法，變為由讀者從作品中直接參與意義重組的創作過程，這種方法更接近後現代的閱讀模式。

劉以鬯創作《對倒》時很有可能從羅伯格里耶的作品中得到啓發，他創作《對倒》思考的問題與方向跟羅伯格里耶有點相似；但是他不是盲目跟從，而是創新性地由香港本土文化出發，重新思考呈現城市圖像的方式。首先，在情感表現方面，《嫉妒》的張力是處於（隱去的）角色情感與靜態的表現手法之間，《對倒》長版本嘗試的是把角色一分為二，讓角色情感以更直接的意識流方式呈現出來，構成精緻而複雜的多層張力的拉鋸狀態。首先世界呈現的方法，是通過淳于白與亞杏兩個人的視覺與目光。他們兩人身處同一個時間，故事主要發生場地是同一條街道。然而他們所見到的，卻是以兩種不同詮釋方法呈現的世界。他們兩人的性別（男性與女性）、年紀（年老與年輕）、閱歷（過去戰難中上海的繁華與香港年青人的流行文化）、看事情的方法（回顧過去與展望將來）形成第一層張力。淳于白經常回憶過去，他看到的現實世界常常跟意識內的舊香港印象產生重疊而互相排斥的現象。亞杏經常發白日夢，透過視覺看到的現實世界與內心想像世界有很

大距離，兩個角色本身產生了內在的第二層張力。《對倒》有趣的地方是運用深層與表層心理書寫的混合模式，一方面借鏡於羅伯格里耶保持客觀而不帶情感的冷峻筆調呈現世界的事物，另一方面借着角色內心的意識活動釋放情感。簡言之，《嫉妒》的靜態表現手法或靜態世界的描述，目的是要表現角色的情感；《對倒》在長版本不介意角色情感透過意識世界直接表現出來，反而關注角色與角色之間，外在世界與內心世界構成的衝突。深層與表層心理書寫的混合表現手法所追求的重點不在角色身上或角色情感身上，而是以香港這個城市為描述的主體。多層次的矛盾與衝突構成城市的多元文化，表現解讀一個城市的困難。

其次，城市圖像的構成，《對倒》跟《嫉妒》同樣是從視覺出發，而且關注於時間與空間的關係。例如《嫉妒》呈現的靜態世界是由視覺出發的，所有關於人與物象的描述，都運用一種抽離人性人情的筆調，一種接近絕對客觀的攝影機鏡頭的冷靜觀察。而這種敘事角度是有限制的，例如不可以隨便移動敘述的視點，有一些視點會受到牆壁、窗簾等物體的阻礙，而影響了敘事的能見度與描述的功能。這個故事分成沒有編號的幾個章節，每一個章節表示不同時間的開端，而視點幾乎都是一致的在一個遙遠的角度窺視洋房一切。例如以下兩則分別來自第一次和第二次出現的章節開首：

> 現在，柱子的陰影將露台的西南角分割成相等的兩半，這個露台是一條有頂的寬廊子，從三個方向環繞着房舍，那根柱子就撐住廊頂的西南角。露台的寬度在橫豎兩個方向都是一樣的，所以，柱子的陰影正好投在房

子的牆角上；不過陰影並沒有向牆上延伸，因為太陽還
很高，只照到了露台的地面。房子的板牆（即指南面與西
山牆）仍處在屋頂（房舍與露台的頂端是連着的）遮蔽的
陰影中。這樣，此時此刻，房檐犄角的影子和兩面牆與
地面形成的夾角正好重合，而且都是直角。[36]

以下為第二次出現的章節：

現在，露台西南角 —— 即靠近臥室的那一側 —— 那
根柱子的陰影投射到花園的地面上。太陽在東邊天際的
位置還很低，陽光灑滿了山谷。山谷裏的香蕉樹是斜向
排列的，在朝陽的照耀下，處處顯得阡陌分明。

在與房子遙遙相對的山坡上，從谷底到種植園最高
處的地段邊緣，樹木的植株很容易數清，尤其在正對着
房子的一帶，因為這裏栽種的是些幼樹。[37]

時間是透過暗示的形式表達，是從日照過來的影子長短與光
影變化而辨出時間的流動。空間沒有改變，隨着視線的變化而專
注點不同。例如第一次出現的章節是集中於房間與露台，在第二
章節卻看到洋房的花園、洋房遠處的山坡與田間。空間與時間的
呈現是含蓄的，讀者是以全無阻隔的狀態（意指沒有賦予任何意義
的形容或指涉）直接接觸物象。文字上強調「現在」，再加上纖細
的雕琢，加強讀者彷彿置身現場的感覺，情形跟觀看電影相似，
突破一般文字閱讀所沒有的歷時感。《對倒》的處理則分為兩個角
色的視覺來呈現城市圖像的空間與時間關係。淳于白與亞杏兩個

人在彌敦道上行走，彼此互不相見。當中二人只在戲院碰面，淳于白坐在亞杏旁邊，二人卻沒有交談。電影落幕，又各自分離，一人走向東，一人走向西。彌敦道是九龍區尖沙咀和旺角兩大心臟地帶的重要交通要道，幾乎是全香港最熱鬧和擠逼的街道。故事描述這條街道的空間感，以亞杏走過街道，身體與人碰撞兩三次，而淳于白甚至踐踏到女途人的鞋，顯示街上遊人眾多。

《對倒》呈現城市圖像的方式同樣以視覺為主，例如透過亞杏的目光，作者這樣描述彌敦道：「照相館隔壁是玩具店。玩具店隔壁是眼鏡店。眼鏡店隔壁是金舖。金舖隔壁是酒樓。酒樓隔壁是士多。士多隔壁是新潮服裝店。亞杏走進新潮服裝店，看到一些式樣古怪的新潮服裝。……當她走出那家新潮服裝店時，心裏有一種莫名其妙的感覺，說是高興；倒也有點像惆悵。新潮服裝店隔壁是石油氣公司。石油氣公司隔壁是金舖。金舖隔壁是金舖。金舖隔壁是金舖。」[38] 作者以客觀方式呈現街道的面貌，冷峻筆調毫無情感地描述由一個商舖緊挨着一個商舖的情況，金舖互相競爭，一間金舖挨着另一間金舖。由一個店舖走過另一個店舖，同時呈現着時間的流動。這種近乎鏡頭移動的拍攝方法，顯然受到羅伯格里耶冰冷而非人性的筆調所影響。空間的描述會受到淳于白與亞杏的視點而影響，除了戲院那幕戲，他們身處的空間是分割呈現，而彼此之間最大的關連是時間。

《對倒》強調兩條線的時間關係是同時並進，但是文字不可能好像電影一樣出現分割畫面，只能以連續性的方法呈現，作者聰明地把淳于白與亞杏的敘事分割成 64 節的不同小片段，二人梅花間竹地出場，每個小片段成為了時間的單位。例如第一節淳于白一出場是坐巴士穿過海底隧道，第二節這樣描述，「……現在，走

下木梯時，她手裏拿着一隻雪梨。這雪梨是姨媽給她的。每一次
走去姨媽處，多多少少總會有點好處。/ 走出舊樓，正是淳于白搭
乘巴士進入過海隧道的時候。」[39] 透過類似蒙太奇的方式，兩條
主線得以呈現共時性。「現在」的強調一如羅伯格里耶是追求電影
的現場感，劉以鬯似乎有意讓讀者感受城市時間的流動。「走出舊
樓，正是淳于白搭乘巴士進入過海隧道的時候。」這個句子明確告
訴讀者兩者時間的一致性。在時間運用上，《對倒》另有一個有意
思的手法顯示二人的時空關係。例如第 2 節亞杏見到一隻黑狗，
第 3 節淳于白又見到那隻黑狗，暗示了二人在時間上的先後，而
空間上的距離亦不遠。又例如第 7 節淳于白在餐廳飲茶的時候，
碰到一個瘦削的鰥夫與男童為吃雪糕而大吵大鬧，到了第 16 節亞
杏在戲院看到同一個瘦削的鰥夫與男童為吃雪糕而大吵大鬧。城
市街道中有很多不同的路人在不同空間與時間相碰，這些主角以
外的角色亦有自己的節奏與行走路線，這種間接的方法很精采地
將香港鬧市街道擠逼的空間感與城市快速的時間關係表現出來，
同時人物與人物之間互相碰面的機會充滿巧合性。《嫉妒》以定點
視覺下同一個空間的光影變化表示時間的流動，《對倒》對時空的
表達方法顯得更靈活有趣，劉以鬯是取其法再加以活用轉化，以
表現香港的城市特色。

相對於《嫉妒》，劉以鬯處理《對倒》所呈現的城市圖像時
空關係更加複雜。《對倒》其中一個有趣的地方是，安排兩個閒蕩
人漫無目的地在街上遊玩。[40] 時空關係經由角色與角色、外在世
界與內心世界多重的張力拉鋸表現出來，時間與空間的呈現更形
錯綜複雜了。城市時間的流動性本來是快速的，例如透過亞杏觀
察所顯示的時間描寫：「牆壁是招紙的戰場。牆壁上貼着太多的招

紙。剛才，走去姨媽家的時候，見到貼街招的人將一種藥丸的招紙蓋沒了一部色情電影的海報；現在，藥丸的招紙已被跌打醫生的招紙蓋沒了。亞杏知道：再過一兩個鐘頭，這跌打醫生的招紙一定會被別種招紙蓋沒的。」[41] 但是作者安排視點呈現的方式，卻要通過兩個在城市主流以外的人物 —— 閒蕩人 —— 得以實現。淳于白是個靠收租度日的人，他總有太多時間可以花，所以與城市的主流觀念「時間即金錢」[42] 有別。亞杏是個獨生女，有太多的自由。「母親的溺愛，使她養成了野貓似的性格，每一次出街，總會漫無目的地在街邊閒蕩，直到腿彎發酸時才回去。」[43] 這兩個角色喜歡以閒散無心態度觀察城市的快速變化，例如第 10 節與第 12 節有一場交通意外，亞杏剛巧經過目睹整個過程，她看到血，想起五歲時從祖母屍體接觸到死亡，她以冷靜的角度看完整個過程，由受傷婦人被撞倒、流血、不知死活到張開眼睛，有路人報警，警察到來，指揮交通恢復常態，救護車來。作者這樣描述：

> 　　救傷車離開現場，這齣現實中的戲劇終告結束。看熱鬧的人群散開了。只有亞杏依舊站在那裏。亞杏望着馬路中心；望着馬路中心的鮮血；望着汽車的車輪一再輾過鮮血。在短短的兩三分鐘中，路面上的鮮血已被吸乾。亞杏心中暗忖，「不知道那個婦人的傷勢嚴重不？她家裏有些什麼人？她的丈夫知道不知道這件事？她的子女知道不知道這件事？她的親友知道不知道這件事？她是誰？做什麼的？為什麼在這個時候穿過馬路？她怎會這樣不小心？穿過馬路時，為什麼不看看兩邊的車輛？

她有丈夫嗎？她有子女嗎？……」[44]

　　街上發生車禍，看熱鬧的人多，卻沒有時間關心路人，看完又散。只有亞杏這種閒蕩人才會留下來，她的時間是相對緩慢，所以當看熱鬧的人散開，她仍會留下，又想一想那個受傷的人。類似情節在另一個閒蕩人淳于白身上亦可以見到，例如有一節寫淳于白目睹搶劫案過程，以旁觀者客觀角度書寫：

　　　　那個被劫的女人在人群中吶喊；在人群中奔來奔去。大家都睜大眼睛望着她，將她當作街頭劇的主角。
　　　　「她的財物被搶走了。這是應該得到同情的；但是，人們只用觀劇的目光望着她。那個劫匪早已不知所蹤，她的吶喊一點用處也沒有。難道香港人已經容忍這種不法行為了？一宗搶劫案在大家的眼前發生；可是誰也不理會那個劫匪。人們只是用好奇的目光凝視那個被搶走了財物的婦人，看她怎樣奔來奔去；怎樣吶喊。」——他想。
　　　　婦人哭了。淳于白不忍將她當作街頭劇的主角，暗自嘆口氣，繼續朝大廈走去。[45]

　　途人的冷漠與圍觀，似是對魯迅名作〈示眾〉的回應。只有在急速節奏以外的人，才有閒情逸志觀察、思考這座城市的人與物，當中亦隱含對城市的褒貶。

　　另一個有趣的地方是，劉以鬯將本人真實經歷投放入淳于白角色身上，又形成了作者與虛構角色之間的微妙關係。相對於亞

杳，《對倒》透過淳于白所呈現的城市時空複雜得多。「淳于白常常睜大眼睛做夢，見到的人和物與展現在眼前的完全不同。」[46] 城市時間流動的節奏太快，淳于白往往跟不上節奏，例如看電影的時候，經常受到腦中過去的事情干擾，「極力排除腦子裏的雜念後，再一次將精神集中在銀幕上。當他這樣做的時候，剛才那種視而不見的情形消失了。不過，他已跟不上劇情的發展。」[47] 跟不上時代步伐的淳于白，很容易陷入回憶與過去時間節奏之中。淳于白幾乎與作者本人擁有同樣的經歷，在上海出生及成長，見證着上海的繁華與摩登生活，抗戰時到重慶，戰後到了香港，其後又遷轉到新馬一帶生活，淳于白在《對倒》所處的 1970 年代，已經是他第二次再到香港了。因此，淳于白眼中的香港，是帶着過去（1950 年代）與現在（1970 年代）的雙重視覺。小說開首出現的是由淳于白坐巴士，進入當時新通車的海底隧道，象徵着新穎、摩登，時間上的快捷便利是前所未有。正如淳于白所想：「海底隧道通車後，方便得多了。從九龍到港島來；或者從港島到九龍去，三十分鐘左右就夠了。二十年前，從旺角到北角，少說也要一個半鐘頭。」[48] 故事中淳于白兩度乘搭巴士進入海底隧道（第 1 節和第 50 節），當象徵時間的高速向前，腦海裏卻回憶倒流過去在上海的情景。不論上海城市的節奏，抑或 1950 年代香港城市的節奏，其實都無法追及 1970 年代香港城市的節奏，淳于白在香港城市中明顯落後的時間觀念，顯示了他對香港的複雜矛盾心情。論者陳智德曾分析劉以鬯的《對倒》，直接以淳于白作為劉以鬯的化身分析，並指出：

> 昔日中國以至東亞最先進的都會上海，現已（在當

時而言）被香港蓋過，迫使來自上海的淳于白重新思考
香港的意義。五十年代南來者本認為五十年代香港不如
內地，到七十年代，香港的都會文化及其發展已超越內
地，南來者這時發覺，他們昔日所居的先進文化都會上
海已落後，而本來被他們蔑視的香港已成為超越內地的
先進都會，於是一種相對的觀念便隨故事產生：一種「對
倒」式的本土思考。[49]

陳智德認為劉以鬯是對過去上海懷戀的斷裂，又對香港作為
本土居住地不適應的矛盾。淳于白對香港的情感複雜，例如他坐
巴士時會將 1970 年代香港與昔日 1950 年代香港對照而感到驚
喜：「巴士在天橋上疾馳。/『這是填海區。我初來香港時，這一
區是海。現在，它已織成一個交通網。香港一直是在進步中。今
天的香港，與二十年前的香港，外貌已有了顯著的改變。二十年
前的香港，處處缺乏現代感。今天的香港已變成一個現代化的都
市。』──他想。」[50] 走在街上的淳于白，看見一幢大廈又有另
一種想法：「現在的香港與二十年前的香港大不相同。現在，到處
是高樓大廈。今後仍將有更多的高樓大廈出現。由於空間太少，
不但大部分戰後新樓已拆卸；中區有些落成不過十多年的高樓大
廈也在改建了。香港就是這樣一個地方：人口多；空間小，樓宇
必須向高空發展。」[51] 劉以鬯對香港情感的複雜矛盾，是一種南
來文人的特殊情感。意識流的運用，除了彰顯個人內心世界與外
部世界的衝突，更有意思的地方是，《對倒》中城市物體或事件看
似與人無關，卻在不經不覺間進入深沉的潛意識之中。亞杏在街
上拾到色情照片，在電影院看了「兒童不宜」的色情電影宣傳片

段。回到家裏看雜誌，雜誌在題為〈婚前與婚後〉文章中用曖昧字眼宣揚性開放，她的思想意識受到影響，她想：「何必這樣害怕？這又不是什麼壞事。每一個人結婚之後，都要做這種事情的。現在，一切都講究新潮。有些女人，在結婚之前就與男人發生關係了。這不是壞事，不必害怕。」[52] 心裏產生了聯想：「仔細閱讀那篇文字，內心中的火焰越燒越旺，臉孔熱辣辣的。這時候，一種奇異的渴望使她希望有個男人陪着她。這是一個荒唐的想念，使她自己也嚇了一跳。」[53] 故事終結亞杏遂發了一個荒唐的夢。另一個例子是淳于白在電影院看了一些暴力的電影鏡頭，日間又親眼目睹多宗劫案，返回北角居住的大廈時，電梯內遇到一個長髮少年。故事這樣描述：「淳于白的情緒頓時緊張起來，心跳加速。他望望長髮青年，長髮青年也望望他。／這似乎是難以置信的；然而事實確是如此。淳于白見到那個長髮青年彷彿在火線見到敵人似的，不能沒有恐懼。在火線遇見敵人，最低限度，手中還有武器，但在電梯裏，情形完全不同。如果那長髮青年拿出刀子來的話，他只好將口袋裏的錢交給他。」[54] 事實上那長髮青年只是取出打火機和香煙，吸了一口煙，一切都不過是意識受到城市所見的事物所影響。更廣泛的說，劉以鬯希望透過這個故事，探討人類意識與他們所生活城市的關係，從視覺表層到人類內在的意識世界，描寫更抽象的城市風氣、城市特質。

綜而論之，《對倒》受到羅伯格里耶的新小說觀念所啓發，寫作時注重很多視覺元素及電影技巧。通過《嫉妒》的比較分析，可以更清晰地看見劉以鬯注重的是轉化與活用。首先，城市圖像呈現的方法是通過角色視覺，《對倒》改變《嫉妒》那種隱身角色的視點，轉為一分為二的兩個角色。其實兩個小說同樣關注視覺

呈現世界的客觀描述,只是角色情感處理有別。羅伯格里耶對角色情感的處理是壓抑的、客觀的、間接的,《對倒》長版本是依賴兩個城市閒蕩人的目光看城市,而出現多元、複雜的不同心態,產生不同年紀、性別的張力,以及人物內部世界與外部世界的衝突。空間的呈現同時夾雜角色意識世界(回憶與想像),意識世界與城市之間產生微妙而有趣的關係。短版本的修改反而更接近羅伯格里耶的新小說,意識流部分大量刪減,更傾向透過人物行動的表層書寫。其次,兩者注重形式與內容的關係。為什麼要運用攝影機鏡頭相似的呈現方式?閱讀達致觀看電影歷時感的作用何在?《對倒》與《嫉妒》同樣是重視敘述的過程,傳統故事是通過敘述的結果帶出主旨,劉以鬯跟羅伯格里耶一樣想探索從敘述過程中呈現主體的方法。《嫉妒》是追求一種張力效果,以靜態手法表現激烈的情感。在《對倒》長版本中描述的主體不單是人物,還有香港這個城市。劉以鬯透過錯綜複雜的多層張力,更希望捕捉多元複雜的香港都會面貌。此外,城市圖像的時間呈現亦十分有意思,羅伯格里耶喜歡保持敘事時間的連續性,《對倒》則傾向以蒙太奇的斷裂與接駁呈現時間上的兩個相反方向,將城市的現在事物連接到城市的未來想像及過去歷史,進一步思考人與城市以及人與人之間的間接關係。除此之外,在《嫉妒》中的作者是消隱的,讀者幾乎感受不到作者的存在。《對倒》卻是由作者的個人經歷賦予淳于白這一角色身上,淳于白這個跟不上城市節奏的閒蕩人,與城市的主流保持距離,對城市有所褒貶,而這種對城市的矛盾看法其實來自作者南來文人的情感,令故事具有個人歷史的真實感。在短版本中,劉以鬯有意將淳于白與作者的關係淡化,大量關於淳于白與作者本人經歷吻合的內容遭刪去。他追求的是

結構上的完整性與音樂性，以使主題更加清晰。這方面的成就，啓發了香港導演王家衛，拍攝 2000 年公映的《花樣年華》，成就了文學與電影界傳頌一時的佳話。

四、劉以鬯《對倒》與王家衛《花樣年華》電影的關係

小說《對倒》之名，譯自法文 Tête-bêche，本為郵學上的名詞，指一正一負的雙連郵票。作者劉以鬯因為在 1972 年倫敦吉本斯公司舉行華郵拍賣，投得「慈壽九分銀對倒舊票」雙連，而引發以一正一負、雙線平行的方式，寫了這個故事。[55]《對倒》形式結構的靈感來自一張錯體郵票，可以說是由視覺產生的意念。劉以鬯在形式上的聯想，卻轉而為近乎音樂上的結構模式，豐富了城市圖像的表現手法。1975 年，劉以鬯把《對倒》修改成短篇版，把原來大量的意識流部分刪去，把作者本人真實經歷與淳于白的聯繫弱化，把注意力放在角色動作的表現力以及主題的表達，結構上更注重音樂性和形式化。這一節有關《對倒》的討論主要以 1975 年短篇版本為準。不過，這種音樂結構的表達方法，主題不是很明顯地表現出來。如果以傳統閱讀法可能會對《對倒》感到失望，容易誤以為故事本身缺乏深度。[56]

這個討論更有意思的地方是，香港導演王家衛的電影作品《花樣年華》與《對倒》之間有千絲萬縷的關係。電影《花樣年華》片末特別鳴謝名單中，第一個出現於鮮紅熒幕的是：「劉以鬯先生」；2000 年出版的《對倒》，清晰指出電影中出現了七次字幕，其中

三段文字引自小說《對倒》，其餘四次只是交代時地的信息資料，[57]可以說整齣電影所引用有關文學資料皆來自《對倒》；《對倒寫真集》（ *Tête-bêche*, 2000）在電影上映後出版，該書由《花樣年華》劇照與英譯《對倒》的文字互相對照，導演王家衛在該書前言中更以「時間的交錯」形容兩者的關係：「Tête-bêche 甚至可以是時間的交錯，一本 1972 年發表的小說，一部 2000 年上映的電影，交錯成一個 1960 年的故事。」[58] 這兩個故事之間的關係耐人尋味；不能單純以原著與改編關係形容，畢竟兩者在內容上或類型上有太大的分別。《對倒》是一個實驗性很高的小說，很難把它歸類。儘管裏面有男女主角，一個是老人，一個是少女，彼此互不相識，甚至毫無關係，僅僅是電影院中坐在身旁的陌生人，連一句說話也沒有交談，擦身而過；《花樣年華》顯然是一齣愛情電影，講述一對男女鄰居，各自的另一半分別隱瞞其夫及其妻偷情共處。兩個被隱瞞的受害者在追尋過程中，竟然互生情愫。道德成為了一道牆，把兩人隔開。「我們不會好似他們這樣」，成為了他們互相提醒的告示。最終一個到了新加坡，另一個留在香港，各自分開了。從內容上分析，兩者很難加以比較。王家衛構思劇本意念與拍攝方法向來喜歡先由音樂想起，先選定音樂作為全齣電影的節奏，才以場面調度與鏡頭移動配合。[59] 王家衛從《對倒》中領悟的靈感，正是與該作品音樂結構有很大的關係，《花樣年華》在鏡頭運用與敘事音樂結構上建構精緻優美的城市圖像。音樂結構這個概念參考了法國結構主義學者李維斯陀（Lêvi-Strauss, Claude, 1908－2009）[60] 關於音樂和神話的說法，並且結合米蘭・昆德拉（Milan Kundera, 1929－　）在小說上的實踐經驗而來。[61] 本節通過以下分析，旨在清楚而科學地了解《對倒》音樂

結構與主題的關係，以及理解這種獨特的音樂結構如何啓發電影《花樣年華》，城市圖像的表達如何由電影啓發文學，又如何由文學啓發了電影。

1. 音樂與意義

李維斯陀借用現代語言學的理論，[62] 分析音樂與神話的關係。現代語言學一般用音素（phonemes）、語字（words）、語句（sentences）作為分析語言最基本的三層結構。所謂音素，是語言的基本組件，它本身並無意義，組合起來才具有意義。李維斯陀用音符與音樂的關係來解釋，指出音素猶如音符，本身是一個沒有意義的音；唯有透過音符的組合，才能構成音樂。在語言的結構下，音素組合僅能造成語字。只有通過語字組合，才能構成語句。李維斯陀指出音樂裏頭沒有語字，音符組合可直接成為語句、成為音樂；神話中則沒有音素，最底的元素是語字，經由語字的組合成為語句。簡言之，以語言作為中介，顯示出一邊是音樂，另一邊是神話。正如現代語言學家索緒爾（Ferdinand de Saussure, 1857－1913）指出語言是由不可析離的成分組合而成，一方面是音樂，另一方面是意義。音樂與神話兩者同是導源於語言，前者根源於語言中的聲音層面，後者則強調感覺的面向、意義的面向。[63]

對於意義方面，相信我們可以很容易把握；究竟李維斯陀所指的音樂，又是什麼意思呢？他所指的音樂，並不是隨便任何一種音樂，而是十七世紀初的弗瑞斯可巴第（Girolamo Frescobaldi, 1583－1643）、十八世紀初的巴哈（Johann Sebastian Bach, 1685－1750）而出現於西方文明的音樂。這種音樂於十八至

十九世紀，借着莫扎特（Wolfgang Amadeus Mozart, 1756－1791）、貝多芬（Beethoven, Ludwig van, 1770－1827）與華格納（Richard Wagner, 1813－1883）之手而發揚光大。交響曲一般有開頭、中間、結尾。我們不能用連續性的方法聆聽，因為我們無法把剛才和當下所聽到的音樂一一記下，再匯集起來，一直維持着整體的意識，這種做法可謂沒有帶來任何音樂的喜悅。我們欣賞時，必須要拿主題與變奏的音樂公式，牢記着首先聽到的主題，然後才能感覺出每段變奏與及其獨特的風味。[64]

2. 音樂結構與意義

李維斯陀對於音樂與神話的說法十分有趣。他把語言中的音樂與意義分開來談，這一點啓示了我思考《對倒》與《花樣年華》的關係時，並不一定要循意義一脈去追尋，如果從音樂的方面入手又如何？音樂的聆聽方法未嘗不可以是一種閱讀的策略。在文學或者電影的範疇內，故事的編織過程，往往也有一些不斷重複的主題，在故事中往返出現。然後可以尋找到主題的變奏，尋找到每個變奏的風格等。這種情況跟音樂很相似。為方便行文，我更喜歡用「音樂結構」[65]來代替「音樂」這個字眼，因為音樂很容易產生從聽覺入手的錯覺，我更注意的是故事編排的組織過程中，主題的出現，以及其變奏。這些主題並不是完全跟意義脫離的。音樂結構在小說上的應用，捷克作家昆德拉可算是箇中代表。昆德拉的父親是鋼琴家，亦是音樂藝術學院的教授。昆德拉自幼受父親的音樂熏陶，曾經在二十五歲前用鋼琴、中提琴、單簧管、敲擊樂器四種樂器譜寫樂曲，這些作曲經驗成為了昆德拉日後小說的建築結構。[66]他將音樂結構放入小說之中，借用音樂

概念上的複調，即是聲部之間的平等，沒有任何一個聲部是單純伴奏或突出於其他聲部。在小說運用上，他強調這種小說對位法有兩個必要條件：第一，各條線之間的平等；第二，整體的不可分割。[67] 他曾經在小說《緩慢》（La Lanteur）中，以五條故事線穿梭於敘事之中，構成複雜的音樂結構。以聆聽的方式閱讀《緩慢》這本小書，你好像欣賞一首交響樂。這首交響樂一直圍繞着速度的高低與遺忘的快慢關係，構成了時代巨輪的高速加快了遺忘的節奏這個主題。全書 51 個小節，每個小節亦互相呼應，形成大量的意象重疊。

當然這種意義不是浮顯於字面的，而是深沉的、潛藏的。要尋求這種內在的意義，我們必須逃離連續性閱讀的策略；改用音樂欣賞的方法，把故事分為一列一列的片段，尋找其主題，並找出各個變奏的獨特性和功能。簡單一點說，連續性閱讀的策略是重視內容，方便尋求表面的意義；而音樂結構閱讀的方法則是重視結構的肌理，尋求的是內在的意義。

3.《對倒》與《花樣年華》的音樂結構

小說《對倒》短篇版的故事分成 42 節，一節寫老人淳于白，一節寫少女亞杏，彼此梅花間竹地互相穿插，彼此卻互不相干。在互相隔膜、一正一負的節奏下，有一個主題式情節在故事中反覆出現。第一次出現於第 21 節至第 30 節，這是兩個主角第一次，也算是唯一的一次碰面。二人走進了電影院，並排而坐。這是他們雙方最接近的一次，然後「亞杏朝南走去」，「淳于白朝北走去」[68]，各自走了。這是一個離而合，合而離的主題。主題第二次出現的地方是夢，這是延續此前主題的一種變奏。淳于白和亞

杏在不同空間同時睡覺，同時做夢，做的不是同一個夢；但是夢的結構卻很相似。淳于白夢見一個神秘的地方，有點像公園，自己跟亞杏並排而坐於長凳上，亞杏不知何時變成赤裸，長凳變成了床，淳于白變成年輕人。在淳于白這個夢中，兩個主角在夢中相會，在清醒時分離。這也可視為一種離而合、合而離的主題變奏。亞杏的夢內容不同，結構卻很接近。她夢到自己在一個沒有牆的粉紅色臥室，跟一個英俊的男人赤身露體相處，醒來只留下前所未有的刺激感。男女主角各自做的夢可說不脫主題的模式。只是在夢中，一切都變得不合邏輯，主題的呈現變得荒誕；不過觀乎其結構，我們可以視之為一個變奏。主題第三次出現是在故事的末處，淳于白發惡夢睡不了，看着日出：「窗外有晾衫架，一隻麻雀從遠處飛來，站在晾衫架上。稍過片刻，另一隻麻雀從遠處飛來，站在晾衫架上。牠看牠，牠看牠。然後兩隻麻雀同時飛起，一隻向東；一隻向西。」[69] 一隻麻雀和另一隻麻雀相遇，一起並排站在晾衫架上，由離而合；然後各自飛起，一隻向東，一隻向西，是合而離的結構，再一次重複主題。

電影《花樣年華》的故事，主要是講述隔壁相鄰的陳氏夫妻和周氏夫妻之間複雜荒誕的四角戀。周生（梁朝偉飾）和陳太（張曼玉飾）各自的另一半偷情，二人透過對方證實了這個事實，猜想、模擬各自另一半相戀的同時，二人發生了感情。故事便集中描寫二人在道德與感情之間不斷拉鋸的心理角力。電影在結構上，也跟《對倒》十分相像。故事的拍攝，也是用一正一負的方式呈現。一節是男主角，另一節是女主角，梅花間竹雙線平行的拍攝。首先是陳太向房東孫太租房子；然後是周生經孫太介紹向其鄰房顧生租房。接着是搬家的穿插拍法，各自工作情況、跟另一半的關

係等等。整體而言，整個電影的拍攝都以這種雙線並行的方式運作，成為電影的主調和節奏。電影中的主題，每次出現總是伴隨着音樂，以類近 MTV 的方式拍攝。主題的出現是在第一次各自吃宵夜的情況，陳太買外賣回家，途中巧遇剛出門的周生，準備到面檔吃雲吞面，彼此擦身而過。這種擦身而過的主題，跟《對倒》中的離而合，合而離很接近，同樣是彼此接近，然後又各自離去。其後，電影多次安排這個擦身而過的情節出現。多次的重複出現，形成了一種故事的張力。其實他們每次的另一半不在家，獨自去買宵夜之時，都會在窄巷與這位鄰舍相遇。為何會這麼巧合？他們很想問對方，卻不敢開口。（直至最後一次，在雨中擦身而過，周慕雲故意倚在牆角抽煙，等待，製造一個大家在門口相遇的時機，試探陳太的丈夫是否同樣不在家。最終二人相約在餐廳，才真正證實各自的另一半，原來是去偷情。）擦身而過，是電影重要的主題，亦是劇情上重要的心理拉鋸。故事發展到 1963 年，周生到了新加坡《星洲日報》工作，發現了自己的家被人偷進過來，留下一個神秘的煙屁股，煙屁股上留有陳太的紅唇。然後陳太打電話給周生，陳太沒有說話，二人非常接近，陳太最後掛上電話。兩人透過電話，在空氣中擦身而過。最後一段發生在 1966 年，周生探訪舊房東顧生時，發現人面桃花，所有認識的人已搬了，他臨走時，駐足在以往陳太所住的房間，凝視良久。他不知道陳太生了兩個孩子，搬回了原來租住的這個單位。他和她只有一門之隔，最後他沒有拍門，離開了。他們又擦身而過。

　　小說《對倒》和電影《花樣年華》不單主題接近，從結構上來看，也幾乎是相同的。小說《對倒》把故事分為 42 節，一節寫男主角，一節寫女主角，中間只有第 21 至第 30 節是彼此共同並坐

看電影，之後基本上沒有碰過面。電影《花樣年華》也用雙線平行方式作為節奏，一節拍攝男主角，另一節拍攝女主角。王家衛導演運用時間作為中介把故事分為四大段落：1962 年香港、1963年新加坡、1966 年香港和 1966 年柬埔寨。後三個段落男女雙方是完全沒有見面的。1962 年香港這一段落，主要可分成上下兩段：上半段可以說仍是用雙線並行的方法；男女主角的碰面，嚴格而言就只有下半段發生。故事的開首先拍攝陳太找孫太租房的情況，再拍攝周生找孫太租房的情況。之後的搬家、工作、跟另一半的談話等情節，雖然間或有雙方碰面，拍攝仍然是以雙線並行的方法為基調。直至男女主角相約於餐廳，才進入下半段的部分，並發展為整齣電影中雙方有交流的情節。電影在這半段的鏡頭處理亦有別，不再刻意將男女主角在畫面孤立出現，而是讓他們二人可以平衡並排。通過電影鏡頭處理，表示二人相遇的情節，跟劉以鬯《對倒》將兩位主角放在同一小節之中的處理，形成文字與影像之間有趣的對照。由此，我們可以得出一條簡單的結構：

兩個互不相識的男女 → 相遇 → 同一空間同時並處

以主題與變調的分析，可以見到小說《對倒》與電影《花樣年華》同樣透過音樂結構的方法組織故事，兩者在結構上基本上相同，而反覆出現的主題也是相近的，前者着力離而合、合而離的意象，後者注重擦身而過的具象。當然，這些分別又跟彼此不同的媒體很有關係，前者用文字抽象表達，自然可以用氣氛、意象，甚至夢等具想像性的方法來描寫；後者要透過影像表達，自然要具體化、動作化。

4. 音樂結構的內在意義

音樂結構的尋求並非沒有意義的，正如上文所說的，音樂結構揭示的往往是內在意義。劉以鬯曾說「《對倒》是一部沒有故事的小說」，他指的沒有故事是情節上的，一般讀者感到難讀或很難找到故事意義的原因，也跟前述的連續性閱讀方法有關。因為故事的意義不是僅僅在表面上，而是內在的、潛藏的。通過音樂結構的分析來閱讀，有助尋找到故事的內在意義。《對倒》這種音樂結構形式最大的特色，就是強調了距離。兩個主角要雙線平行的強行分開敘述，其本身已經有凸顯了二者距離的傾向。這種距離是多方面的：可以是男和女的，也可以是人與人的。通過小說《對倒》和電影《花樣年華》的詳細閱讀，可以發現這種距離的強調，俯拾即是。《對倒》中兩性的想法差異很多、很大。淳于白和亞杏並坐觀賞電影，電影院播放了一段色情電影的預告片，全場寂然，播放完後，二人的思想很不相同：

> 淳于白想，「既然兒童不宜觀看，怎麼可以在這部片子之前放映這種預告片？這部片子並不禁止兒童觀看，但是，許多兒童看了剛才那段預告片。」
> 亞杏想，「這隻老色狼剛才看預告片時，頭也沒有動過；現在，又轉過臉來看我了，真討厭！」[70]

亞杏見到淳于白看她，總會聯想到他是一個猥瑣老伯的形象，心裏鄙視他；淳于白則只是從社會角度想，感嘆電影院處理色情電影預告片的方法，思考這段預告片對年輕人的影響。這固然是兩性思考方式的距離，也同時是老人和少女在年齡上的距

離。人與人之間的距離，也是這個結構之下顯示的意義。故事中的人物都是在城市間獨來獨往，我們很少看到小說人物跟其他人來往的片段。即使有碰面，並不感到絲毫溫暖，只有更加突出了彼此的疏離。以亞杏為例，她在城市流蕩，接觸最多的是母親；然而母親總是逼她尋找工作，逼她當工廠女工；她想的卻是當明星，嫁有錢人。母親不了解她的想法，她也不了解母親的想法，人與人之間，隔着無形的牆。淳于白也是獨自穿梭於城市中，依靠回憶度日。長版本對淳于白有較多描寫，回憶中透露了他結過婚，生了個孩子；然而他對妻子沒有多大眷戀，兒子到了美國唸書，應該已經唸完；但去年連聖誕卡也沒有寄來，信件更加欠奉。孤獨的淳于白在故事中遇到過一個朋友，唯一一個有互相交談的朋友，但是這個二十年前同一個機構工作的同事老李，淳于白想了老半天也認不出來。他們的關係如此生疏，老李甚至要反覆提醒，淳于白才恍然大悟。這樣的「老」朋友，聚首一堂，依然十分興奮，甚至立刻到酒樓吃海鮮，彼此互訴心曲。老李甚至連自己有兩個妻子的感情困擾，也向二十多年沒見的工友訴說，他們心底的孤獨、寂寞，明晰的浮然紙上。而且他們對話時，並不是雙方的交流。對方的說話，只能是重喚淳于白回憶的燃料。小說這樣描述：「淳于白望望老李，暗忖，『二十年前，老李是那個機構的雜工，因為肯努力，現在弄得這麼好；但是錢大發，當年是那機構的主管人，因為自暴自棄，竟弄成這個模樣了。——人的道路，就是這樣迂迴曲折的。』想到這裏，下意識地舉杯喝了大口酒。老李好像在跟他說什麼，因為聲音低，淳于白沒有聽清他在講些什麼。淳于白想着自己走過的道路。二十年來……」。[71]他們雖然在交談，但是淳于白仍然處於自己的世界，繼續他的回

憶活動。甚至連老李的說話也聽不進去，進入自己的沉思當中。淳于白的過去有很多小插曲和遺憾的事，每每遇到一些小小的事物都能觸發他過去的記憶。甚至跟朋友見面，想的仍是舊日的片段。所以嚴格來說，他不是活在現實的人。在短版本中，淳于白連這個唯一的「老」朋友也遭刪去了，只剩下零碎的上海回憶片段和結婚回憶，短版本的淳于白變得更孤單。淳于白和亞杏的形象，其實都是大城市中的孤獨人。他們一個沉醉於過去記憶的回溯，一個對未來盲目的狂想，其實兩者都是對現實的一種逃避。大城市中個人的孤獨與無助，人與人之間的疏離冷漠，似乎是這個結構帶給我們的一個內在信息或意義。

同樣地，電影《花樣年華》的音樂結構中，我們或多或少都找得到這樣類似的內在意義。男性與女性一正一負的並列雙行，雙方之間總是有一點無形的距離。首先周生、陳太住在隔壁，充滿象徵意味的一牆之隔。這道牆就是道德之牆、心理之牆，一直使二人無法走在一起。周生邀請陳太寫武俠小說，步步進逼，後來由邀請到房間合寫，轉而到酒店租 2046 房間合寫，周生似乎想引誘陳太發生越軌的事情。陳太一再說：「我們不會好似他們那樣」，這道無形的道德的牆隔阻了越軌的可能性。當周生離開香港，到了新加坡，陳太專程飛到新加坡找他，偷入他的房間，故意留下一個帶有紅唇的煙屁股。之後，她打了一個電話給周生，她並沒有說話。雙方的空間不同，只有電話一線聯繫。如果她開口回答一句，整個故事就會改寫；她始終沒有開口的勇氣，她無法衝破這道牆。三年後，周生回香港，他顯然想找陳太，或透過房東孫太探問陳太的下落，結果人面桃花，孫太也移民了。殊不知陳太就在房內，周生對着陳太的房門凝視良久，跟她一門之

隔。他們的距離就只差那麼一點點,這就是男女之間的緣份嗎?
更有趣的是,王家衛在處理周生和陳太的另一半時,故意沒有一
個清晰的近鏡,似乎是故意讓他們各自的另一半成為模糊的形
象。這樣的處理,配合雙線並行的敘事,更加把周生或者陳太的
形象孤立起來,使他們各自的世界更加孤獨。陳太的世界似乎只
有孫太這位房東太太是朋友,她們的交情也不見深,交談的內容
都是很表面的,甚少談及心底話;周生有位朋友,是個好賭好色
的酒肉之徒,周生對陳太的思念,使他十分困苦。他找那個朋友
出來聊天,談起隱藏秘密的方法,那朋友竟叫他找個妓女發洩。
他跟這位朋友氣質相差極大,是兩個世界的人,那個朋友對他的
事情並不了解,只有徒添他的孤寂。他不能把這件事告訴朋友,
這是他和她之間的秘密。所以最後他只能篤信那個古老傳說,老
遠跑到柬埔寨郊外,找一棵老樹挖個洞,向洞口說出秘密,再找
些東西塞了洞口,讓秘密永藏樹內。這又是大城市中孤獨個人的
寫照。

　　《對倒》透過音樂結構的方式來構築作者對城市的想像和情
感,啟發了電影《花樣年華》在鏡頭運作與敘事結構上的藝術性。
由以上分析,可見兩者運用類似的音樂結構,所表現的內在意義
亦接近。

　　城市圖像的構築,由電影啟發了文學,又由文學啟發了電
影。電影反映的是 1960 年代香港,文學寫的亦是 1970 年代初
香港,兩者時間很接近。1960－1970 年代是香港的轉變期,
1960 年代香港人對社會諸多批判和不滿,殖民文化與本土文化
之間的衝突終於在 1967 年暴動中爆發出來。有論者認為 1967
年是香港社會的分水嶺,當時港英政府在暴動後安撫民心,開始

面對民生問題，改善教育和居住狀況。新一代年輕人開始辦很多同人雜誌如《四季》、《詩風》等，吸收西方文學的現代手法，在政治上亦不限於表達示威，而是從文化角度關注社會公共生活。[72] 例如也斯〈李大嬸的袋錶〉（1976），是一齣個人在商業社會集體生產工廠模式下的荒誕劇，小職員不斷加班令生命被榨取，忘記了時間，是對個人在社會存在意義的反思。又或者李國威（1948－1993）〈羅健的決定〉（1979），一個在商業大機構下忠心守着崗位十三年的中年編輯，因為一個來自另一間大公司的挖角電話，家人、主管、年輕同事竟然沒有人贊成他留下來，慣於舊公司生活文化的男主人公不為世所理解，只有孤獨地思考個人去留以及在大公司機構的存在意義。社會漸趨商業化、物質化的年代，個人在工作崗位上或者社會上顯得更浮動無根。年青人的暴動被殖民政府打壓下來，直到 1970 年代中葉出現了香港電視新浪潮及其後的電影新浪潮，以暴力與社會批判將當年的躁動宣泄出來。南來文人面對當時內地局勢的混亂，重返內地的希望渺茫，留在香港的心情矛盾。《對倒》以年輕人和一個帶有作者背景的南來老年人目光構成的城市圖像，面對商業社會的種種改變，主題所探索的是兩代的矛盾，故事中所關注的個人孤獨，今天看來依然具有時代性的反思。

總而論之，劉以鬯對於城市圖像的探索，開始於 1960 代末，而以 1970－1980 年代的探索最具成績和具有意義，不論在時空建構上、結構形式上、時代意義上與哲理思想上，都是具有創意和藝術性的。創作源頭可以縱向追溯至中國五四新文學與 1930－1940 年代上海現代派，劉以鬯在前人創作基礎上能轉化活用；另一方面，他又受到羅伯格里耶的法國新小說思潮所啓

發，適切地反映和思考香港的城市文化。而這種寫作方法，後來
又輾轉啓發了王家衛，成就蜚聲國際的電影作品《花樣年華》。城
市圖像的研究，體現了二十世紀中國文學都市文化的多元混雜，
藝術上媒體越界互涉的複雜現象。

註釋

1　Raymond Williams, *The Country and the City* (London: The Hogarth Press, 1973, 1993).

2　該説法的資料，參考自南京大學文學院主持：「《中國文學圖像關係史》開題報告會」上討論的報告文章，2012 年 1 月 7 日。

3　資料來自黃愛玲：〈試論三十年代中國電影單鏡頭的性質〉，香港中國電影學會：《中國電影研究》，1983 年 12 月，頁 31。（原載自劉恩平、刑祖文編：《魯迅與電影 —— 資料匯編》（北京：北京中國電影出版社，1981）。）

4　從本人與劉以鬯伉儷多次訪問中得知。

5　劉以鬯：〈迷樓〉，柯靈主編：《上海四十年代文學作品系列：短篇小説集之三・迷樓》（上海：上海書店出版社，2002），頁 266。（原載《巨型》，1947 年。）

6　易明善：《劉以鬯傳》（香港：明報出版社有限公司，1997），頁 46。

7　資料見香港電影資料館網頁，網址見：http://www.lcsd.gov.hk/CE/CulturalService/HKFA/index.php。

8　該作品寫作時間不詳，收入《劉以鬯卷》中卻沒有附上原載資料。從作品的編排是放在 1970 年代，按該書前後作品的順序推斷，〈時間〉的年份當在 1974－79 年間發表。參見劉以鬯編：《劉以鬯卷》（香港：三聯書店，1991），頁 245－251。

9　以下最少有兩個重要的評論談及。〔美國〕周蕾著，孫紹誼譯：〈視覺性、現代性以及原初的激情〉，《原初的激情：視覺、性慾、民族誌與中國當代電影》（台北：遠流出版事業股份有限公司，2001），頁 22－38；〔美國〕安敏成（Marston Anderson）著，姜濤譯：〈魯迅、葉紹鈞的道德阻礙與現實主義〉，《現實主義的限制》（南京：江蘇人民出版社，2001），頁 84。

10　魯迅：〈自序〉，《吶喊》（香港：三聯書店，1999），頁 2－3。

11　張愛玲：〈公寓生活寄趣〉，《流言》（台北：皇冠出版社，1968），頁 26。（原刊《天地月刊》第 3 期，1943 年。）

12　同上。

13　資料來自葉佳樹：〈劉吶鷗傳奇〉，康來新、許秦蓁合編：《劉吶鷗全集：電影集》（台南：台南縣文化局，2001），頁 5。有關《永遠的微笑》的整個劇本及劉吶鷗的影評均收錄入該書。

14　黃淑嫻編：《香港影片大全》卷 1（香港：香港電影資料館；市政局，1997），頁 167。

15　李今：〈穆時英年譜簡編〉，嚴家炎、李今編：《穆時英全集》卷 3（北京：北京出版社；北京十月文藝出版社，2008），頁 566。

16　作者與劉以鬯及其夫人多次訪談中得知。

17　劉以鬯：《夢街》（香港：海濱圖書公司，1958），頁 70。

18　該説法參考自黃淑嫻觀點。參見黃淑嫻：〈表層的深度：劉以鬯的現代心理敘事〉，梁秉鈞、黃勁輝、黃淑嫻等編：《劉以鬯與香港現代主義》（香港：香港大學出版社，香港公開大學出版社，2010），頁 94－119。

19　劉以鬯：〈春雨〉，《春雨》（香港：華漢文化事業公司，1985），頁 33。

20　〔法國〕羅伯格里耶著，余中先譯：〈未來小説的一條道路〉，《為了一種新小説》（長沙：湖南文藝出版社，2011），頁 24。

21　劉以鬯：〈動亂〉，《春雨》，頁 149。

22　羅伯格里耶：〈未來小說的一條道路〉，頁 24。

23　劉以鬯：〈吵架〉，《劉以鬯卷》，頁 182。

24　有關《黑色裏的白色　白色裏的黑色》結合小說與印刷寫作的討論，過往亦有論者有類似的觀點。見溫儒敏：〈劉以鬯小說的「形式感」〉，黃維樑主編：《活潑紛繁的香港文學：一九九九年香港文學國際研討會論文集》（香港：中文大學出版社，2000），頁 522。

25　劉以鬯：〈序〉，《對倒》（香港：獲益出版事業有限公司，2000），頁 21−22。

26　同上，頁 18。

27　〔日本〕西野由希子：〈劉以鬯《對倒》和一九七〇年代香港文學〉，梁秉鈞、黃勁輝、黃淑嫻等編：《劉以鬯與香港現代主義》，頁 171。

28　陳耀華、楊淑貞：〈「小說家族」熱線之對倒〉，《對倒》，頁 246。（原載《新報》，1987 年 6 月 19 日。）

29　本文所用的「音樂結構」一詞，可譯為 composition，這是源自音樂作曲的概念。有關結構作為音樂的說法，主要參考自〔捷克〕米蘭‧昆德拉著，尉遲秀譯：〈關於結構藝術對話〉，《小說的藝術》（台北：皇冠文化出版有限公司，2004），頁 87−118。

30　羅貴祥：〈評劉以鬯的《對倒》〉，劉以鬯：《對倒》，頁 288−296；（原載《大拇指》，1982 年 1 月 1 日。）綠草：〈長夜讀《對倒》〉，劉以鬯：《對倒》，頁 299−300，（原載《星島晚報‧彩虹路》，1996 年 5 月 1 日。）楊義：〈劉以鬯小說藝術綜論〉，劉以鬯：《對倒》，頁 302−304，原載《文學評論》第 4 期，1993 年；王友貴：〈劉以鬯：一種現代主義的解讀〉，劉以鬯：《對倒》，頁 306−308；（原載《香港作家》，1998 年 9 月。）周偉民、唐玲玲：《論東方詩化意識流小說》（北京：中國社會科學力出版社，1997），頁 107−108。

31　白舒榮：〈一部頗富創意的作品 ── 試析劉以鬯長篇小說《對倒》〉，劉以鬯：《對倒》，頁 277−286；陳持：〈蒙太奇（montage）──對列的構成技巧〉，劉以鬯：《對倒》，頁 310−315。（原載《劉以鬯小說藝術新論》，廣州中山大學碩士學位論文，1997 年。）

32　劉以鬯：《對倒》，頁 128。

33　劉以鬯：《對倒》，頁 130。

34　羅伯格里耶著，胡瀕譯：《我的電影觀念和電影創作》（廣州：博爾赫斯書店，1996），頁 6−8、15。

35　羅伯格里耶：《我的電影觀念和電影創作》，頁 15。

36　羅伯格里耶著，李清安譯：《嫉妒》（南京：譯林出版社，2007），頁 13。

37　羅伯格里耶：《嫉妒》，頁 25。

38　劉以鬯：《對倒》，頁 79。

39　劉以鬯：《對倒》，頁 75−76。

40　類似觀點可參看蔡益懷：〈浪跡香江：試析劉以鬯小說中的遊蕩者形象〉，《華文文學》，2002 年 5 月，頁 50−55。

41　劉以鬯：《對倒》，頁 76−77。

42　劉以鬯：《對倒》，頁 70。

43　劉以鬯：《對倒》，頁 76。

44　劉以鬯：《對倒》，頁 130−131。

45　劉以鬯：《對倒》，頁 200。

46　劉以鬯：《對倒》，頁 68。

47　劉以鬯：《對倒》，頁 144。

48　劉以鬯：《對倒》，頁 198。

49　陳智德：〈「錯體」的本土思考 ── 劉以鬯《過去的日子》、《對倒》與《島與半島》〉，梁秉鈞、黃勁輝、黃淑嫻等編：《劉以鬯與香港現代主義》，頁 136−137。

50　劉以鬯：《對倒》，頁 192−193。

51　劉以鬯：《對倒》，頁 199。

52　劉以鬯：《對倒》，頁 197。

53　同上。

54　劉以鬯：《對倒》，頁 203。

55　劉以鬯：〈序〉，《對倒》，頁 21。

56　過去有論者持有故事缺乏深度的看法。穆思林：〈寺內 ── 劉以鬯的技巧和內容〉，梅子、易明善編：《劉以鬯研究專集》（成都：四川大學出版社，1987），頁 238−243。

57　劉以鬯：《對倒》，頁 11。

58　Wong Kar Wai, "Preface", *Tête-bêche* (Hong Kong: Block 2 Pictures, 2000).

59　資料內容來自本人主持王家衛公開講座中談及，該講座在 2008 年 11 月 11 日香港公開大學演講。

60　李維斯陀，法國著名人類學家，結構主義開派宗師。他研究親屬關係、宗教儀式與神話等集體現象，提出了新的研究方法，影響遍及人類學、神話學、語言學、文學批評及其他人文社會學科。

61　該文學與電影的比較研究概念，最初來自拙文，現在加以發展。見黃勁輝：〈結構與意義：《對倒》與《花樣年華》的關係〉，梁秉鈞、黃淑嫻等編：《香港文學與電影》（香港：香港大學出版社；香港公開大學出版社，2012），頁 180−191。

62　現代語言學理論所指的，主要是由索緒爾（Ferdinand de Saussure, 1857−1913）、雅可布遜（Roman Jakobson, 1896−1982）等發展出來的一套當時被視為嶄新的語言學理論，這種語言學理論除了對語言學本身甚具影響力，對於後世各種思潮理論影響深遠，遍及符號學、結構主義、心理學等。

63　〔法國〕李維斯陀著，楊德睿譯：《神話與意義》（台北：麥田出版，2001），頁 85−88。

64　李維斯陀：《神話與意義》，頁 78，82−83。

65　同註 29。

66　昆德拉：〈關於結構藝術對話〉，頁 110−111。

67　同上，頁 93−94。

68   劉以鬯：《對倒》，頁 57－58。

69   劉以鬯：《對倒》，頁 64。

70   劉以鬯：《對倒》，頁 55。

71   劉以鬯：《對倒》，頁 158。

72   該看法參考自也斯對 1960 年代的分析，見也斯、葉輝、鄭政恆：〈漫長的中間狀態 —— 香港短篇小說三人談〉，也斯、葉輝、鄭政恆編：《香港當代作家作品合集選：小說卷》上冊（香港：新加坡青年書局；香港明報月刊出版社，2011），頁 X－XI。

劉以鬯在香港這種注重娛樂消費的都市，
對於歷史與文化保存關注有其獨特價值，
他對於上海的個人記憶
如何融入當下現代化香港城市，
確實建立了有價值的實驗。

劉以鬯與現代復修：
一種歷史意義與
文化價值的追尋

　　劉以鬯寫作的時間很長，由 1936 年他發表的第一篇小說〈流亡的安娜・芙洛斯基〉計起，他寫作的時間差不多有七十多年。在一個公開講座中，劉以鬯表示仍在計劃寫一個有關電車的故事。[1] 研究一位寫作橫跨時代這麼長的老作家，如何探索和評估他的作品價值確不容易。我整理他的小說時發現其中有一個很重要的價值在於歷史與記憶的關係，縱向是歷史的意義，橫向具有文化價值。前者是有關中國文化與現代化書寫的關係；後者是有關上海與香港城市的個人記憶與文化的價值，而這種文化價值又帶有殖民或半殖民的中西文化混雜色彩。這些古今符號與不同城市符號的建構，我想借用現代建築與環境保育的觀念幫助論述，有助將劉以鬯的個人特色顯露出來。現代復修[2] 是一種論述那些帶着歷史意義或個人記憶的符號如何進入複雜的現代文化與現代城市的方法。都市文化的復修（conservation），觀念產生於 1960 年代，當時所關心的多是建築上對歷史遺址的保存問題，是偏向技術性多於文化與社區經濟。而 1980 年代以後出現可持續發展（sustainable development）的觀念，為原來復修的觀念加入了現代化多元的社區、經濟與文化觀念。[3] 本文所指的現代復修，即由可持續發展的現代觀念與復修觀念的結合，而產生對於文化符號與歷史符號進入現代化社會的探索。這種討論方法旨在為劉以鬯較個人的特殊風格進行價值評估，突破過往舊有的思想束縛，以探索古代歷史與個人記憶如何與現代化的複雜社會環境產生互動作用。

　　有關劉以鬯探索歷史的小說，過往不少論者發現到他有一個較明顯的創作方向，即喜歡重新編寫中國經典小說或神話故事原著。曾經討論過的小說作品包括〈借箭〉（1960）、〈崔鶯鶯與張君端〉（1964）、中篇小說《寺內》（1964）、〈孫悟空大鬧尖沙咀〉

（1964）、〈徐夕〉（1969）、〈蛇〉（1978）、〈蜘蛛精〉（1978）、〈追魚〉（1992）、〈他的夢和他的夢〉（1992）、〈盤古與黑〉（1993）等。而我發現其實 1950 年代亦有這類小說，包括中篇小說《龍女》（1952）及短篇小說〈皇家山遇豔〉（1958）。如果再往上溯，還可以發現較少人討論到的兩個在 1940 年代的作品〈迷樓〉（1947）與〈北京城的最後一章〉（1947），[4] 對於香港讀者，這兩個作品在 2010 年才首次以繁體版在香港出版並收入《甘榜》一書。劉以鬯這種創作類型成果主要集中在 1960 年代中至 1970 年代期間，而當中以中篇小說《寺內》成績最高。以往討論方式一般落入故事新編的思維中探索，[5] 以原著本與改寫本在版本上比較論述，很容易忽略了現代社會的環境與文化的探索。祝宇紅曾指出故事新編之說有其模糊性，與過往傳統歷史小說的概念分不清。[6] 她整理五四時期的新文學，發現自 1920－1940 年代故事重述的類型小說超過 150 篇。中國早在秦朝對於故事新編已有以古諷今的傳統，在五四新文學所出現的大量以白話文寫作的故事重述，顯然不是止於文本內的意義解讀，而需要思考文本外的東西文化語境。祝宇紅多少意識到這個問題，[7] 嘗試在方法學上探尋突破的可能性，不過她的方法只針對五四新文學，未有注意當時新興的城市文化，似乎未能切合用於更複雜而多元的香港現代城市。劉以鬯經歷過 1930－1940 年代上海半殖民文化，他亦在 1940 年代已參與故事重編的類型寫作，然後到了香港的社會生活，在東、西文化混雜與消費主義開始興盛的 1960 年代中至 1970 年代的著作，特別是《寺內》這樣獨特的小說，其意義與實驗的方向跟新文學時期的故事新編不可同日而語。

在五四新文學時期的眾多故事重編例子中，當以施蟄存對劉

以鬯的影響最深，尤其兩者都是善於以現代心理手法重新思考如何重編歷史小說或神話。因此，本章會與施蟄存的故事重編小說比較分析，並結合 1960－1970 年代香港的文化、經濟環境重新閱讀《寺內》文本內外的符號交織與意義。本章所論述的方向亦不止於故事重編的類型，而是從文化、社區環境、經濟等多元角度分析劉以鬯對於中國歷史與古代文物更廣義的探索和討論，討論的範疇亦包括了 1970 年代寫作收錄入《模型・郵票・陶瓷》（2005）有關古物收集的一系列小說，例如《陶瓷》（1971）、《郵票在游海裏游來游去》（1971）等。而有關個人的記憶，在劉以鬯經常讓作家個人的經歷、記憶進入角色，產生了上海與香港雙城重迭的藝術效果。本來不能重回的歷史與記憶，在符號重構中走入現代化的生活文明之中，重現新的活力和價值。

　　本章會分為三個小節討論：第一節闡述現代復修觀念如何在香港 1960－1970 年代社區文化環境中建立；第二節會以劉以鬯《寺內》為主，探討他受施蟄存故事重述小說的啟發，如何將《西廂記》的古典戲曲進行現代復修，從中闡釋他如何在古代符號與現代符號之間角力，並與香港 1960－1970 年代的社會經濟、政治風氣等多元文化的融合；第三節會集中討論劉以鬯如何將個人記憶與歷史進行現代復修，讓記憶中的上海在現實中的香港社會中重現生命力，構成雙城的魅力。

ⅠⅠⅠⅠ 一、香港地緣文化的現代復修：現代復修觀念的形成與香港1960-1970年代文化環境

　　復修本來是對歷史文物建築或遺址與環境保育的觀念，本章借用現代復修這個概念，結合符號學思考古代的歷史故事、神話如何進入複雜多元的現代化社會環境。劉以鬯寫作的成熟時期是在1960-1970年代，本文將討論的時空劃定在香港1960-1970年代的社會環境，探索寫作符號本身與現代化城市環境的關係，亦是兼及文本內與文本外的一種分析方法。

　　復修的觀念可上溯至意大利文藝復興時期，當時基督教與人文主義匯流，尚古的社會風氣流行。這種古代文化的欣賞態度，一方面表現於他們對歷史上重要時期表示肯定，另一方面可以視為一種文化創意與持續的開端，尤其是在他們歷史悠久的遺址建築身上，可以從視覺美感和建築質素上發現到的歷史意義和教育意義，即使到了今日的社會仍然適用。[8] 參看英國的保育建築師羅德威（Dennis Rodwell）對復修觀念的理解，復修包含保存（preservation）、整修（restoration）和重建（reconstruction）三個概念，但又與諸概念有所區別。保存，是指保留建築物在原來地方的存在以及推遲自然侵害帶來的惡化；整修，是指通過拆除附加物和運用原來已有的整合物修葺，以恢復（已存在的）建築物輝煌時代的狀態。整修的觀念良好，但是在實際操作上有很大困難，遂有重建的概念，即在意念上同樣要恢復舊有建築物輝煌時代的狀態，跟整修觀念所不同的是在方法上讓新的物質材料進入舊有建築物。復修，是指通過所有的過程（包括以上三種方

法）以保存一個地方，而重點則在於保留文化的意義。對於建築材料的注意，顯然跟建築物的堅固與否不是最直接的關係，整修概念對於原來材料的堅持，顯然是要通過建築物料的保留，保存建築形而上的原來風貌、歷史的質感，保留原來生活的感覺。建築材料的思考已經超越了建構一座建築物的技術範疇，而進入了法國結構主義文學理論家羅蘭・巴特（Roland Barthes, 1915－1980）所討論的符號學範疇了。

巴特提出符號包含兩層意思：符徵（signifier）和符旨（signified），前者指形式，後者指內容。以玫瑰花這個詞為例，當我們看到這個詞，腦中便會出現真實的玫瑰花，這是符徵。同時我們會產生另一種意義——浪漫，這是符旨。而透過符號與符號的組合，會產生更具邏輯性與整體性的意義。情形就好像通過建築上不同的細部的橫組合法，例如屋頂、陽台與大廳等的配置，會產生一個系統、一種風格、一種涵意。例如多個拱形的頂部與樹幹的柱子這種橫組合法，產生巴洛克時期建築風格的系統。[9] 在建築上無法找到原來的建築材料而必須運用新的材料替代，重建就是在現實環境下改用新的材料，改變了原來的橫組合法的規則，仍然希望保留原來的系統與本來的風味。對於新舊符號在建構上的配置追求融和諧協，其實跟文學上處理語言符號可以等同視之。新舊符號的配置在劉以鬯《西廂記》的現代復修工程中可以看到，他在《寺內》對新舊符號有意識地混合使用，並追求一種新舊符號的融和雅緻。又或者他在重塑個人記憶中不存在的上海時空（1930－1940 年代）所運用的符號，與描寫現實中香港當下（1960－1970 年代）的符號互相諧協，將過去與當下、想像與現實、上海與香港形成獨特的風格。

　　復修觀念在現代化城市的發展時，建築物建構本身與外在環境存在許多衝突與矛盾，需要結合新的思維 —— 可持續發展。可持續發展的觀念，一般以聯合國會議上發表的布倫特蘭報告（Brundtland Report, 1987）上的定義為準。該報告首次將環境問題放在最前線思考，提出「可持續發展是指發展要滿足現時所需，而不危及將來後代滿足所需的能力」。[10] 羅德威認為這種講法在理念上很好，只是過於注重發展而忽略了社區之間不同世代人實際生活上的平衡。對於一座城市的可持續性，其實更需要考慮環境、社會（包括更實際的社區）與經濟的配合。羅德威認為較少人注意的是歷史遺址在城市中的可持續性探討，往往把問題的注意力簡單地放在歷史遺址的大小、建築的技術與歷史的風格、形式、空間與城市景觀的美學等，而沒有考慮歷史建築本身如何與現代城市的經濟環境、社區生活配合與發展。羅德威心目中理想的範例，就是自 1920 年代開始的法國巴黎城市重建計劃。巴黎要保留歷史建築的風貌，早在 1920 年代經過熱烈討論，終於在 1930 年訂定法律限制整個城市建築的高度，防止新興高樓大廈建築破壞歷史遺留下來的城市景觀。自十七世紀法國皇帝路易十四（1643－1715）直至 1950 年代以來的差不多二百五十多年，法國是整個歐洲的政治、經濟與文化的中心。新城市發展的方法是去中心化，選取五個新地區中心發展，例如新的行政經濟中心拉德芳斯（La Défense），在 1990 年代已發展成為歐洲最大的特定目的建造的城市中心（purpose-built business centre），整個巴黎亦有完善的交通網絡與高速的地下鐵路，由拉德芳斯到羅浮宮亦不過十分鐘，歷史城市中心的保留不妨礙現代社會的生活方式、生活節奏與經濟發展，讓歷史遺址與新發展地區得以和諧地進入

現代化的文明生活。[11] 本文所指的現代復修，就是保存古代文化的兩個層面：一方面是好像建築上所考慮的如何配置新與舊（原來）的材料與成分進行復修，另一方面要考慮如何與現代社區生活與經濟發展的融合。前者所思考的是文本內的新舊符號組合的問題，後者所思考的是文本外的社會文化與經濟活動。

羅德威提及到，現時可持續性的議題是「思於全球，行諸本土」（「Think Global, Act Local」），[12] 在思考本土的現代化進程同時面對全球化多元文化的衝擊。同樣地，現代復修在香港 1960－1970 年代的文化圈與社區環境下的中西文化混雜情況，這種角度與思考變得更有意思。劉以鬯在 1960－1970 年代為歷史故事、古代戲曲或神話傳說的重述所思考的問題，跟古代社會或五四新文學時期所思考的問題顯然並不一樣。在 1960 年代中，中國國內政治動盪，主催打倒舊文化。香港當時的政府與市民的關係緊張，尤其面對本土出生的新一代形成了年青人文化，他們對於港英政府或社會上一輩充滿反叛心態。面對這個特殊的時空環境，劉以鬯對於故事重述所思考的問題便不一樣了。傳統文化是否沒有價值呢？過去的歷史是否沒有意義呢？或多或少可以在劉以鬯這段時期的創作中了解到他對這些問題的看法。

劉以鬯所發表的作品往往先在報紙上連載，當時香港連載小說文化盛行，商業性與消閒性的流行作品主導着市場。劉以鬯亦坦言，在報刊寫作是「娛樂別人」，他不想「失去自己」，堅持追求自己想寫的理想，是「娛樂自己」。[13] 但不少論者發現，這種娛人娛己之說，在實際操作上有很大的矛盾性。劉以鬯所定義大量的嚴肅文學作品，其實都是在報刊上刊登了，再自行修改印成單

行本。因此他娛人之時,亦同時在有限空間內娛樂自己,這個說法更為貼切。[14] 香港由1960年代中至1970年代進入一個邁向現代化城市生活的轉變,城市不斷對外開放,物質愈來愈豐富,大眾消費文化的普及,大眾傳播媒介的影響力愈來愈大。[15] 劉以鬯對於歷史與記憶思考的作品,無法完全脫離文本外香港這種複雜多元的政治、文化與經濟環境。

二、《寺內》的現代復修:
新舊符號融合與施蟄存文本比讀

元代王實甫(1260-1307)的雜劇《西廂記》,經劉以鬯的現代復修而成《寺內》這個中篇小說。劉以鬯對元代雜劇的重新書寫有不少地方受到施蟄存的啟發,特別是對於內心挖掘與後設的筆法。劉以鬯亦繼續發展1960年代初《酒徒》的詩體語言,達致更成熟的藝術魅力,其中對於新舊符號的融合,具有很多現代詩、電影剪接、視覺語言與意象交送的各種方法,為文本賦予獨特的現代空靈色彩。1960-1970年代劉以鬯關心民族、歷史的創作題材,有其獨特的現代復修意義,甚至可上溯至1940年代上海時期的作品。

五四時期有很多作家對故事重編感到興趣,例如魯迅(1881-1936)、沈從文(1902-1988)、郭沫若(1892-1978)、曾虛白(1895-1994)、譚正璧(1901-1991)等,[16] 當中影響劉以鬯最深的應該是施蟄存。施蟄存是上海新感覺派的重要成員之一,善於向歷史人物或經典故事人物的內心挖掘,呈現複雜

的內心世界。例如〈鳩摩羅什〉（1929）[17] 描寫晉朝時候，從西方傳佛法到東土的高僧鳩摩羅什異常混亂矛盾的內心世界，他六根不淨，娶了一位公主為妻，在進入後秦大都途中公主死去，鳩摩羅什經常想起死去的妻子，甚至講經時因為看到一位貌似亡妻的女子而中止講法，國王又送了一堆美人到他的寢室，鳩摩羅什是一代高僧卻無法遏止內心荒唐的慾念，又經常自責。在〈石秀〉（1932）中描寫《水滸傳》以義氣聞名的英雄人物石秀，石秀為義兄楊雄捉姦殺嫂嫂潘巧雲的故事，在施蟄存手中卻集中描寫石秀心底裏對潘巧雲美豔的變態心理：「不過以前抱着『因為愛她，所以想睡她』的思想，而現在的石秀卻猛烈地升起了『因為愛她，所以想殺她』這種奇妙的思想了。石秀覺得最愉快的是殺人，所以睡一個女人，在石秀是以為決不及殺一個女人那樣愉快了。」[18] 施蟄存運用心理挖掘的手法重編歷史故事或經典傳奇，幾乎成了他的獨特標記，學者史書美認為他的文學作品受到維也納作家顯尼志勒（Arthur Schnitzler, 1862－1931）及谷崎潤一郎（1886－1965）為代表有關施虐受虐、戀物癖、偷窺狂成分的日本流行文類「色情奇怪曩心斯一類傾向小說」（ero-guro-nonsensu）的影響。[19]

劉以鬯對於《西廂記》的復修，亦運用了大量心理描寫，例如寫崔鶯鶯和張生隔牆同夢，透過夢境呈現內心世界；亦有運用內心獨白的手法，直接呈現角色人物的心理活動，甚至描寫崔老太對張生產生情慾想像，有點近乎變態的心理想法，看來是受到施蟄存所啟發。不過劉以鬯的各種心理描寫手法，其實在《酒徒》已經進行了大量的實驗，只是將心理手法運用到故事重編之中，這類實驗在〈蛇〉與〈蜘蛛精〉等短篇小說中亦有運用到。〈蛇〉將

明朝馮夢龍（1574－1646）的《白娘子永鎮雷峰塔》中許仙遇白蛇的傳奇小說與「杯弓蛇影」的成語故事相結合，許仙所遇到的白娘子是否白蛇，化成心理上的懸念。而〈蜘蛛精〉在意念上跟〈鳩摩羅什〉有點相似，同是對高僧面對誘惑的心理描寫，劉以鬯寫《西遊記》唐僧面對心理與行動的矛盾，行動上是高僧入定抵抗蜘蛛精的引誘，而內心獨白是充滿猶疑與人性的軟弱。（這個作品是 1970 年代中以後的作品，大致跟《他有一把鋒利的小刀》〔1970－1971〕相近，同樣是內心獨白與人物行動的深層與表層混合的心理書寫。）

　　另一個較少人注意的特色是，施蟄存運用後設筆法強調原著故事的虛構性。史書美認為他主要受到谷崎潤一郎所啟發。1937年 4 月，施蟄存在《宇宙風》發表〈小說中的對話〉一文，提到從谷崎潤一郎〈春琴抄後語〉中讀到跟自己類似的觀念，相信從回歸傳統敘述中可以找到民族的新意。谷崎潤一郎提倡拒斥西方文學的影響，回歸日本語言的美，他從日本傳統經典《源氏物語》中領悟對話可以不用括號的，傳統有對話與敘述不分的形式，甚至對話可以完全刪除。[20] 施蟄存則以後設的筆法強調原著故事的虛構性，例如在〈將軍底頭〉（1930）[21] 中，作者運用這樣的字眼描寫：「所以，事情是正像在傳奇小說中所佈置的那樣巧，說是將軍殺吐蕃的將領和吐蕃將領之殺將軍是在同時的，也並沒有什麼不可以的。」[22] 又或是在〈阿襤公主〉（1931）[23] 中，在段平章中伏死於橋上之後，作者在故事以省略的筆法敘述：「得到了段平章的凶信的阿襤公主的哀慟，是我們所想像得出來的。但驪兒丞相因為關心着她而早已遣派了人來安慰她，勸阻她自尋短見的事實，也同樣的是在我們意料中的。」[24] 作者的筆調似乎假設

了讀者知悉前作，共同參與這個故事重編的過程。在〈李師師〉（1931）[25] 亦有類似後設式的筆調，強調作者的存在，並介入故事之中作一番自我解釋，作者為何運用糅合角色視覺與心理的敘事筆法：

> 這些動作，靈慧的李師師非但能夠用聽覺一點不錯地辨別出來，並且她又能夠憑着她的幻想的視覺仔細地看出那巨商趙乙在做這些動作時候的神情來。這裏，著者用了「幻想的視覺」這個名詞，並不是意在指示這宋朝名妓李師師真有着一種通靈的魔法。所以，如果讓我們說得質直一些，那麼我們可以說李師師憑着她以前的豐富的經驗而毫髮不爽地想像出來的。[26]

施蟄存強調後設的虛構性，目的是通過現代重寫歷史故事，追尋中國傳統的華文美感，當中以〈黃心大師〉（1937）[27] 的運用最為成功。這個故事混合多種傳說與文獻的拼湊，作者在一開始已說明敘事者與歷史中黃心大師的時代距離，敘事者是在民國十二三年間，曾經南昌在留滯過遊蹤，而故事發生的背景則在南宋孝宗淳熙十二年（1185）的南昌，整個敘述都在一種多重資料的拼湊中完成，充滿後設的況味。而敘述者對不同典籍亦有所褒貶，例如《比丘尼傳》上說：「忽得定慧，遂絕羅綺，賣牒為尼，皈依佛法。」[28] 作者便批評：「這所謂『忽得定慧』的話，實在是一派玄談，教人不能相信。」[29] 又對《洪都雅緻》的記錄，認為「這也實在只說明了一半，『頓悟前生』云云，還是不可思議的事。總之，當時的人，實在沒有一個能發覺惱娘一生在戀愛上的苦悶與

幻滅，於是不能了解她這驚人的行為之動機所在了」。[30] 這種近乎
學術研究的鑽研和分析手法十分獨特，顯然是要探索谷崎潤一郎
的實驗，在傳統經典中尋找抗衡西方現代主義的華文美感。可惜
施蟄存面對艱難的年代，美好的計劃面對殘酷的現實而放棄，卻
啟發了劉以鬯在差不多三十年後的香港，靈活運用古今遊走的筆
調敘事延續這個願望。只是兩者時代不同，空間亦由上海轉為香
港，劉以鬯面對的問題有別，主要是來自經濟環境的壓力。

劉以鬯對於穿梭古今的運用，比施蟄存更注意美學上的試
探，例如《寺內》故事開首這樣描寫：

> 那頑皮的小飛蟲，永不疲憊，先在「普」字上踱步，
> 不能拒絕香氣的侵襲，振翅而飛，又在「救」字上兜圈，
> 然後停在「寺」字上。
> 「廟門八字開，」故事因絃線的抖動而開始。微風的
> 遊戲於樹枝的抖動中，唯寺內的春色始於突然。短暫的
> 「——」，藐視軌道的束縛。[31]

而文中重複出現三次的句子：「丁 —— 冬 —— 丁冬。/ 絃線
為故事的發展而抖動。」[32] 故事完結補上一句「最後的音符在另
一端找到老家」。[33] 將整個故事的敘述彷彿在古樂的絃線伴奏下敘
述出來，古代的韻味與類近後現代的後設筆法巧妙地結合運用，
古今相融。這個伴樂講故事的方式，又令人聯想起宋元說書的文
化，說書人會講評人物、褒貶是非的特色，亦夾雜在敘事之中。
例如拷紅一節的描寫，「如果西廂沒有紅娘，這故事就不能保持新
鮮。/ 如果紅娘不反抗皮鞭，愛情必將失去應有的光澤。/ 如果愛

情必須受到喝彩，崔鶯鶯是有點功勞的。」[34] 作者一邊以類近新詩的節奏，一邊以排比句的形式有序排列，呈現新舊形式的相融而不覺突兀。王實甫的《西廂記》實際上是故事新編，是將唐代元稹（779－831）《鶯鶯傳》改成雜劇演出。劉以鬯又將這種角色扮演的表演性元素，化入敘事語言之中，例如故事講述張生看到崔鶯鶯的曖昧情詩：「待月西廂下，迎風戶半開」，[35] 遂攀牆而入，卻反被鶯鶯怪他曲解詩意，萬分錯愕。作者這樣描述：「像舞台上的醜角，出台前聽到噩耗，出台後，不能不皺緊塗着白粉的鼻樑，咧着嘴，噙淚而笑。」[36] 將角色情感的表達方法，融入雜劇舞台的表現形式之中。又例如作者寫：「紅娘踩着簾鈴的旋律，心跳似高僧敲木魚。一切都是喜劇的素材，兩個主角卻流了太多的淚水。紅娘只是一條線。有意將兩個慾念綁在一起。」[37] 將雜劇類型的分析融入說書的褒貶評論之中。而紅娘表現心急的方法，仍是雜劇的表達形式，古代符號卻是通過現代化的詩體語言的意象表達，當中還有後設式的評論。劉以鬯對於古今時空穿梭的自由靈巧，到達很高的藝術造詣。古代符號與現代符號的靈活相融，產生嶄新的現代美感。作者寫孫飛虎出現後，張生與崔鶯鶯進入的三角關係：「愉快與緊張對峙時，過了河的車馬與炮也不會預知二十世紀的扭腰舞。」[38] 自然而不着痕跡，可謂爐火純青。

語言美方面，劉以鬯注意古今符號的混雜美，有論者分析《寺內》，發現作者對原著文字符號刻意保留。例如在第一卷中，作者這樣描寫「不是童話。不是童話式的安排。那位相國小姐忽然唱了一句『花落水流紅』。誰也不能將昨夜的夢包裹在寧靜中。每一條河必有兩岸。普救寺內的蝴蝶也喜歡花蕊。」[39] 當中「花落水流紅」是來自王實甫《西廂記》的第一本楔子：

〔么篇〕可正是人值殘春蒲郡東，門掩重關蕭寺中；
花落水流紅，閒愁萬種，無語怨東風。[40]

　　類似的做法在第六卷中，作者描寫「月亮的手指，正在潑弄閃熠的池水。音訊來了！音訊來了！崔鶯鶯仍在迷糊中與自己搏鬥。／琴聲推開心門，『不得於飛兮，使我淪亡！』第三個願望撲撲飛向遠天，淚落時，唯琴弦穿牆而過。」[41]當中「不得於飛兮，使我淪亡！」是截取自《西廂記》第二本第五折的《鳳求凰》一曲的歌詞。[42]而第二卷中作者描寫老槐樹、古梅的對話，當時的背景是這樣的：「柱香雖已燃起久沉的熱情，也悟不出月光為何潔白似銀的道理。一聲蟲鳴，一絲風。最真實的東西，在月光底上竟沒有影子。」[43]兩者所討論的是對故事中充滿寓意的第三柱香的解讀，認為是為男女主角情感的祝願，亦指出男女雙方的行動其實互生情愫。老槐樹提到「這個女人一定知道他躲在太湖石邊」，[44]而在前文敘事中沒有提及過張生與崔鶯鶯的位置。這些不在的情景與符號都是來自《西廂記》一本三折的背景之中。[45]故事末處，作者寫鶯鶯知道張生高中回鄉的消息，作者這樣描寫：「於是群眼齊觀鶯鶯的覷睨，河之對岸有個名叫鄭恆的少年正在偷拭淚水。這是不完整的報應，橋邊的孤松仍有其存在的意義。」[46]鄭恆這個角色從來沒有在《寺內》出現，這裏以後亦沒有再出現。鄭恆與鶯鶯的關係便要追溯到《西廂記》，其中第一本的楔子和第五本第三折有提及到。[47]劉以鬯顯然是刻意在現代復修的過程中，保留故事原來的符號，在新舊符號之間形成相融並存的關係。無怪乎有論者認為，「劉以鬯的小說《寺內》在情節上是如此貼近『王西廂』，以至於不知道『王西廂』情節的人不一定能看得懂它。」[48]《寺

內》不是對《西廂記》原典的推倒，而是在原典上加入現代化的節奏、現代人的心理，讓《西廂記》進入現代化的解讀之中。而舊符號的保留，是故意讓讀者向原來文本求索，在新與舊兩個互文並讀下，才能找到故事的意義與韻味。如果施蟄存寫〈黃心大師〉是為讀者在眾多版本中拼湊出一個作者心目中的真相，劉以鬯是故意讓讀者自行尋找《西廂記》原本，在新舊比讀中找到現代復修的《寺內》與經典劇本的異同，從而得到閱讀重組的最大樂趣，更接近後現代的讀者直接參與創作的閱讀模式。讀者通過這些新舊比讀所看到的，不單是新舊符號那種現代化建築的過程，而是看到了歷史變化的痕跡，看到了時代運行的足跡。

語言美的另一特點，見於詩化語言上的運用。例如作者描寫男女主角在佛廟首次相見的氣氛：

> 那隻二月天的小飛蟲停在小和尚的頭上。小和尚的頭像剝去皮的地瓜。小和尚正在唸經。小和尚眼前出現無數星星。慾念屬於非賣品，誘惑卻是磁性的。
>
> 張君端抵受不了香味的引誘；
>
> 小和尚抵受不了香味的引誘；
>
> 小飛蟲抵受不了香味的引誘；
>
> 金面孔的菩薩也抵受不了香味的引誘。
>
> 縱有落葉，敲木魚的人也在回憶中尋找童年的新奇。燭光照射處，每一凝視總無法辨認鬼或神的呈現。
>
> 袈裟與道袍。
>
> 四大金剛與十八羅漢。
>
> 磬與木魚。

香火與燈油。

崔鶯鶯與張君端。

攻與被攻。[49]

　　透過飛蟲從高空俯視的視點，將意象的跳躍與蒙太奇的手法結合。不同的張力與關係，通過「袈裟與道袍」、「四大金剛與十八羅漢」、「磬與木魚」、「香火與燈油」等一連串的意象模擬，透過蒙太奇手法的接合，推向「崔鶯鶯與張君端」的關係之中，古典的含蓄美卻帶有明快直截的現代節奏感與視覺構圖的美感。閱讀《酒徒》會發現明顯的夢的語言、詩體小說等六種語言，《寺內》整個故事都以更系統化和完整化的詩體語言主導。即使出入夢境，亦顯得更和諧自然。例如作者寫鶯鶯的夢：

黑夜是太陽的兒子。

鶯鶯在夢中追尋新鮮。

　　一對會說話的眼睛。紅色與綠色。如來佛的笑容。搖扇的年輕人。月色溶溶夜。花陰寂寂春。牆。牆。牆。牆似浪潮。般若波羅蜜多。「小生姓張。名珙，字君端，西洛人氏，年方二十三……」。淨土。院中有兩枝古梅。喝第四杯酒。琴與劍。盤花的對白。紅裙。大「囍」字。拜堂。花燭的火光在微風中跳躍。帳內的調笑。歡樂於一瞬。魔鬼最怕白色與光。[50]

　　跳躍的意象有讀者可以追索的邏輯，日間在佛廟見到的情景與那個眼睛很大的年輕人張生的形象，以充滿電影感覺的蒙太奇

方式呈現。而「兩枝古梅」、「琴與劍」的兩組意象與前文那些模擬的意象互相對照，不難看到隱藏背後的「崔鶯鶯與張君端」的意象。緊接的「大囍字」、「拜堂」、「花燭」等是結婚的憧憬意象。相對於《酒徒》，這些語言更能平衡報紙讀者的閱讀能力而不失藝術的美感與創新。有趣的地方是，古代符號充滿了現代化的時代美感。作者描寫張生赴京考試，張崔分離的景象，作者更重視視覺的運用：「將畫家的白色填滿她的心，她的心仍是一個深淵。這個不想做官的年輕人，亦將騎馬而去，讓田野與山莊都變成他的佈景。前邊的一棵榕樹，由小而大；後邊的一棵榕樹，由大變小。」[51]

榕樹隨着速度的變化，同時代表着一對戀人空間的距離。空間愈遠，掛念之情更深，本來是古代的意象，劉以鬯卻以電影的視覺方法處理，只呈現榕樹的變化，不作情感的描寫，將現代人冷靜的情感與古代的含蓄找到契合之處，達到古今相融的藝術效果。

劉以鬯這種詩體語言，以詩化句子透過蒙太奇方式接綴，對於時空與敘事帶來新穎的挑戰：

> 法本長老不是紅娘；張君端必須找紅娘。
>
> 「小生姓張，名珙，字君端，本貫西洛人氏，年方二十三，正月十七日子時生，未曾娶妻……」
>
> 還在笑，用手帕遮掩羞慚。慾念一若火上栗，未爆。聰明變成愚呆。真實變成虛偽。兩顆心接吻時，另外一個自己忽然離開自己。
>
> 刷刷刷……

繡花鞋踩過長廊，宛如雨點落在湖面。溫情躲藏在佯嗔與薄怒背後，竊笑書生也有未竭的痴狂。古梅下，有一方塊陽光，沒有風的時候，居然揚起萬千塵粒。

疾步而去的紅娘，想起水中之魚。

呆立似木的張生，想起野貓在屋脊調戲。

裊裊香菸是菩薩手中的畫筆，婀娜多姿，莫非有了畫家的野心？「普救寺」內不會有女鬼築牆的故事，放膽搬開感情的籬笆，伸手，抓一把顏色來。

簷鈴玎玲。

抬頭望天，澄澈的晴空，彷彿剛用刷子洗乾淨的。有一朵圓形的白雲，肥肥胖胖，如果能夠坐在上邊，必生龍墊的感覺。

「只有傻瓜才上京赴考，」他想。

思念與心弦相擁於燭火跳躍時；生鏽的野心偏逢月亮上升。

風聲颼颼，滿庭落葉在打轉。

被沉寂包圍的鶯鶯，心煩意亂。停下手裏的針線，聽簷鈴玎玲。

「他說些什麼？」鶯鶯問。

喜劇總在丫鬟的眼睛裏上演，那眼睛有寶石之熠耀。

回答是：「小生姓張，名珙，字君端，本貫西洛人氏，年方二十二，正月十七日子時生，尚未娶妻……」

「妻」字萬斤重，無力捺下心火的崔鶯鶯竟呆了半枝蠟燭。

月光是抽象的錦緞，披在紙窗上。紙窗有人影，喜

極。腳步刷刷，推窗又見一樹蔥鬱。

　　夜風喜述桃色故事，卻無力揭去魔鬼的面紗。魔鬼
無所不在；永不停步。大自然的嘆息，常在夜間摘去
鮮花。[52]

　　上述的文字在敘事上放棄傳統的時空場景與情節的步步推進
以推動劇情，亦不用外貌描寫刻劃角色形象，而是將敘事融入
現代詩的形式之中。上述有幾個時空的場面，分別為日間張生碰
見法本；張生與鶯鶯在長廊擦身相遇；張生在書房呆看浮雲，不
想高位想美人，想到月出時；晚間鶯鶯在閨房，心煩不能專心刺
繡，紅娘卻裝扮日間的張生調笑，鶯鶯心有旁鶩，產生幻覺疑為
窗外有人；晚間做了個桃色的夢。故事以現代詩的明快節奏，配
合電影技巧，自由地穿梭不同時空，同時反映了張生與鶯鶯的心
理反應。有趣的地方是，時空轉換的方式仍不脫古典韻味，通過
古鈴聲音的「簷鈴玎玲」打破空間的隔閡。日轉夜的處理是由張生
看白雲的景象，接上「思念與心弦相擁於燭火跳躍時；生鏽的野
心偏逢月亮上升」，由白雲轉為月出，將古代表示時間的自然景象
以電影跳接的方式呈現，以示時空飛逝，其間又把張生想慕美人
不知時日過的心理活動巧妙地融入敘事之中。二人在長廊擦身而
過，文字運用場面調度的電影技巧描寫，鏡頭見到「疾步而去的紅
娘」，前景卻留下「呆立似木的張生」，他們心理上卻產生魚水之
樂與野貓撒野這些古代符號的意象。動作、氣氛與心理活動在簡
單的幾句文字之間表現出來。由張生的書房轉入鶯鶯的房間，鏡
頭在月出畫面後，接上鶯鶯房舍外的空鏡「風聲颾颾，滿庭落葉在
打轉」，打轉的落葉意象，實是古代的符號，預示了鶯鶯的心理混

亂與氣氛的營造。然後鏡頭才讓鶯鶯出現於閨房中，心緒混亂。古代的符號得以注入新的生命力，進入現代化的生活與品味之中。

　　本身是詩人的也斯，認為《寺內》與《酒徒》的部分片段吸收了詩的表現手法。「詩是濃縮的語言，強於意象、氣氛，表達方法可以是跳躍的，省去解釋，隱含心理。在小說中吸收詩的表達可以增加肌理的濃度。小說的敘事長於推演事故，詩卻擅於渲染氣氛，在一個場景中把蘊含的情意發揮得淋漓盡致。」[53] 這個說法頗能說到現代詩與小說的關係。也斯又認為「《寺內》寫得空靈」。[54] 如果空靈代表的是古代留白的韻味，我想在空靈之前加上現代更為貼切。王實甫的《西廂記》是雜劇，表演的空間是舞台，元代看劇的觀眾都是平民百姓，喜歡說唱敘事的傳統。《寺內》的現代空靈是來自現代詩句子跳躍排列，意象毋須顧及現場舞台的限制而自由跳換，現代電影的視覺語言亦提供了更爽朗的節奏與更靈活意象接合。原本說唱在現代城市的敘事中顯得囉囉唆唆，切入省略的對白「小生姓張，名珙，字君端，本貫西洛人氏，年方二十三，正月十七日子時生，尚未娶妻……」，這句省略對白多次重複出現於《寺內》，結構形式的表達超越了表述對白內容的功能。故事中對不少詩詞的省略，只保留神韻，亦有助塑造現代空靈的藝術效果。

　　劉以鬯對於詩體文字的實驗應該是始於 1960 年代，當時他曾計劃寫千行長詩〈赴宴‧盜書‧借箭〉，並自述「用新的表現方式向舊小說尋覓詩情，賦以現代人的感受，捕說傳說中的至趣，也許還沒有人嘗試過」。[55] 可惜這個計劃最終沒有付諸實行。[56] 只保留了現時收錄於《劉以鬯卷》中〈借箭〉的片段實驗。1960 年代〈副刊編輯的白日夢〉比較成功，亦是兩年後《酒徒》中的詩體

文字的前奏。但是劉以鬯要處理內心複雜的《酒徒》，又要平衡不規則、不合乎邏輯的意識流，詩化的實驗有時見成效，有時則傾向混亂。後來在 1964 年 9 月 4 日發表於《快報》的〈崔鶯鶯與張生〉，藉着平衡的詩化意象，令讀者誤以為張崔同眠，末處才以「兩人之間，隔着一道粉牆」[57] 點明空間的阻隔。這是《寺內》的前身，而劉以鬯的詩體文字或詩化小說，亦當以《寺內》成就最高，對於古今符號的處理十分精緻而諧協，而現代空靈帶來的美感亦是非常獨特。

《寺內》最初在 1964 年 1 月 25 日至 3 月 2 日的《星島晚報》上連載，[58] 作者需要考慮的還有文本外的問題。作者一方面有意弱化《酒徒》那種朝向內心世界的探索，轉為追求新舊符號的和諧美；另一方面是在城市快速的商業運作中保存歷史的命脈。正如梁秉鈞對於香港都市文化的分析所說，商業與藝術是不能分割的：

> 香港的報刊是幫助我們了解香港文化的一個重點。五六十年代報上開始流行的武俠小說，也是報刊連載的產物，每日一段，以情節和武功吸引讀者，逐漸也發展出較新鮮的人物塑造。而每日結束時總留下懸疑，以傳統小說「欲知後事如何，請聽下回分解」的方法吸引讀者看下去。……
>
> 在缺乏文學雜誌的階段，報章補充了空缺，變成文學作品發表的場所。報紙因為容量和多面性，有時反可以避免了同人雜誌或政經、娛樂雜誌的單一性傾向，留下不少空隙。又或者因為需要大量稿件和付出較廉價稿費，有時亦容許了一些新人和不同意見的作品，反而沒

> 有雜誌那麼整齊統一，可能排他性較不明顯。發表形式
> 當然也會影響到部分作品，文字比較草率，結構比較鬆
> 散，都是可能的缺點，但也有作者看到這些限制，力求
> 突破。香港文學中一些相當優秀的長篇小說，如劉以鬯
> 的《酒徒》等都是先在報上連載；但當然一些最草率無聊
> 的作品，亦每日充斥報上。由此可見報章這媒介的多
> 元性，……[59]

《寺內》頗能做到雅俗共賞，對於元代雜劇《西廂記》有認識的學者或較專業讀者，固然可以從比讀中看到了歷史的軌跡、時代的痕跡。香港在 1950－1960 年代以來有不少粵劇戲迷，對於古典戲曲有一定的興趣和認識，在報紙連載少不免接觸到大眾文化。劉以鬯對《寺內》的心理描寫與詩化文字作出更為合乎邏輯思維、追求現代空靈的處理手法，確實照顧雅俗，平衡娛人娛己。

容世誠分析《寺內》提出一個疑問：「《寺內》通過改編對傳統的重估，這是否都體現了香港知識份子對傳統的一份敏感，表現了他們在逐漸步向現代化的香港社會，對中國傳統文化角色的反省？」[60] 尤其是國內正值文化大革命的時候，劉以鬯對於歷史經典的現代復修意義更見顯著。劉以鬯雖然在不同時代做過一些故事重編的實驗，但是他的關注點有所不同。早在 1940 年代的上海，劉以鬯已發表〈迷樓〉與〈北京城的最後一章〉，前者重述隋煬帝的奢靡生活，後者重述袁世凱登基。劉以鬯當時開始現代主義的練筆，成就無法跟他成熟期的《寺內》相比。當時他顯然受施蟄存的一系列故事重編小說所啟發，受到上海租界濃重的政治氛圍影響，比較關心的是民族歷史與西方半殖民文化的平衡居

多。1949 年以後，劉以鬯南下香港，面對不一樣的環境。1950
年代在新馬期間，劉以鬯有兩個比較明顯的故事重寫類型小說，
分別是中篇的單行本小說《龍女》和〈皇家山遇豔〉。《龍女》是
在新加坡的桐葉書屋出版，這個故事緣起於電影導演嚴俊的邀請
下改編一則中國民間故事，可惜最終電影的計劃告吹。[61]《龍女》
的寫作目的是以拍攝電影為先，以情節取勝，商業味較重，是一
個人魚傳說的改編，講述窮漁民才寶遇上美人魚，最終受到村中
惡霸的富二代錢如銘從中作梗，用冤獄強行逼才寶跟剛過門的太
太離婚，錢如銘與美人魚在水中舉行婚禮，最終才寶與美人魚雙
雙跌入河中，在水中世界成婚。〈皇家山遇豔〉是劉以鬯從新加坡
回到香港後，在新加坡《南洋商報》上發表的小說，劉以鬯當時
想的是不同文化的問題，嘗試將中國傳統民間故事放入新馬語境
之中的實驗。所以劉以鬯的現代復修，當以 1960－1970 年代為
主，其中比較真正關心現代復修問題而成就最高的作品，當以《寺
內》最具代表性。其後在 1990 年代的短篇〈追魚〉，主要是一
個民間傳說的改編，講述書生張珍在碧波潭畔草廬寂寞修讀，每
日顧盼水中鯉魚而感動魚精，魚精化成人形與張珍相戀，幾經波
折，最後魚精在觀音娘娘面前自拔魚鱗三片到人間與張珍結成夫
妻。劉以鬯以省略化的手法，改為六日的故事，由魚追人變為人
追魚，有論者認為是藝術上追求留白美學。[62] 其實亦可以看作現
代空靈的藝術追求，只是劉以鬯更傾向於拙樸的文字，不再在詩
化文字上鑽研。從《寺內》到〈追魚〉，劉以鬯可以說是在文字符
號上進行現代復修的工程。

　　1970 年代初香港經濟環境轉型，經歷 1960 年代的動亂以
後，港英殖民政府推行很多利好民生的政策，社會漸趨繁榮安

定。在不一樣的社會環境下，劉以鬯對於歷史的探索產生不一樣的藝術追求，成就可見於《郵票在郵海裏游來游去》和《陶瓷》。當時大陸正值文革，作者在香港這個相對平穩而經濟起飛的空間，以文字記錄舊文物，有其特殊的時代意義。《郵票在郵海裏游來游去》中的主角王誠，語重心詳地說：「這一次拍賣，不知道有多少珍品會重歸國人手中？過去，中國早期郵票多數握在外國人手裏；這幾年，因為收集華郵的國人多了，珍品重回東方的，為數不少。」[63] 郵票的收集，所代表的已經不是價值本身，而是在於民族的文化之上。另一個更複雜的故事是《陶瓷》，這個故事情節本身不是複雜，所謂複雜是指文字敘事本身帶來的歧義性。故事描寫丁士甫夫婦日夜追逐購買陶瓷公仔，他們收集的對象是很明顯的。「文革前的陶瓷產品，特別是古代人物，不但塑造技術好，而且今後不再製作了，價格勢必上漲。如果在這個時候能夠收集到一些神態生動而造型突出的陶像或瓷像，有極大的可能賺錢。因此，士甫夫婦竟懷着集郵的心情去收集陶瓷人物。」[64] 故事的複雜性正在於描述丁士甫夫婦行為的表裏不一。他們不辭勞苦地收集石灣師傅手做的陶瓷公仔，買專書雜誌研究以辨真偽，在狹小的家居環境下收集根本無法容納的整套的八仙石灣公仔。他們的行為愈來愈痴迷，以行動否定了這是純粹的賺錢行為。因為如果只是賺錢，不用這麼辛勞。劉以鬯本人亦是對集郵和陶瓷有很大的興趣和研究。他對於集郵的興趣來自 1929 年，當年他常到上海愛文義路一家白俄開的郵票舖購買舊郵票，[65] 因此，他在 1970 年代寫郵票有關的小說時，他的集郵經驗已經相當豐富。對於陶瓷的興趣則始自 1965 年，當時一位朋友送給劉以鬯一具石灣陶瓷的鐵拐李，使他對陶瓷開始發生濃厚興趣，尤其石

灣公仔。[66]

《郵票在郵海裏游來游去》和《陶瓷》這兩個故事，在財經掛帥的《明報晚報》上發表，具有後設的意味。藝術品味與市場價值，個人趣味與大眾口味，在香港 1970 年代開始模糊、混雜，但是二者實際上又不可混為一談。在香港高度商業的城市環境下，是很難做到絕對的「雅」，完全拒斥「俗」的東西；但是亦不可能盲目追隨潮流，無條件接受流行文化，其間的選擇與平衡，成為了在國際性都市公民面對的困惑。[67] 劉以鬯處理的三個主角都不是專家或學者，更不是好像《酒徒》那類近乎知識份子的文人，而是普通的大眾市民，王誠對集郵尚且有多年的業餘經驗，丁士甫夫婦初時對陶瓷甚至是一竅不通的。這些普通市民不會態度嚴肅地大談文化問題，他們只是為了賺錢才會接觸，有趣的地方是，當國內文化大革命大量破舊之時，香港卻因為地緣政治原因發現舊文物的價值，這種價值的評估是經由專家估價，在市場上是建基於文化與歷史的因素。在文本內，王誠與丁士甫夫婦一再面對內心矛盾，如果為了賺錢，為何要付出這麼多勞力收集舊物呢？但是不收集，他們發覺內心空虛。中國的舊文物所代表的除了表面價值，還有工藝的藝術美感，對於歷史知識追尋所產生的樂趣，亦是作者所關注現代復修的價值。

三、上海、香港的雙城魅力：記憶、當下、歷史

劉以鬯是戰後第一代南來作家，1948 年首次來香港，帶着南

來作家所共同擁有的身份焦慮和認同危機。[68] 尤其是從上海南來的身份，劉以鬯帶着當時東亞首屈一指的經濟中心的優越感，面對香港以商業掛帥的殖民城市，對香港文化帶有普遍的不了解和歧視心態，實非偶然。香港雖然是殖民管治，卻沒有如印度一樣失去本土語言，以廣東話為主的社區文化，令南來者容易產生難以融合的異鄉感。1950 年代劉以鬯帶着過客心態看香港，他跟當時以商業為主的報刊老闆在辦報原則上有很大的分歧，嚴肅的文藝性在商業社會受到排擠。[69] 文化上的衝突令他遠走新馬，1957 年再度回來香港，劉以鬯在心態上有很大的調整。他在 1960 年代初發表嚴肅文學《酒徒》（1962），開始以半自傳的方式寄寓個人記憶於角色人物身上，上海的記憶與這座城市當下的感覺融合，寫成了《過去的日子》（1963）、《鏡子裏的鏡子》（1969）、《對倒》（1972）等作品。這是一種對過去時代迷戀的熱情，這些角色人物不論林澄、淳于白還是半自傳式的「我」，都是軀體存在於香港（現實生活之地），時間卻在上海（少年成長之地），劉以鬯記憶中的上海得以在描寫香港的文字符號中重新活現。香港大眾傳媒在 1970 年代發展迅速，在新聞媒體逐步取代文學的紀實功能下，劉以鬯連續幾年在同一報刊上連載長篇小說《島與半島》（1973－1975），一方面在新聞媒體中後設地抗衡新聞的真實性，為當下的 1970 年代讀者帶來新衝擊，另一方面他那種紀實式的寫作模式，同時是為未來的讀者建立歷史，為未來建立了現代復修的文化價值與歷史意義。

香港自從割讓成為英國殖民地以來，在戰略意義或經濟利益下，歷來成為中國與英美不同勢力拉鋸的場域，而有所謂左右對壘、美元文化的關係。殖民地政府沒有對華文文化有特別打壓，

只是在政策上主催資本主義文化，本土藝術與華文嚴肅文學多年來遂處於邊緣位置。[70] 1960 年代初，劉以鬯再度回港幾年後寫成的長篇小說《酒徒》，講述一個具有作者半自傳色彩的酒徒，曾經在上海編過雜誌，辦過出版社，在五四時寫過嚴肅的新文學，來到香港後卻淪為賣色情文字維生的寫稿機器。酒徒是在現實中掙扎的靈魂，在清醒與酒醉中，在沉淪與懺悔中，以記憶中上海輝煌時期的文化與香港物質化的城市現實環境抗衡。作者以六種語言模式書寫一個故事，除了在形式上要捕捉混亂與無序的意識流，更同時是個人上海記憶的符號與香港城市的符號的互相排斥。在上海記憶中的描述，人的生命沒有保障，其中一段描述八一三事變，日軍放射高射炮和機關鎗，年青的酒徒乘公共汽車回家，聽到一聲天崩地裂的爆炸，目睹整個五角地帶變成廣大的屍體場，還有一個被炸去頭顱的大漢在馬路上奔跑。[71] 在香港卻見到 17 歲的司馬莉抽菸，不知廉恥地色誘酒徒，還告訴酒徒：「我在 15 歲那年已經墮過胎了。」[72] 在戰時上海看到生死悠忽，人的生命很寶貴；在香港看到物資豐富下沉淪的靈魂。1930－1940 年代上海的記憶與 1960 年代香港的現實，無疑是將故事當作一場符號交戰的場域。《酒徒》對生命的抗衡力由頹廢轉為旺盛，終至消沉，是一個沒有出路的故事。

中篇小說《過去的日子》是在《酒徒》發表以後，劉以鬯的另一個更貼近自傳式作品。故事時間由男主人公「我」在上海聖約翰大學畢業開始到 1957 年重返香港。故事主人公「我」有着很多現實中劉以鬯的個人影子。這個故事鉅細無遺地記錄了一個時代下個人大半生的青春生涯，其中上海租界時期的享樂場面如在目前。劉氏花了不少筆墨追憶記述，回溯過去，1941 年的上

海，1945 年的重慶，1947 年重返上海，1949 年到了香港，1952－1957 年到了新馬，1957 年再到香港。劉以鬯寫作《過去的日子》時，帶着 1930－1940 年代上海的記憶，而眼中的香港亦產生了新舊的雙重視覺。陳智德認為這是「二次記憶」、雙重「斷裂」：

> ……昔日的文藝觀已不再適用，朋友的理想亦變了質，景觀和生活經驗的斷裂還其次，敘事者最難接受的還是觀念的轉變，出現斷裂者真正的悲哀。……《過去的日子》的敘事者既懷念內地，又希望開始認同香港，但最後發現二者皆落空。《過去的日子》對「過去」的懷戀並不指向單一的故土或觀念上的希望，卻是一種「雙重的不可能」，使主人公失落在懷戀故土中國與認同香港之間。[73]

劉以鬯在重新整理個人前半生的記憶，看到的鄉土斷裂，不單是地緣上的上海城市，而是 1930－1940 年代代表着上海的摩登文化與作者本人的青春時光。而對於香港的斷裂，是再次面對一個文化價值完全相反的城市。思前想後，那種對上海的回歸已經無望，只能腳踏實地在香港活在當下，促使他重新對個人記憶、民族歷史與當下生活的關係發生更深層的思考與整理。《過去的日子》運用相對寫實的手法，以跳躍的日記式記錄個人的記憶與時代的歷史，是一次心理的治療，透過文字書寫以圖走出《酒徒》的困局。

1960 年代末的《鏡子裏的鏡子》，主角林澄是個經歷過人生高低起跌的商行老闆，這個身份卻同樣帶有作者半自傳式的影

子。他擁有過去上海的經歷，喜歡看哲學書籍，思考哲學上時間的問題。他喜歡舊的事物，腕錶是用了十幾年的舊亞米茄。「上過鏈，錶又滴答滴答響了起來。錶會停；時光卻不會停留。不過，飛機的速度已在試圖捕捉失去的時光了。時光有可能倒流嗎？林澄當然無法找到這個問題的答案。他相信未來的科學家一定可以使老頭子變成年輕人。」[74] 他經常活在記憶中，渴望時光倒流對抗向前飛逝的文明速度。故事更加插了一個信息：人類已進入太陽號登陸月球的月球時代，在高速發展的人類文明與身處經濟發展迅速的香港社會，林澄只能以回憶抗衡。他的太太終日打牌，兒女長大與他無法溝通，故事多次出現以林澄在鏡子中只看到自己，甚至在鏡子的重疊中見到多個自己的意象。林澄的寂寞亦只有依賴回憶抗衡，例如林澄在香港度過聖誕夜，「扭熄枱燈，客廳裏的牌聲與教堂裏的鐘聲似乎都微弱了，一室的黑暗使他不能在現實與夢境劃分一個界限。」[75] 他會回憶年輕時在上海度過白色聖誕的美好時光：「伊文泰的酒。帕薇苓花園的 BINGO。琢木鳥之歌。壁爐裏的火舌。威士忌。阿里巴巴夜總會的中東裝飾使狂歡者走入『天方夜譚』的世界。」[76] 這些美好的想像，帶來了極大的愉悅：「各種印象混在一起，像剪開的碎紙，在一個奇異的世界中飛舞。當這些破碎的意象歸於黑色時，他再也聽不到客廳裏的牌聲與教堂的鐘聲。」[77] 回憶是排遣寂寞的良方，可以抗衡現實生活的苦悶，忘了教堂鐘聲提醒他在聖誕節日下獨自躺在床上，忘記了終日沉迷打牌而沒有任何感情交流的太太。作者透過林澄顯示對上海生活的憧憬，另一方面對於現實的香港卻這樣描述：「這是一座叢林。儘管現代文明已使它的外貌改變了，它依然是一座叢林。……擠在人堆裏，覺得很寂寞。他想起電影裏見過

的鏡頭：一個在沙漠裏渴望喝一滴水的孤獨者，痛苦地搬動重甸甸的腳，陪着他的，只是被太陽曬得發燙的沙漠。」[78] 香港冷漠的文化氣候與商業城市個人化的文化，是南來文人感到難以生存的空間。既然上海無法回去，香港亦不是喜歡的居所，《鏡子裏的鏡子》以時光倒流式的回憶與現代城市向前的高速抗衡，上海記憶唯有依賴文字符號保存下來。而劉以鬯正式將香港視為定居之所，以及調整個人對上海緬懷的心情，當以 1970 年代初的《對倒》為最佳典範。

劉以鬯很喜歡在街上行走，他年輕時一趕完稿，就會跟太太坐天星小輪到尖沙咀逛街，吃晚飯。晚年退休後，每天他都堅持獨自逛街的習慣，有時逛商場，有時乘車到新界區走走，直到晚上吃完晚飯才回家。[79] 這種生活習性化成《對倒》小說中人物淳于白的個性，而上海過去的追思很大程度上來自於他本人自我的追憶。故事一開首，淳于白坐在巴士進入 1970 年代剛通車的海底隧道，在高速先進的隧道時光之中，記憶的上海與當下的香港融合在文字的建築之中：

> 它是一粒珠。⋯⋯它是天堂。⋯⋯它是購物者的天堂。⋯⋯它是「匪市」。⋯⋯它是一棵無根的樹。⋯⋯它的時間是借來的。⋯⋯它是一棵無根的樹。⋯⋯它的時間是借來的。⋯⋯它是一隻躺在帆船甲版上的睡狗。⋯⋯
>
> 一○二號巴士進入海底隧道時，淳于白仍在想着這些別人講過的話。淳于白在這座大城市已經住了二十幾年。二十幾年前，香港只有八十幾萬人口；現在，香港

的人口接近四百萬。許多荒涼的地方，已變成熱鬧的徙置區。許多舊樓，已變成摩天大廈。他不能忘記二十幾年前從上海搭乘飛機來到香港的情景。當他上飛機時，身上穿着厚得近似臃腫的皮袍；下機時，卻見到許多香港人只穿一件白襯衫。香港的冬天不大冷，即使聖誕前夕，仍有人在餐桌邊吃雪糕。淳于白從北方到香港，正是聖誕前夕。長江以北的戰火越燒越旺。金圓券的狂潮使民眾連氣也透不轉。上海受到戰爭的威脅，正在動盪中。許多人都到南方來了。有的廣州住了下來，有的選擇香港。淳于白從未到過香港，卻有意移居香港。這樣做，只有一個理由：港幣是一種穩定的貨幣。淳于白從上海來香港時，一個美元可以兌六塊港幣。現在，一個美元可以兌五·六二五港元。這就是香港的可愛處。但是香港也有可憎的事情。二十幾年前香港的治安很好，現在，搶劫事件隨時隨地都會發生。縱然如此，香港仍在不斷進步中。高樓大廈已形成叢林。海底隧道已通車。地下鐵道正在草擬中。……[80]

儘管淳于白對香港的情感依然矛盾複雜，不過喜歡的地方多了，憎恨的地方沒有更強烈。他喜歡香港的先進文明，喜歡貨幣穩定帶來的繁榮。剛由上海來香港的記憶與代表先進前行的城市速度，形成雙向的行走，以往的記憶走入了現代化的城市描述之中，《對倒》由這條隧道展開了現代復修的探索。故事中隨後用煙的意象以示歷史：「煙。似煙的往事。所有的一切都會像青煙般消逝。他是見過那一堆青煙的。現在，巴士經過匯豐銀行

時，耳畔依稀聽到了報告行情的聲音：『三七四……四〇……四二五……』」[81] 劉以鬯力圖避免歷史像煙般消逝，描寫香港當下的匯豐銀行，卻讓上海租界區時期眾人圍在金號炒金的聲音傳來。作者花了不少筆墨把上海生活的歷史記錄下來，以文字符號抗衡消逝的速度。這裏的歷史，並不是徐蚌會戰、八年抗戰那種大歷史式的記述，而是集中描寫小市民的個人記憶，各種小人物在戰難中的感受，例如記述在金號見到一個骨瘦如柴的中年男子在金價狂瀉時吐了一痰盂的鮮血，救護車來到時，那人吐出了最後一口血。[82] 劉以鬯的個人記憶，在 1970 年代現代化的香港城市中復修，例如其中一場淳于白在餐廳聽到孩子的哭聲，想起過去上海的生活：「三十多年前的上海，有許多東西是值得留連、值得懷念的。那些東西已經過去了，再也找不回了。那些東西在香港是找不到的。香港也是冒險家的樂園。但是，香港終究不是上海。它無法產生舊日上海的氣氛。/ 每一次想起舊日的上海時，愉快的心情會變得不愉快；而不愉快的心情卻會變得愉快。/ 此刻想起舊日的上海，竟產生了悵然若失的感覺。他點上一支菸。」[83] 回憶中上海城市的氣氛與現實中香港城市的氣氛不是完全相同的，劉以鬯強調了上海時期個人記憶仍然有其價值的。在第 56 節，淳于白看着電視螢幕，腦裏想的卻是三十年前從上海逃到寧海的片段，「對往事的追憶，有點像回聲。回憶中的往事，模模糊糊，只一個輪廓。其情形，一若對山谷大聲吶喊，傳回來的，雖是同樣的聲調，卻微弱得多。縱然如此，淳于白總喜歡在回憶中尋找安慰。有些事情即使是痛苦的，在回憶中，也會令他感到欣慰。」[84] 回憶中的上海有甘有苦，仍不減其價值。劉以鬯復修的上海記憶，都是個人性較強的小片段，例如「停電之夜在『心心咖啡館』

喝咖啡。/ 站在國泰戲院的走道裏，看著名戲劇作家演莫扎特。/ 上清寺吃芝麻糊 / 從上清寺搭乘驢車到李子壩去。驢車在山路上，沿着嘉陵江慢慢踱步，發出橐橐的聲音。/ 辣得有趣的毛肚開堂。」[85] 又例如一些上海當時的文化：「電影常常斷片。/ 有一部名叫『佐拉傳』的電影，是在『唯一戲院』公映的。/ 所有的報紙都是用薄薄的土紙印的。報紙兩面的文字，因為紙張太薄，互相滲透過來，總是亂糟糟的。讀報人不但需要好的眼力；而且需要好的辨別力。/ 小龍坎的電影院只能容納一百多個觀眾。」[86] 香港當時的專欄都以一種流行的快餐文化主導，連載小說會有其快捷的方式吸引讀者，但是作者在每日需要大量生產文字，質素有時不免粗糙。當時流行的作品有武俠、科幻、奇情等不同類型，多偏離現實，為讀者賦予一個想像的空間，以消閒娛樂為主。而《對倒》在當時的報刊上連載，無疑是讓當下的讀者感受到現代復修的魅力，在大眾文化中產生不一樣的魅力。劉以鬯透過「睜着眼睛走入舊日歲月裏去」[87] 的淳于白，讓上海與香港、1930–1940年代與 1970 年代，交織在同一文本之中，形成獨特而具備文學藝術的歷史志，是對時間巨輪的抗衡。劉以鬯無法回到年輕時美好的 1930–1940 年代的上海，不過透過文字符號的復修，卻可以將個人記憶、當下感受，進入香港現代化的文本之中。不單讓 1970 年代的讀者能夠從香港的故事中仿如看到另一個時空活現過來，在今天或者將來的讀者亦可以從中看到 1930–1940 年代的上海風貌而同時又可以看到 1970 年代的香港，劉以鬯在《對倒》的現代復修造成了雙城的魅力互相輝映的效果。

《對倒》以後，劉以鬯對於香港的本土情感更濃，他擺脫上海記憶的書寫，開展了一個以香港城市為題材的長篇小說《島與半

島》。劉以鬯具有多年的編輯經驗，早已察覺到新聞媒體對小說的衝擊，尤其他是站在傳媒角色的編輯身份，把事情看得更加透徹。在〈小說會不會死亡？〉（1979）中，他提及現代主義作家早已感受到，電視電影的真實性威脅着小說寫實能力。[88] 劉以鬯寫作《島與半島》，是要挑戰現代新媒體對小說的威脅。他借香港尋常的一家四口為骨幹，寫一個沒有情節的故事，內容是實時回應當下發生的大小事情或者節日慶典，連續幾年在同一報刊上連載發表。故事有意思的地方是，新聞媒體每天都在報道新聞，一般大眾認為新聞代表了真實，取代小說的紀實能力。劉以鬯的實驗就是故意在新聞媒體上以虛構故事反映現實，後設地在報紙上質疑新聞的真實性。他運用的無非是小人物或小市民的角度，對於即時發生的社會大小事，有更直率的看法，亦帶着批判的角度談新聞，批評實際的罪案比新聞所報道的更多。既能照顧當下的讀者，多一重角度思考真實的世界與新聞報道之間的距離。同時，作者這種紀實的寫作模式，是為未來的讀者建立歷史，為未來建立了現代復修的價值。無怪乎成長於 1950－1960 年代的香港導演杜琪峰，在 2000 年以後回看劉以鬯的作品時不無感觸地表示：「這座城市變得太快，變得貪新忘舊了！⋯⋯劉前輩從大家過去的生活細節取材，勾起大眾記憶，觸動讀者心靈。過去日子的點點滴滴，城市面貌的音容情味，盡凝結在紙墨之間，不滅不朽⋯⋯」[89] 現代復修的價值正在於透過文字符號，讓個人記憶重現生命力於現代生活之中，當下感受透過現代化符號記錄注入歷史中。

現代復修的分析，有助突破故事新編那種囿於文本內的研究方法，打破文本內與文本外的隔閡。這種研究方法同時有助探討

複雜多元文化下的城市文學，劉以鬯在香港這種注重娛樂消費的都市，對於歷史與文化保存關注有其獨特價值，他對於上海的個人記憶如何融入當下現代化香港城市，確實建立了有價值的實驗。在 1957 年以後再度回到香港，劉以鬯在《過去的日子》中重整個人半生的記憶，看到的鄉土斷裂，不單是地緣上的上海城市，而是 1930－1940 年代上海摩登文化與作者的青春時光。有意思的地方是，2000 年以後，劉以鬯重返上海家園後有所感。在微型小說〈回家〉（2002），借半帶自傳式的主人公「我」住了香港四十多年後，重返上海老家，舊居已成了學校。舊居帶着兩段時期的記憶，三十年代爸爸為「我」與哥哥買下雙連的兩幢三層樓房；抗戰勝利後，為創辦出版社（現實中的懷正文化社）把底層設為出版社辦公室，把二樓改為倉庫。結果「我」從現實中的校務室看到出版社辦公室，令「我」大為激動的高叫這是我的家，換來的是白髮看守人輕細低微的聲音說這是學校。景物依然，人面桃花，所懷緬的上海絕對不是地緣上的意義。大抵早於 1960 年代中的一番思前想後，加上當時國內政局動盪，劉以鬯明白回到上海的無望，只能活在當下的香港，促使他重新對個人記憶、民族歷史與當下生活的關係發生更深層的思考與整理，走出《酒徒》的困局。1960 年代中完成《寺內》這個極度精緻的實驗，將中國古代符號與現代符號調協得天衣無縫，讓元代雜劇《西廂記》復修為現代化的文本。1960 年代末至 1970 年代初，《鏡子裏的鏡子》與《對倒》便是一種對時光抗衡的探索。過去的上海既然無法在現實中尋回，只能透過文字符號在故事文本的建構中活現過來，追尋一種現代復修的價值。由《鏡子裏的鏡子》到《對倒》，可以看到劉以鬯對於落根香港的本土心態逐步踏實了，他對香港本土

有更多的情感和關注，大大釋放了雙城的魅力。1960 年代中國大陸政局不穩，不少舊文物沒有得到保存，反而在香港得到收藏的市場價值。劉以鬯在香港以財經掛帥的報刊上發表《陶瓷》及《郵票在郵海裏游來游去》，以二律背反的語調寫小市民對收藏的心態，暗中將郵票與陶瓷藝術的專門知識摻入看似情節簡單的故事之中，讓中國古代的文物與文化知識可以在香港這片商業為主的地方，轉化成現代化的趣味，得以融入社區，可持續發展。邁向1970 年代中，對於香港一般流行文學那種轉眼即逝的即食文化，劉以鬯以書寫《島與半島》抗衡，這個故事在新聞媒體中後設地抗衡新聞的真實性，另一方面他為未來的讀者建立歷史，讓當下感受轉化為歷史，充分體驗他的文學具有現代復修的文化價值和歷史意義。

劉以鬯作品讓華文現代主義在文化上更呈複雜多元，雅俗共賞，融合記憶、當下、歷史的獨特形式。劉以鬯的貢獻不單在於香港文學，拼合在二十世紀中國文學發展中，更能見到豐富動態的大陸與香港互動文化。1970 年代大陸文革期間，香港有《陶瓷》、《郵票在郵海裏游來游去》等記錄傳統文物的作品，有讓元代雜劇的空靈美學走入現代城市節奏中的《寺內》等作品。1930－1940 年代過去上海輝煌摩登與 1960－1970 年代香港經濟走向繁榮氣象釀合編織成《鏡子裏的鏡子》、《對倒》等作品。劉以鬯以獨具風格的華文文字符號打破了大陸與香港的時空隔閡，補遺了歷史文化上的空缺，以藝術作品實踐跨越 1949 的文化之路。

註釋

1 該段公開講座內容見紀錄片《1918》末段，拍攝時為 2009 年。

2 「現代復修」的觀念是由筆者在 2010 年初次提出，本章的分析是以當時的文章為藍本再加以發展而成。見黃勁輝：〈劉以鬯的現代復修：一種在都會消費文化下現代主義的美學追尋〉，梁秉鈞、黃勁輝、黃淑嫻等編：《劉以鬯與香港現代主義》（香港：香港公開大學出版社，2010），頁 27－60。

3 Dennis Rodwell, "Introduction", *Conservation and Sustainability in Historic Cities* (UK: Blackwell Publishing, 2007), p. vii.

4 較早期集中討論這兩個作品的評論要到 2010 年。見黃勁輝：〈劉以鬯的現代復修：一種在都會消費文化下現代主義的美學追尋〉，頁 39－46；梁秉鈞：〈從《迷樓》到《酒徒》──劉以鬯：上海到香港的「現代」小説〉，《劉以鬯與香港現代主義》，頁 3－5。

5 黎偉基：〈論劉以鬯「故事新編」對傳統文本的吸納和轉化〉（香港：香港中文大學中國語言及文學系本科生畢業論文，1995）；周偉民、唐玲玲：〈色彩斑爛的珠玉──短篇小説、故事新編和三部譯作〉，《東方詩化意識流小説》（北京：中國社會科學出版社，1997），頁 97－141；朱崇科：〈歷史重寫中的主體介入──以魯迅、劉以鬯、陶然的「故事新編」為個案進行比較〉，《海南師範學院學報（人文社會科學版）》第 13 卷第 3 期，頁 93－99；徐黎：〈古典題材的現代詮釋、表現與改造──論香港作家劉以鬯的「故事新編」〉，《河南大學學報（社會科學版）》，2002 年 5 月，頁 50－55；朱崇科：〈神遊與駐足：論劉以鬯「故事新編」的敘事實驗〉，《世界華文文學論壇》第 4 期，2002 年，頁 48－50；王淑君：〈傳統與現代的對話──論劉以鬯「故事新編」〉，《安徽警官職業學院學報》第 1 期，2007 年，頁 84－86；李秋麗：〈蛇的故事新編〉，《常州工學院學報（社科版）》第 3 期，2007 年，頁 24－27。

6 祝宇紅：〈導論〉，《「故」事如何「新」編：論中國現代「重寫型」小説》（北京：北京大學出版社，2010），頁 5。

7 祝宇紅：〈導論〉，《「故」事如何「新」編：論中國現代「重寫型」小説》，頁 12－15。

8 Dennis Rodwell, *Conservation and Sustainability in Historic Cities*, p. 1.

9 參考自羅蘭・巴特的理論，部分申論的例子由本人加插，是根據巴特的説法加以引申。見〔法國〕羅蘭・巴特著，李幼蒸譯：《符號學原理》（台北：桂冠圖書有限公司，1991），頁 158－163，170－173。

10 Dennis Rodwell, *Conservation and Sustainability in Historic Cities*, p. 56.

11 Dennis Rodwell, *Conservation and Sustainability in Historic Cities*, p. 56-58, 60-62.

12 Dennis Rodwell, *Conservation and Sustainability in Historic Cities*, p. 63.

13 劉以鬯：〈自序〉，《劉以鬯卷》（香港：三聯書店，1991），頁 3－4。

14 梁秉鈞：〈從《迷樓》到《酒徒》──劉以鬯：上海到香港的「現代」小説〉，頁 7；黃萬華：〈跨越一九四九：劉以鬯和香港文學〉，梁秉鈞、黃勁輝、黃淑嫻等編：《劉以鬯與香港現代主義》，頁 23。

15 羅貴祥：〈幾篇香港小説中表現的大眾文化觀念〉，陳炳良編：《香港文學探賞》（香港：三聯書店，1991），頁 38。

16 詳參祝宇紅：〈附錄：中國現代「重寫型」小説出版與發表情況〉，《「故」事如何「新」編》，頁 292－302。

17 資料見祝宇紅：〈附錄：中國現代「重寫型」小説出版與發表情況〉，頁 294。

18 施蟄存：〈石秀〉，《十年創作集》（上海：華東師範大學出版社，1996），頁 230。

19 史書美：《現代的誘惑：書寫半殖民地中國的現代主義（1917—1937）》（南京：江蘇人民出版社，2007），頁 404−405。

20 史書美：《現代的誘惑：書寫半殖民地中國的現代主義（1917—1937）》，頁 416。

21 年份資料見祝宇紅：〈附錄：中國現代「重寫型」小説出版與發表情況〉，頁 294。

22 施蟄存：〈將軍的頭〉，《十年創作集》，頁 170。

23 年份資料見祝宇紅：〈附錄：中國現代「重寫型」小説出版與發表情況〉，頁 295。

24 施蟄存：《阿襤公主》，《十年創作集》，頁 236。

25 年份資料見祝宇紅：〈附錄：中國現代「重寫型」小説出版與發表情況〉，頁 292。

26 施蟄存：〈李師師〉，《十年創作集》，頁 289。

27 年份資料見祝宇紅：〈附錄：中國現代「重寫型」小説出版與發表情況〉，頁 298。

28 施蟄存：〈黃心大師〉，《十年創作集》，頁 639。

29 同上。

30 同上。

31 劉以鬯：《寺內》，頁 66。

32 劉以鬯：《寺內》，頁 73，84，116。

33 劉以鬯：《寺內》，頁 116。

34 劉以鬯：《寺內》，頁 100。

35 劉以鬯：《寺內》，頁 89。

36 同上。

37 劉以鬯：《寺內》，頁 85。

38 劉以鬯：《寺內》，頁 80。

39 容世誠：〈「文本互涉」和背景：細讀兩篇現代香港小説〉，陳炳良編：《香港文學探賞》，頁 249−284。

40 容世誠：〈「文本互涉」和背景：細讀兩篇現代香港小説〉，頁 267。

41 劉以鬯：《寺內》，頁 84。

42 容世誠：〈「文本互涉」和背景：細讀兩篇現代香港小説〉，頁 270。

43 劉以鬯：《寺內》，頁 72。

44 同上。

45 容世誠：〈「文本互涉」和背景：細讀兩篇現代香港小説〉，頁 269。

46 劉以鬯：《寺內》，頁 115。

47 容世誠：〈「文本互涉」和背景：細讀兩篇現代香港小説〉，頁 270。

48　許翼心、王小蕾：〈論崔張故事的再創造 —— 兼評大陸和港台的三個改編本〉，《香港文學》，1990 年 12 月，頁 75。

49　劉以鬯：《寺內》，頁 68。

50　劉以鬯：《寺內》，頁 75。

51　劉以鬯：《寺內》，頁 104。

52　劉以鬯：《寺內》，頁 70−71。

53　也斯：〈從《迷樓》到《酒徒》——劉以鬯：上海到香港的「現代」小說〉，頁 11。

54　也斯：〈劉以鬯的創作娛己也娛人〉，《信報》第 24 版，1997 年 11 月 29 日。

55　載自梁秉鈞：〈從《迷樓》到《酒徒》——劉以鬯：上海到香港的「現代」小說〉，頁 11。（原文見劉以鬯：〈赴宴・盜書・借箭〉，《香港時報・淺水灣》，1960 年 10 月 27 日。）

56　梁秉鈞：〈從《迷樓》到《酒徒》——劉以鬯：上海到香港的「現代」小說〉，頁 11。

57　有關〈崔鶯鶯與張君端〉的出版資料及引文，皆引自劉以鬯：〈崔鶯鶯與張君端〉，《打錯了》（香港：獲益出版事業有限公司，2001），頁 197。

58　周偉民、唐玲玲：〈劉以鬯著譯系年〉，《東方詩化意識流小說》，頁 243。

59　梁秉鈞：〈香港都市文化與文化評論（代序）〉，梁秉鈞編：《香港的流行文化》（香港：三聯書店，1993），頁 17−18。

60　容世誠：〈「文本互涉」和背景：細讀兩篇現代香港小說〉，頁 282。

61　資料來本人跟劉以鬯夫婦的訪問中得知。

62　謝福銓：〈令人耳目一新的佳作 —— 讀劉以鬯小小說〈追魚〉〉，《文匯報》，1992 年 4 月 19 日。

63　劉以鬯：《郵票在郵海裏游來游去》，《模型・郵票・陶瓷》（香港：獲益出版事業有限公司，2005），頁 110。

64　劉以鬯：《陶瓷》，《模型・郵票・陶瓷》，頁 130。

65　劉以鬯：《陶瓷》，《模型・郵票・陶瓷》，頁 7。

66　同上。

67　梁秉鈞：〈香港都市文化與文化評論（代序）〉，頁 15。

68　計紅芬：《香港南來作家的身份建構》（北京：中國社會科學出版社，2007），頁 10，14−21。

69　易明善：《劉以鬯傳》（香港：明報出版社有限公司，1997），頁 53−54。

70　這個分析綜合了羅貴祥對香港的社會政治形勢與資本主義的分析，以及梁秉鈞對華文地位的觀點。見羅貴祥：〈劉以鬯與資本主義的時間性〉，梁秉鈞、黃勁輝、黃淑嫻等編：《劉以鬯與香港現代主義》，頁 64；梁秉鈞：〈「改編」的文化身份：以五〇年代香港文學為例〉，梁秉鈞、陳智德、鄭政恆編：《香港文學的傳承與轉化》（香港：匯智出版有限公司，2011），頁 107。

71　劉以鬯：《酒徒》（香港：金石圖書貿易有限公司，1993），頁 49−50。

72　劉以鬯：《酒徒》，頁 83。

73　陳智德：〈「錯體」的本土思考 —— 劉以鬯《過去的日子》、《對倒》與《島

與半島》〉，梁秉鈞、黃勁輝、黃淑嫻等編：《劉以鬯與香港現代主義》，頁 135。

74　劉以鬯：《鏡子裏的鏡子》，《劉以鬯中篇小説選》（香港：香港作家出版社，1995），頁 11。

75　劉以鬯：《鏡子裏的鏡子》，頁 12。

76　劉以鬯：《鏡子裏的鏡子》，頁 13。

77　同上。

78　劉以鬯：《鏡子裏的鏡子》，頁 61。

79　資料來本人與劉以鬯夫婦的訪談。

80　劉以鬯：《對倒》（香港：獲益出版事業有限公司，2000），頁 67－68。

81　劉以鬯：《對倒》，頁 74。

82　劉以鬯：《對倒》，頁 74。

83　劉以鬯：《對倒》，頁 110。

84　劉以鬯：《對倒》，頁 210。

85　劉以鬯：《對倒》，頁 211。

86　劉以鬯：《對倒》，頁 212。

87　劉以鬯：《對倒》，頁 72。

88　劉以鬯：〈小説會不會死亡？〉，《劉以鬯卷》，頁 303。

89　杜琪峰：〈電影導演的角度〉，梁秉鈞、黃勁輝、黃淑嫻等編：《劉以鬯與香港現代主義》，頁 219。

劉以鬯與香港摩登：
文學・電影・紀錄片

著　　者　黃勁輝

責任編輯　黎耀強
圖　　片　目宿媒體
裝幀設計　明　志
排　　版　沈崇熙
印　　務　劉漢舉

出版
中華書局（香港）有限公司
香港北角英皇道 499 號北角工業大廈一樓 B
電話：（852）2137 2338　傳真：（852）2713 8202
電子郵件：info@chunghwabook.com.hk
網址：http://www.chunghwabook.com.hk

發行
香港聯合書刊物流有限公司
香港新界荃灣德士古道 220-248 號
荃灣工業中心 16 樓
電話：（852）2150 2100　傳真：（852）2407 3062
電子郵件：info@suplogistics.com.hk

印刷
美雅印刷製本有限公司
香港觀塘榮業街 6 號海濱工業大廈 4 樓 A 室

版次
2016 年 12 月初版
2024 年 5 月第二次印刷
©2016 2024 中華書局（香港）有限公司

規格
240mm x 155mm

ISBN
978-988-8420-91-9